Gerda Schupp-Schied

Wenzhä

Ausschnitte auf dem Rieser Dorfleben IV

VERLAG F. STEINMEIER NÖRDLINGEN

Gerda Schupp-Schied

Wenzhä

Ausschnitte aus dem Rieser Dorfleben IV

VERLAG F. STEINMEIER NÖRDLINGEN

Verlag F. Steinmeier, Nördlingen 1994
Gesamtherstellung Druckerei & Verlag Steinmeier, Nördlingen
© Printed in Germany 1994
ISBN 3-927496-28-6

Inhaltsverzeichnis

Ausschnitte aus dem Rieser Dorfleben

Küche	13
Stube	20
Vom alten Bauernofen	24
Schlafkammer	28
»Di obra Stub«	36
»Em Tenna«	43
»Soler«, Dachwinkel, Bodenkammer	46
»Aborthäusle«	49
Giebelbekrönungen	53
Vom Rechnungsbuch der Katharina Fälschle	60
Bauholz	65
Fahrrad	69
Vom Karessieren	76
Die Liebe im Rieser Sprichwort	85
Redensarten und Sprichwörter von der Katze	87
Feldsalat	89
»Oaschterlämmle«	93
Militärdienst	95
Von den Kleinsorheimer Viehzüchtern	104
Hausierer	118
Pockenschutzimpfung	125
Mutter, Vater, Sohn und Tochter im Sprichwort	130
Kinderarbeit	133
»Oierplatz«	144
Kleines Trachten – ABC	148
Hemd	155
Bahnhof Möttingen	161
Bahnwärter	169

Bahnhofsrestauration Möttingen	174
Bahnstation Grosselfingen	180
Waldschenke Eisbrunn	184
Von den Heufuhren	191
Vom Mähen	197
Vom Dengeln	208
Wörnitzwiesen	214
»Ohmed macha«	219
Feldwege	223
Wasaweg	226
Vom Unkrautjäten	229
Luzerne	236
Roggen	242
Festtagsbrote	249
Sommergerste	252
Weizen	256
Dinkel	264
Hefekranz	269
Schneckennudeln	272
Gugelhopf	276
Hafer	280
Ernte – ABC	286
Vom Schwarzbeerpflücken	293
Einstellwirtschaften	297

Vom einfachen Leben

(Diesem Büchlein zum Geleit)

Im Zeitalter elektronischer Medien mutet es fast schon anachronistisch an, wenn überhaupt noch Bücher geschrieben, gekauft und auch gelesen werden. Der allgemeine Trend zum technischen Fortschritt darf aber nicht darüber hinwegtäuschen, daß trotz alledem (oder auch vielleicht gerade erst dadurch) die Sehnsucht nach dem einfachen Leben wächst. Unsere Großväter hatten sicherlich nicht die finanziellen und gesellschaftlichen Freiheiten unserer Zeit; technischer Luxus und Fernreisen oder gar sechs Wochen Urlaub im Jahr waren damals unvorstellbare Utopie. Sicherlich war das Leben hart, gerade im bäuerlich-ländlichen Raum, und die Menschen waren von diesen harten Lebensbedingungen geprägt und oftmals früh verbraucht. Aber die nachbarschaftliche und dörfliche Kommunikation war eben auch um einiges intensiver als heute, die Vernetzung menschlicher Beziehungen war viel dichter und von einem hohen emotionalen Erlebniswert, den wir heute kaum mehr nachvollziehen können.

Handwerkliche und häusliche Fertigkeiten aus Jahrhunderte alter Tradition bestimmten einst den täglichen Arbeitsgang, und das Bestechende war (und bleibt) die Kunstfertigkeit, wie ehedem mit oftmals banal anmutenden, einfachen technischen Gerätschaften allerfeinste Arbeitsresultate erzeugt wurden. Um ein Beispiel zu nennen: Den Umgang mit der Sense beherrschen heute nur noch ein paar wenige alte Männer, vom Dengeln ganz zu schweigen. Der sanfte Schnitt, mit dem früher ganze Felder und Wiesen scheinbar spielerisch gemäht wurden, gehört der Vergangenheit an; der fast liebevoll persönliche Umgang mit der »Sägas« mutet im Zeitalter von High-Tech geradezu märchenhaft orientalisch an. Und doch schimmert gerade hier ein wenig die Sehnsucht nach dem einfachen Leben durch, wenn man sich bewußt macht, wie seinerzeit mit einer bloßen Klinge große Leistungen vollbracht werden konnten. Allerdings waren die Menschen damals zäher und kräftiger.

Die alten Zeiten sind wohl unwiederbringlich vergangen, aber im Geiste sollten sie ruhig noch ein wenig lebendig bleiben. Nichts bleibt, wie es ist. Auch unsere heutigen Normen werden irgendwann auch wieder der Vergangenheit angehören und einmal in eine noch ferne zukünftige Zeit münden, wo die Technik mit all ihrer Abhängigkeit keinen hohen Stellenwert mehr haben dürfte, und die Rückbesinnung auf elementare Werte vielleicht sogar lebensrettend sein könnte. Die Ursprünge unseres Seins sind und bleiben die Wurzeln unserer Existenz, auch wenn unsere Bäume in den Himmel wachsen sollten. Wahrer Reichtum gründet auf der Dominanz geistiger Werte, auf Schlichtheit und bewußter Beschränkung. Manch einer, der alles hat, sehnt sich nach dem »einfacheren Leben« als höchstem Gut und höchster Freiheit.

Seien wir froh, daß bei Gerda Schupp-Schied das Sprichwort »Aller guten Dinge sind drei« nicht gilt. Das vorliegende Bändchen heimatgeschichtlicher Episoden bereichert wieder einmal mit einer Fülle lebendiger Vergangenheit, die ansonsten unwiderruflich verloren gegangen wäre. Die Alten sterben, und die Jungen vergessen das Vergangene immer mehr, Generation um Generation. Und so ist Gerda Schupp-Schied fast schon selbst ein Teil dieser liebenswerten Vergangenheit geworden. Wenn man sie das eine oder andere Mal vom Zug aus mit dem Fahrrad durch die Möttinger Flur strampeln sieht, so hat man unwillkürlich das Gefühl, daß all die in ihren Büchern so

freundlich bedachten Menschen vergangener Zeiten mit ihren Traditionen und Kunstfertigkeiten im Geiste mitradeln.
Die Erinnerung macht's, daß Erhaltenswertes letzten Endes nicht wirklich stirbt.
Und so bleibt zum Ende dieses »Geleits« noch ein herzliches Dankeschön an die Verfasserin dieses 4. Bändchens über das einfache Dorfleben von einst und ein aufrichtiges »Vergelt's Gott«.

Rolf Hofmann   Harburg, den 19.VII.1994

»Fortschritt findet man meistens nur dort, wo Menschen in einer bestimmten Lage beschließen, den Gehorsam zu verweigern.«
(Halldór Kilian Laxness)

Vorwort

Seit dem Erscheinen des letzten Bändchens der »Ausschnitte aus dem Rieser Dorfleben« mit dem Titel »Vo Leit ond Viecher« sind über sechs Jahre vergangen. Seitdem hat sich eine Anzahl von Aufsätzen angesammelt, die wiederum in einem Buch veröffentlicht werden sollen.
Viele Beiträge auch dieses vierten Büchleins sind dem landwirtschaftlichen Bereich gewidmet. Das bäuerliche Gefüge der Riesdörfer hat sich in den vergangenen Jahrzehnten grundlegend verändert und besteht sogar weithin nicht mehr. Die Entwicklung der Technik ließ bäuerliche Handarbeit vielfach überflüssig werden. Fast alle einst wichtigen Handfertigkeiten und Tätigkeiten, wie mähen, Garben binden, dengeln, Fuhren laden, handdreschen, räden, melken, riffeln, ... werden, weil von Maschinen übernommen, kaum mehr beherrscht. Mit den verschwundenen Geräten und Fertigkeiten gehen auch z. T. deren Namen und Bezeichnungen verloren: »Säges, Gaukel, Worb, Sichel, Garbe, Wiesbaum, Riffelbaum, Deichsel...«
Ich versuchte in meinen Beiträgen das bäuerliche Leben so darzustellen, wie es mir durch Zeitzeugen geschildert wurde. Sicher habe ich die Themen nicht bis ins Letzte ausgelotet, ist manches ungesagt geblieben oder nur angedeutet worden. Vielleicht ist es mir aber doch wieder gelungen, aus den vielen Mosaiksteinchen ein ungefähres Bild vom Vergangenen zu zeichnen.

Der Titel »Wenzhä« ist aus der Landwirtschaft entlehnt. Darunter verstand man das Heu, das von den Wörnitzwiesen stammte. Es besaß viele »Blätla« und wenig Stengel. Bei schönem Wetter geerntet, war es ein Leckerbissen für die Tiere.

Ich wünsche mir, daß diese Ausschnitte aus dem Rieser Dorfleben dem geneigten Leser so zusagen möchten, wie »ds Wenzhä de Gäul, Möggala ond Küah gschmeckt hot«.

Danken möchte ich allen Informanten und denen, die mir Fotografien zur Verfügung stellten, besonders auch Herrn Rolf Hofmann für sein Geleitwort.

Appetshofen, im Herbst 1994 Gerda Schupp-Schied

Küche

»En ander Leit Küche isch guat kocha«

Das Herz der Küche war der Herd. An das offene Feuer, das darauf brannte, und den durch den breiten Rauchfang abziehenden Rauch erinnern sich nur noch ganz wenige. In die lodernde Flamme oder in die frische Glut wurde der eiserne Dreifuß gestellt, »dr Fuierho(n)d«, wie man im Ries dazu sagte. Gemauerte Herde gab es in den Bauernhäusern noch lange. Sie wurden aber mehr und mehr von den eisernen Herden verdrängt. Über der Feuerstelle befanden sich meist drei mit Herdringen abgedeckte Kochstellen. Die Kochhäfen hängte man so ein, daß ihr unterer Teil direkt von den Flammen umspielt wurde.

Blick in eine Küche (Alerheim)

Diese »Eihänghäfa« waren unten schwarz und rußig. Auch das Waffeleisen wurde auf diese Weise eingehängt.
Ganz leicht dürfte das Waffelbacken damit wohl nicht gewesen sein. Im »Röhrle« wurde gebacken und gebraten, wurden Hutzeln und Zwetschgen gedörrt. Fast den ganzen Tag gab es im »Herdschiffle« einen greifbaren Vorrat an warmem Wasser. Das Herdschiff faßte etliche Eimer Wasser. Der »Schiffles«-Deckel aus Messing oder Kupfer wurde jeden Samstag mit »Messputze« glänzend gerieben, daß »r gfonklt hot wie Wallerstoi am Obad«. Das »Schiffle« war ein begehrter Sitzplatz. »Wamma vom Küahhüata recht vrfroara hoim komma isch, hot ma se of ds Schiffle nauf ghockt«, heißt es. Man war früher sehr sparsam und ließ das Feuer am Nachmittag ausgehen. Bei Bedarf wurde abends wieder angeheizt. Unter oder neben dem Herd war die Holzkiste. Die Kinder mußten sie täglich frisch auffüllen. Das Hereintragen von Holz und Wellholz war Teil ihrer »Obadarbet«.
Ins hölzerne »Ko(ch)schaff« leerte die Magd täglich fünf bis sechs Eimer Wasser. Auf dem Wasserbänkle standen außerdem noch zwei gefüllte Wasserkübel. Unter dem »Wasserbänkle« befanden sich »d Säukübel« (in manchen Häusern auch unter der Anrichte), in denen man »ds Säufressa« mit dem Spülwasser (ohne Spülmittel!) anrührte. Dort fanden auch alle verwertbaren Abfälle aus Küche und Keller Aufnahme. Neben dem Herd war der gemauerte Kessel. Im Winter kochte die Hausfrau darin die Wäsche. Beim »Saustecha« mußte das Brühwasser im Kessel schon »wargla«, wenn der Metzger den Hof betrat. In einer großen Küche stand auch oft noch der eiserne »Ingolstädter Backofen«.
Das Geschirr fand sich früher nicht in einem Schrank, sondern hing oder stand offen in der Küche. Über dem Herd, der Größe nach geordnet, hingen die blechernen »Goppa« (Back-, Teigschüssel). In manchen Häusern, wo es eine Speisekammer gab, waren »d A(n)machgoppa« auch hier untergebracht. Die »küpferne Goglopfaforma« waren gleichzeitig ein schöner Wandschmuck. In einem Holzgestell, in der

Handtuchhalter

Nähe des Herdes waren »Wargelholz«, Koch- und Schöpflöffel untergebracht. In einem Deckelhalter neben dem Herd steckten die verschiedenen »Stirza«. Auf einem Wandbord standen die weißen Steingutbehälter mit der blauen Aufschrift: »Zucker«, »Reis«, »Sago« und »Grieß«. Auf Hafen- und Schüsselbrett, die sich an den Wänden entlang zogen, hatte die Hausfrau Häfen, Pfannen und Rutscher abgestellt.

Aus den einfachen Stellbrettern entwickelten sich dann die beweglichen Schüsselrahmen, bei denen das Geschirr durch Verstrebungen vor dem Herausgleiten geschützt wurde. »Kantebrett« sagte man dazu im Ries. Das Kantenbrett war zunächst ein Stubenmöbel, auf dem die Bäuerin ihr bestes Geschirr zur Schau stellte. Später wanderte das

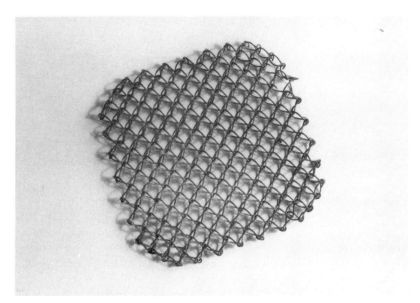

Topfuntersetzer aus Draht

»Kantebrett« in die Küche. Auch jetzt blieb es noch so, daß »oba« (auf dem obersten Fach) »die bessre Häfa zor Zierde« ausgestellt waren. Nur selten wurden sie benutzt, vielleicht einmal, wenn die Kinder dem Pfarrer oder dem Lehrer »a Kesselsupp« (vom Sauschlachten) brachten. In die übrigen Fächer waren Suppenschüsseln, Teller und »Stotza« (Kelchglas mit Fuß) »neigstürzt«. Das Kantenbrett wurde entweder roh belassen oder braun oder taubenblau angestrichen. Die Querleisten wurden gerne farblich abgehoben.

Jeden Samstag reinigte man das Geschirr aus dem Kantenbrett. Vor allem im Sommer, »wanns d Mucka arg vrschissa hont«, sagte die Hausfrau oft noch am Samstag abend: »I muaß mei Küchegschirr no putza«.

Am hölzernen Handtuchhalter hing das buntbestickte, weiße Überhandtuch, mit den »Ha(n)dzwehle« (Handtücher) darunter. Meistens zierte es ein aufgestickter Spruch: »Guten Morgen« »Morgenstund hat Gold im Mund« »Guck nicht ins Töpfchen, lieber Mann, die Küche geht dich gar nichts an«.

Im Sommer versammelte sich die Familie zum Essen am Küchentisch. Eine alte Rieserin, in deren Elternhaus zehn Kinder aufwuchsen, erinnerte sich, daß nicht alle am Tisch Platz hatten. Etliche Geschwister setzten sich mit ihrem Teller »of d Bodastieg«. Zu den Sitzmöbeln in der Küche zählten Stühle, Hocker und »a Schrand«. Darunter verstand man ein einfaches, bewegliches Sitzmöbel für mehrere Personen. »D Schrand« gab es mit und ohne Lehne. Besser bekannt war die lehnenlose »Schrand« unter dem Namen »langer Stuehl«. Er war nicht nur als Sitzmöbel (und ganz früher auch als Liegestatt) von Bedeutung, sondern fast noch mehr als Wirtschaftsmöbel zum Abstellen von Gefäßen. Im Aufmaßbüchlein des Appetshofener Schreiners Friedrich Roser von 1897 sind für den »langen Stuhl« folgende Maße vermerkt: 1,25 m lang, 0,34 m breit, 0,52 m hoch, Einschubleiste 0,10 m und 0,90 m. »Beim Saustecha hot ma de lange Stuehl braucht«, heißt es. Nach dem Brühen wurde die Sau auf den langen Stuhl gelegt und dann gründlich gesäubert. Beim »Därmputze« am Misthaufen stellte der Metzger »de Goppe« (Schüssel) mit den Därmen auf den langen Stuhl. War er fertig, putzte die Magd »de lange Ba(n)k« und trug ihn dann in die Stube, damit ma »d Wuschtgoppe« (Schüsseln mit Wurstmasse) darauf abstellen konnte.

In jeder Küche stand eine Anrichte. »D A(n)richt« war ein halbhoher, offener Schrank mit einem Ablagebrett und einem Vorhang. Unter der Anrichte standen die rußigen Häfen und Pfannen, der Fleischwolf, die Nudel- und Reibmaschine, die Springform und »ds Spülbrentle«.

Das Büfett hielt erst im 20. Jahrhundert seinen Einzug in die Bauernküche. Es gab einen Küchenkasten. Er war in erster Linie Speiseschrank. Hierin war der Brotlaib, das »Kärle« mit dem gebratenen

Küche mit Herdseite (Alerheim)

Fleisch, der Schmalzhafen, das Schüsselchen mit eingesalzenen Därmen zum Wursten, der Mehlvierling und der »Hefl« (Sauerteig) zum Brotbacken. Dieser Wirtschaftsschrank stand im Bauernhaus wegen der engen Raumverhältnisse auch oft in der »Speis«, in einer Kammer oder im Haustennen. Vor allem in jener Zeit, als es noch einen offenen Herd gab, brachte man das Verwahrungsmöbel für Lebensmittel wegen der starken Verschmutzung in der Küche an einem anderen Ort unter. Schön bemalte Küchenkästen, bisweilen sogar mit einer Schubladenreihe, kann man in den Rieser Heimatmuseen sehen.

In jeder Küche gab es eine Kaffeemühle, in der selten Bohnenkaffee, sondern meist selbstgebrannter Malzkaffee gemahlen wurde. Die Hausfrau setzte sich zum Kaffeemahlen auf einen Stuhl und nahm die Mühle zwischen die Beine, während sie den Triebel bewegte. Später wurden auch Kaffeemühlen an der Wand oder an einer Schrankwand festgeschraubt. In einem weiß emaillierten Behälter mit der Aufschrift »Zwiebeln« lagen die so wichtigen Zutaten für den fast täglich gegessenen »Erbirasalot«. Essig und Öl standen in weiß-blau verzierten Porzellangefäßen auf einem Wandbord. »D Häsbiescht« (Kleiderbürste) steckte in einem gehäkelten Behälter, der an der Wand hing.
Stark beanspruchte Stellen der Küchenwand waren mit einem Ölfarbsockel versehen. Der Küchenboden war gepflastert. Im Winter war er oft so kalt, »daß beim Putza ds Wasser nagfroara isch«. Wenn der Kaminkehrer durch »d Kämichfall« in die Küche herunterstieg, gab es jedesmal »an Mordsdreck«.

(1987)

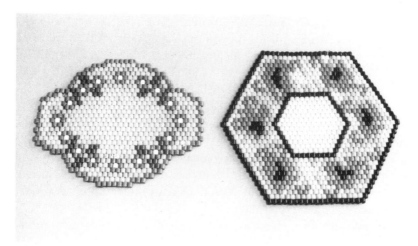

Topfuntersetzer aus Perlen

Stube

»Dr Ofa ond ds Weib ghöarat en d Stub«

»Gottfried sah in der Stube umher, die ihm sonderbar schön vorkam. Sie war seit kurzem renoviert. Die Wände frisch geweißt, die Bänke und das Kanzley glänzend mit brauner Ölfarbe bestrichen und der Fußboden neu gedielt, so daß der Fegsand darauf zur feinsten Glätte gekehrt werden konnte. Die Fenster mußten erst gestern gewaschen worden sein, so hell waren sie. Auf dem Sims der beiden Fenster, die auf die Gasse gingen, standen Blumenstöcke; nicht nur Geranien, sondern auch Nelken und Gelbveigelein. Das alles war so prächtig und doch so heimlich.« Mit diesen Worten läßt der Rieser Klassiker Melchior Meyr den Titelhelden Gottfried in der Erzählung »Gleich und Gleich« die Stube seiner Angebeteten, der Rothenbauer Sophie, beschreiben.

Von Martini bis Ostern wohnte man früher in der Stube. Die vier Stubenfenster blickten zur Straße und zum Hof. Durch sie drang viel Licht in den Raum. Am Abend wurden die Fensterläden geschlossen. Bei einem auf den Hof hinausgehenden Fenster blieb ein Laden offen, »daß ma gseaha hot, obs wo brennt.« Die Fenster waren dreiteilig, wiesen also zwei Flügel und ein Oberlicht auf. »Do hot ma guat lüfta könna«, sagen die Alten.

Auf den breiten Fenstersimsen hatte die Bäuerin ihre Blumenstöcke stehen: Geranien, Asparagus, Efeu, »Preamala«, Wachsblumen, »weiße ond bloe Stearala«, Myrte, »Geesbleamla«(Zinerarien), »Kleala« und Rosmarin. Meistens stellte die Hausfrau »de Rosmare« aber auf den »Soler« (oberer Gang) hinauf. Anstelle eines Blumentopfes verwendete sie häufig eine Heringsbüchse.

»Ofm Semas« (Sims) stand auch der Wasserkrug, aus dem man trank, »wanns oin diescht hot«. Wenn die Nachbarin im Winter mit ihrem Strickzeug »en d Eikehr« (auf Besuch) kam, sagte sie: »Heit diescht

Blick in eine Wohnstube (Alerheim)

me schon so, heit muaß e glei henter dein Wassrkruag ganga.« Die Hausfrau entgegnete darauf: »Wart nor, i muaß gschoba, obs friesch isch.«
Die Einrichtung der Stube um die Jahrhundertwende war einfach. In jedem Bauernhaus gab es eine Bank in der Stubenecke. Oftmals bestand sie nur aus einem in die Wand eingelassenen Brett, das häufig die ganze Breite der beiden Fensterwände einnahm. Langsam wurden dann diese wandfesten Bänke durch bewegliche mit Sprossenlehnen ersetzt. »Gländerbank« sagte man dazu.
Der Stubentisch war meist aus Eiche (sowohl das Gestell, als auch die Tischplatte). In der Tischschublade stand das Salzbüchslein und lag

das Besteck. Tafeltücher aus Leinen und Damast, bestickte Tischdecken und solche mit Hohlsaum hatte jedes Mädchen in mehr oder weniger großer Anzahl in seiner Aussteuer.

An der Fensterseite dem Ofen gegenüber stand eine Kommode. Sie enthielt die sogenannte »Führwäsch« (Leibwäsche). In der obersten Schublade lagen auch die Taschentücher. Bedeckt war die Kommode mit einer gestickten Decke. Tischdecke, Sofakissen und Kommoddecke waren oft in den gleichen Mustern und Farben gestickt. An Weihnachten stellte der Vater den Christbaum auf »de Kommod«; in der übrigen Zeit standen Fotografien darauf.

Ein Stubenkasten oder ein Stubenbüffet fand sich in den Rieser Bauernstuben erst später. Das Festtagsgeschirr, bestehend aus einem Stoß Teller und etlichen weißen Schüsseln, Weingläser, ein Likörservice und

Stube mit Kachelofen (Alerheim)

Schnapsgläser bewahrte die Hausfrau im Glaskasten auf, der in der oberen Stube seinen Platz hatte.

Nicht in jedem Haus stand ein Kanapee. Wo es eines gab, wies es eine geschwungene Lehne und einen Leder- oder Plüschüberbezug auf. Eine Appetshofenerin erinnert sich, daß die Mutter das Kanapee zudem mit einem bestickten Überzug aus weißem Leinen überzog, damit es geschont blieb. »Ds Kanapee war a Heiligtom«, meint sie schmunzelnd. Die Kinder durften nicht darauf herumtoben. Nur Besuch durfte darauf Platz nehmen und der Vater am Sonntag seinen Mittagsschlaf abhalten.

(1987)

Bilderrähmchen mit Kinderphoto

Vom alten Bauernofen

»Am warma Ofa isch guat gwärma«

Geheizt wurde früher in den Bauernstuben ein gußeiserner »Deutscher Kastenofen««. Die Schönheit solcher Öfen konnte man jüngst in der Sonderausstellung des Rieser Bauernmuseums in Maihingen »Zeugnisse der Eisengußkunst aus Wasseralfingen« bewundern. Blickfang dieser Öfen waren die kunstvoll gestalteten Ofenplatten. Mit Szenen aus der Bibel wurde der Ofen in der guten Stube gleichsam zu einem Träger christlicher Verkündigung und Erbauung. Daneben gab es Ofenplatten mit Wappen, Jagdszenen oder Abbildungen aus dem bäuerlichen Alltag. Anläßlich einer Hochzeit wurden sogar Name und Jahreszahl eingesetzt. Die gußeisernen Öfen lieferten zwar eine rasche, aber nicht anhaltende Wärme. Aus den allermeisten Stuben entfernte man sie deshalb, zerschlug sie oder warf sie zum Alteisen.
Von Zeit zu Zeit schmierte die Hausfrau den Ofen mit der »Ofaputze« ein und rieb ihn mit der Wichsbürste glänzend. Auf dem »Ofasattl« (Gesims) wurden Teller und Schüsseln angewärmt. Den ganzen Tag stand der Kaffeehafen an diesem Platz. Früher wurde nämlich viel Kaffee »gegessen«: früh, mittags und abends. Es war Malzkaffee, dem ein Bröckchen Zichorie eine schöne Farbe und einen besseren Geschmack verliehen hatte. In der »Höll« (ebenes Plätzchen zwischen dem Ofengehäuse und der Feuerwand) war es immer angenehm warm, so daß sich gerne die Katze dorthin legte (»Katzehöll«). Die Hausfrau legte am Samstag die frischen Hemden an diesen Platz, damit sie am Sonntag morgen warm waren. »Dr Feschterlompa«, ein weißer Leinenfleck, mit dem die beschlagenen Fensterscheiben innen abgeputzt wurden, lag immer in der »Höll«. Der »Höllhafa«, ein hinter dem Ofen eingemauerter Wasserhafen, faßte etwa einen Eimer Wasser. Man konnte ihn mit einem Deckel verschließen. Das »Höllhafa-Wasser« nahm die Bäuerin am Mittag zum Geschirrspülen. Zur Morgentoilette am

Eiserner Ofen
(Hohenaltheim)

Sonntag riet die Mutter: »Nemmat halt a Höllhaf-Wasser zom Wäscha.« Mit dem »Höllhafa-Becher«, der daneben stand, schöpfte man dann warmes Wasser in die Waschschüssel. Gar oft mußte die Hausfrau mahnen: »De Höllhafa muaß ma fei o no eifülla.«
Von der Decke herab hing ein Stangengerüst um den Ofen, an das Kleider und dergleichen zum Trocknen aufgehängt wurden. Dieses

Eiserner Ofen (Bauernmuseum Maihingen)

»Höllhafa«

»Ofagräm« nannte man im Ries »Ofariegl«. Die Redensart: »Es hangat recht viel Strempf om de Ofa« war nicht immer wörtlich zu nehmen, sondern bedeutete soviel wie: es ist jemand anwesend, der die Unterhaltung nicht mithören soll (z.B. Kinder). Unter dem Ofen standen oft Schuhe oder »Schlarba« (Pantoffeln) zum Trocknen oder zum Wärmen. »D Sogga« (Hausschuhe) für die Kinder stellte die Mutter gerne »en d Katzahöll«.
Morgens schürte die Bäuerin oder die Magd von der Küche aus den Ofen an. Am Abend vorher wurde bereits »zuatrocha«, das heißt, die Glut mit Asche bedeckt. Wellholz und etliche Holzscheite wurden in das Ofenloch in die Nähe des Türchens gelegt. Zum Anheizen wurde ein Strohwisch unter das Wellholz getan und mit der langen Ofengabel nach vorne an die Glut geschoben. Brannte das Feuer, wurden kräftige Scheite nachgelegt.

Häfen mit »Erbira«, Kraut und geschnitzelten Rüben schob die Bäuerin ebenfalls mit der Ofengabel direkt ins Feuer. Ab und zu fiel ein Hafen um, so daß die Kartoffeln im Ofen »romghorglt sen« und das Wasser zum Ofenloch herauslief.
Als die gußeisernen Kastenöfen aus den Bauernstuben verschwanden, setzte man an ihre Stelle Kachelöfen. Bis in unsere Tage finden sich solche Kachelöfen noch in Rieser Stuben (zum Beispiel in Baldingen, Appetshofen, Balgheim, Alerheim, Hohenaltheim), vornehmlich dort, wo der alte Baubestand in den letzten Jahrzehnten nicht verändert wurde. Im Kachelofen konnte die Hausfrau kochen, braten und backen. »Nie meh isch a Gas so schöa knuschprig woara wie em Kachelofa-Röahrle, und die schöaschte Goglopfa hab e do dren bacha« schwärmt eine Alerheimerin heute noch von ihrem alten Kachelofen. In die oberste Durchsicht legte die Bäuerin die Hutzeln zum Nachtrocknen oder »d Häbloamasäckla« zum Anwärmen, die man sich bei Ohrenschmerzen an die Ohren drückte. Wer das Haarewaschen im Sinn hatte, wärmte sich ein oder zwei Handtücher in der Durchsicht des Kachelofens an. Ganz oben hinauf stellte die Bäuerin ihre Teigschüssel, damit der Teig rasch ging.
Zum Schluß noch eine wahre, lustige Begebenheit: Eine Appetshofenerin stellte ihren »Reng« (Hefezopf) zum Gehen »ofs Ofaghäus«. Als sie den Zeltendeckel herunternahm, rutschte der Kranz herunter, legte sich wie eine Kette um ihren Hals und zog sich fast bis zum Boden hinunter. Es blieb der Frau nichts anderes übrig, als aus dem »Reng« einen »Zelta« (Weißbrotfladen) zu formen.

(1987)

Schlafkammer

»Solang ma schloft, vrspart ma ds Essa ond ds Trenka«

Schlafkammer oder einfach Kammer nannte man früher das Schlafzimmer. Das wichtigste Mobiliar waren selbstverständlich die Betten. Es waren dunkelbraun gestrichene Pfostenbetten. Sie bestanden aus vier Eckpfosten mit eingefügten Seitenbrettern. Sie waren höher als die heutigen Bettladen. Der Boden wurde durch eingelegte Bretter gebildet, auf die der Strohsack gelegt wurde. Um einen Bettpfosten war der Bettheber geschlungen, mit dem sich Kranke oder Wöchnerinnen aufrichten konnten. Es war ein umhäkelter Strick, an dessen

Kammer mit Himmelbett (Schmähingen, 1928)

Waschlavor

einem Ende eine Quaste baumelte. Bemalte »zwieschläfrige Hemelbettschede« (schwere, Himmelbetten, die als Schlafstätte für mehrere Personen, meist als Ehebett dienten), wie sie bis zum späten 19. Jahrhundert in den Schlafkammern standen, kann man in den Rieser Heimatmuseen besichtigen. Der Betthimmel war eine zweckmäßige Abschirmung nach oben. Über ihm war ja nur eine einfache Bretterdecke, die wohl nicht völlig dicht gehalten hat, vor allem, wenn sie reichlich ausgetrocknet war. Der Himmel bildete eine Art Sonderdach. Verputzte Kammerdecken sind erst eine neuere Mode. Ein ausgedientes Himmelbett oder ein Pfostenbett mit Aufsatz hat sich als Dienstbotenmöbel vielleicht in einer hinteren Kammer oder auf dem Boden bis ins 20. Jahrhundert herein erhalten.

Kleine Kinder bis zum Alter von zwei bis drei Jahren schliefen im »Gätterbettschedle« (Kinderbettstatt) bei den Eltern in der Schlafkammer. »D Butzala« (Säuglinge) lagen in der Wiege. Im Ries waren es bemalte Kufenwiegen mit geradem Wiegenkasten und höherem Kopfbrett. Die Mutter zog die Wiegenbänder durch die Zwischenräume an den aufgesetzten Brettern und befestigte sie an den Wiegenknöpfen, die an den Seiten angebracht waren. Später, als die

Bäuerin mit »Bettflasche«

Wiege aus dem Bauernhaus verschwand, wurden die Säuglinge »en a Waschkrätzle« (Waschkorb aus geschälten Weidenruten) gelegt. Als Unterlage diente »a Spruisäckle« (Dinkelspreu). Größere Kinder schliefen oft beim »Ahle« (Großmutter) oder beim »Ehle« (Großvater) im Zimmer. Wo es mehrere Kinder gab, mußten oft zwei ein Bett teilen. Über den Betten hing das Schlafzimmerbild. Abonnenten des Sonntagsblattes »Himmelan« (frommes Wochenblatt des Württemberger Pietismus) erhielten alljährlich als Treueprämie ein schwarzweißes Kunstblatt mit biblischen Abbildungen, wie etwa »Adam und Eva nach der Vertreibung aus dem Paradies«, »Der sinkende Petrus auf dem See Genezareth«, »Der anklopfende Jesus« oder »Kampf in Gethsemane«. Der Schreiner rahmte diese Blätter ein. Denksprüche von Mann und Frau wurden im Schlafgemach aufgehängt. In jeder Kammer waren gestickte Bilder anzutreffen, auf denen Engelsköpfchen und Blumengirlanden zu sehen waren. Ein Spruch durfte darauf nicht fehlen: »Wo Lieb' im Hause wohnt, der Segen Gottes thront.« »Wer Gott und seinen Heiland ehrt, für den ist täglich Brot beschert.« »Geh' ohn' Gebet und Gottes Wort niemals aus deinem Hause fort!«

In Häusern, wo es keinen Keller und keine Speisekammer gab, wurden Lebensmittel auch in der Kammer aufbewahrt. Das »Oierkrätzle« schob die Bäuerin unters Bett. Wenn es kalt war, kamen auch die Äpfel »onter d Bettsched na«. Hinter der Türe standen die zugebundenen Schmalzhäfen. Der Zuckerhut hatte seinen Platz ebenfalls in der Schlafkammer. Eine Möttingenerin im neunten Jahrzehnt erinnert sich an »a Ghängl«, auf dem Brot und Zelten lagen. Es waren Bretter, die man mittels Seilen an einem an der Decke befestigten Haken anbrachte. In vielen Kammern war »a langer, verzierter Kloiderrecha« mit einem halben Dutzend Haken zum Aufhängen vom »Werktehäs« vorhanden.

Nachtkästchen in den Schlafkammern gab es erst in unserem Jahrhundert. Vorgängerin der Nachtschränklein war das sogenannte »Windelkästle«, ein etwa 70 cm hohes, bemaltes Möbel. Je nach Größe der Kammer waren zwei bis drei Schränke darin untergebracht. Schränke hießen im Ries Kästen. Es waren in erster Linie zweitürige Kästen, in denen die Kleider an einfache eiserne Haken gehängt wurden. In einem Schrank war das »Häs« des Bauern untergebracht: die besseren Kittel, die Überzieher (Sommer- und Winterüberzieher), das »Sonnte-Blohemad«. Auf dem Brett (Zwischenbrett in Augenhöhe in den Schrank eingegratet) lagen der runde Hut und das »Troddlkäpple«. Der andere Schrank, »dr Rookkaschta«, enthielt die Sachen der Bäuerin: die Röcke, die »Kittel« (»Jäck«), die »Leible«. Oben »ofm Bretle« lagen die Alltags- und Sonntagnachmittagsschürzen. Auf der Empore des Rockkastens standen in Reih und Glied die Schuhe, angefangen von den »Schlarba« (Pantoffeln) bis zu den pelzgefütterten Winter-

»Bettflasche« aus Zinn

stiefelchen. Der Kleiderkasten der Bäuerin mit den braunen, schwarzen und grauen Tuchkleidern und mit den blau-, grün- und schwarzseidenen Kleidern stand in der oberen Stube. Auch der Weißwarkasten mit der Bettwäsche war fast immer in diesem Raum untergebracht. In den früheren Jahrhunderten standen in den Rieser Bauernhäusern oft bemalte Schränke. Es sind vorwiegend Blumendarstellungen, mit denen die Schreiner-Maler ihre Erzeugnisse schmückten. Sie bevorzugten dabei Tulpe, Nelke, Granatapfel, Rose, Tigerlilie und Glockenblume. Um 1870 hörte die bunte Bemalung der Möbel auf. Der braune Anstrich kam nun in Mode. Die Dienstboten schliefen in einfachen Zimmern. Knechte sollen sogar früher bei ihren Rössern im Stall geschlafen haben. Eine anschauliche Schilderung der Dienstbotenlogis gibt Friedrich Völklein in seiner Erzählung »D Miadl«: »D Miadl hatte keine Kammer und kein Stüble ... Und in der Nacht, da schliefen die Mägde, wie es damals der Brauch war, auf dem unteren Hausboden, dem »Sohler«. Im Winter rieselte durch die Dachritzen der verwehte Pulverschnee und lag in Streifen auf dem Deckbett. Und im Sommer hing über der schlafenden Miadl ein zottelig schwerer, grauer Vorhang »Spinnwet« an »Spinnwet« von einem Dachbalken zum anderen hinüber.« Lag die Magdkammer unten, stellte die Bäuerin oft die »Krautskuaf« und das Milchgeschirr dort hinein. Selbst die Bruthenne wurde in der Magdkammer angesetzt.

Zur Ausstattung der Knecht- oder Magdkammer gehörte ein Bett, ein Stuhl, ein Tisch und ein »Schrein« (Truhe), der später vom Kasten abgelöst wurde. »Schrein« und Kasten waren Eigentum der Dienstboten. »Schlenkerten« (wechselten sie den Dienstplatz) sie an Lichtmeß (2. Februar), mußte der neue Dienstherr den »Schrein« oder den Kasten »führa« (holen).

Die Truhe, später reines Dienstbotenmöbel, stand früher auch in der Kammer von Bauer und Bäuerin. Hauptsächlich waren darin Kleider und Wäsche untergebracht, aber auch Speisen und sogar Flachs. Um 1800 wurde die Truhe von den Kleiderkästen verdrängt.

Lag ein Kranker in der Kammer, wurde der Nachtstuhl hereingestellt. Die Schlafkammer-Vorhänge waren je nach Vermögen und Geschick der Hausfrau verschieden. Man fand neben einfachen Rollos auch lange »florie Vorhäng« oder weiße Leinenvorhänge mit aufwendiger Richelieu-Stickerei.
In den Schlafkammern war es im Winter oft sehr kalt. Kranke und Wöchnerinnen bettete man deshalb gerne ins »Kanzleile« (Abteil in der Stube).

(1987)

Deckchen mit Kreuzstichmuster

»D obra Stub«

Ein reiner Repräsentationsraum war im Bauernhaus die »obra Stub«, auch die »schöana Stub« genannt. Sie diente als Gast- oder Fremdenzimmer.
Blickfang in der oberen Stube war der Glaskasten. Er hatte immer einen braunen Anstrich. Als bemaltes Möbel war er im Ries nicht ver-

Einfacher Glaskasten
(Bühl)

»Batzatass«   Glaskastenfigürchen

treten. Bei »de kloine Leit« bestand der Glaskasten aus einer Kommode und einem Aufsatz mit zwei Glastüren. Bauern besaßen oft einen großen Glaskasten, der unten eine Schublade hatte, wo das Besteck aufbewahrt wurde. Die Fächer ruhten auf Säulen, die gedrechselt waren oder einfach aus übereinandergestellten Zwirnspulen bestanden. Die Mädchen hatten die leeren »Zwiraspula« gesammelt und sie dann dem Schreiner gebracht, als er die Aussteuermöbel anfertigte. Der Glaskasten diente dem Aufbewahren und Ausstellen von Geschirr und Glasgegenständen. Hier hatte die Hausfrau ihre schönsten Sachen untergebracht: Weingläser, Likör- und Schnapsservice, Tassen und »Stotza« (Kelchtassen meist als »Palmtags«-Geschenke) mit der Aufschrift »Zum Andenken«, »Zur Erinnerung«, »Ich gratuliere«, Suppen-

Glaskastenzierat (»Bauernsilber«)

und Salatschüsseln, Tellerstöße, Glaskrüge mit Zinndeckeln, »Bauernsilber«, Zierteller und Figürchen (Nippsachen). Letztere hatte man oft auf der Nördlingener Messe erstanden. Der sechsteilige »Kaffäzeig« (Kaffe-Service) mit Kanne, Tassen, Untersetzer und Milchkännlein war oft ein Geschenk des Wirtes, bei dem das Brautpaar die Hochzeit abhielt. Kuchenteller gab es nicht. »Küchle«, Bauerntorte und »Reng« (Kranz) konnte man gut in der Hand halten, so daß Dessertteller nicht unbedingt nötig waren.

»Ds Glaskaschtagschirr« wurde vor allem bei Festlichkeiten hervorgeholt. Manche Hausfrau servierte aber auch dem Schäfer in diesem besten Geschirr, wenn sie ihn an den Pferchtagen verköstigen mußte. Einem Vater, der seine Tochter nicht gerne hergeben wollte, wurde geraten: »Stells nor en Glaskaschta nei, nocht ka s koiner haba«. Als es

einer Magd einmal nicht gelang, die Pferde zum Ziehen einer Getreidefuhre in Gang zu bringen, warf sie der Bäuerin wütend »d Goißl« vor die Füße und rief zornig: »Stellats doch en Glaskaschta nei, die zwea Böck!«
Bei den einfacheren Glaskästen, die nur aus einem Aufsatz mit Glastüren bestanden, waren im Unterteil, »dem Kommod«, die Bändelhauben untergebracht. In der obersten Schublade lagen die Kirchenschürzen, der Pelz und die »Kopfschlipse«. Die Bäuerin besaß für den Winter schwarze und »scheckate« (schwarz-weiße) Plüschschlipse und für den Sommer leichtere in den gleichen Farben und Mustern mit Fransen an den Seiten.

Likörservice

Teller

Zuckerbehälter

40

Eine zweite Kommode, in welcher die »Führwäsch« (Unterwäsche) lag, trug eine Marmorplatte, auf der das »Waschlavor« stand. Das dazu passende »Potschamberle« befand sich unter dem Bett.

In der oberen Stube war der Kleiderkasten der Hausfrau mit ihrem »Kirchahäs« (den schönen Kleidern). Je nach Reichtum konnten es auch zwei oder drei Schränke sein. In den meisten Bauernhäusern stand auch der »Weißwarkaschta« (Schrank mit der Bettwäsche) in diesem Raum. In den zwei aufgeschlagenen Betten konnten Gäste übernachten. War die Näherin beim »Ausnäha« (auf der Stör) im Haus, schlief sie oft in der oberen Stube, wenn der Nachhauseweg zu weit gewesen wäre. Die »feirete Better«, wie man diese Gästebetten nannte, trugen die schönsten Überzüge. Um sie vor Staub zu schützen, deckte sie die Hausfrau mit weißen Decken ab. Eine alte Möttinge-

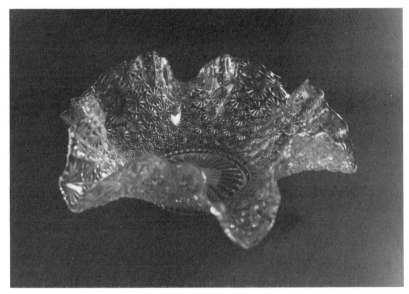

Glasschale

»Stotza« (Kaffeebecher)

nerin erinnert sich, daß in ihrem Elternhaus sogar ein runder Tisch, ein Kanapee und ein Kachelofen in der oberen Stube waren. Bei großer Kälte wurde eingeheizt, damit die Äpfel, die auf dem Boden der oberen Stube lagen, keinen Schaden nahmen.

(1987)

»Em Tenna«

Der Haustennen oder -gang war entweder mit Solnhofener Platten ausgelegt oder schwarz-weiß gefliest. War es draußen einmal recht schmutzig, breitete die Hausfrau am Samstag auf den frisch geputzten Boden etliche alte Säcke oder eine Schütte Roggenstroh. Am Sonntag morgen entfernte sie wieder Säcke und Stroh. Nach dem Dreschen im Herbst standen in manchen Häusern auf einer Seite des Hausganges eine Reihe gefüllter Getreidesäcke. Der Bauer wollte mit dem Verkaufen warten, bis die Schrannenpreise günstig waren. Beim Hausgangputzen mußten die Frauen darauf achten, daß die Säcke nicht naß wurden. Das Milchgeschirr stand »ds nachts« im Haustennen, während es tagsüber am Zaun hing. An der Wand vom »hentra Gang« hing ein Kleiderrechen mit dem »Stallhäs«. Durch diesen Gang gelangte man in den Stall.

Als Wandschmuck wählten die Bewohner gerne ausgestopfte Tiere, »Gweihle« (Geweihe), Schützenscheiben, Tafeln mit eingeschnitzten Sprüchen (»Ich aber und mein Haus wollen dem Herrn dienen«) oder einen gestickten »Göttlichen Haussegen«:

> »Wo Glaube, da Liebe,
> wo Liebe, da Friede,
> wo Friede, da Segen,
> wo Segen, da Gott,
> wo Gott, keine Noth.«

Unter der Bodenstiege, die in den oberen Teil des Hauses hinaufführte, waren die Hühner während der Nacht untergebracht. Daran erinnern sich aber nur mehr sehr wenige alte Rieser. Bei Melchior Meyr kann man in seiner »Ethnographie des Rieses« lesen: »... der Hühnerstall ist unter der Treppe im Haustennen.« Erhellt wurde der Haustennen nur durch ein Oberlichtfenster über der Haustüre. Bei niederen Häusern, wo man kein Türoberlicht anbringen konnte, war oft seitlich ein Fensterlein, damit der Hausflur das nötige Licht erhielt. Im Sommer wurde in manchen Häusern »ds Oberlicht« ausgehängt. Das nutzte der Postbote und warf die Briefe durch diese Öffnung ins Haus. Manchmal flogen Schwalben ein und aus und bauten sich im Hausgang ihr Nest. Zum Thema »Türschwelle« schreibt Karl Höpfner in

Alte Türe in Holzkirchen

»Alte Kunst im Ries«: »Nur wenige alte Türen sind uns erhalten, die erhöhte Schwellen besitzen. Bis zur Barockzeit gehörten diese Schwellen zu jedem Eingang. Entsprechend dem Türgewände wurde zu ihrer Herstellung Stein oder Holz verwendet, und was die Tiefe betraf, so maß sie oftmals mehr als die einer Stufe herkömmlicher Art. Es mußte also ein bewußter Schritt getan werden, sie zu übersteigen, um in ein Haus zu gelangen. Diese Eigenheit hat einen tiefen Sinn und uralt ist ihr Brauch. Schon bei unseren alemannischen Vorfahren gehörte sie zu einem wichtigen Volksrecht, denn mit dem Übersteigen der Türschwelle wollte man dem Eintretenden eine bedeutsame Grenze ins Bewußtsein zurückrufen. Von der Außenwelt in die Geborgenheit eines Wohnbereiches zu gelangen, war früher ein Zeichen dafür, daß der Eintretende hier Schutz und Unantastbarkeit fand.« Schöne Eingangstüren mit steinernen Türgerüsten hatten oftmals die Wirtshäuser. Wer vor verschlossener Haustüre stand und eingelassen werden wollte, »hot gschnallt«. Das Anläuten an der Haustüre mit einer Glocke war bei den Wirtshäusern üblich. Vor der Haustüre lagen zum Schuheabputzen ein zusammengelegter Sack oder im Winter ein Bündel Stroh oder Tannenzweige, die mit Weidenruten zusammengebunden waren. Am Schuheisen neben der Haustüre konnte man den gröbsten Schmutz von den Schuhen abstreifen.
Die Türe steht im Mittelpunkt vieler Redensarten und Sprichwörter, zum Beispiel: »Oim d Tür vor dr Nas zuaschlage. – Was ma zom Feschter nauswirft, kommt bei dr Tür wieder rei. – Vor seire oigna Tür kehra. – Mit dr Tür en ds Haus falla. – S git ois em andra d Türschnall en d Hand (wenn viel Besuch kommt.) – Zwischa Tür ond Angl. – S goht awel wieder a Tür auf (es kommt immer wieder Hilfe.) – Alle Türa zuaschlaga (alle Beziehungen abbrechen.) – Tür ond Toar stond m offa (er hat alle Möglichkeiten.) – Wann d Kuah daußt isch, macht ma d Stalltür zua. – Barthlmäus Bua macht d Stubatür zua (24. Aug.). – An Fuaß en Tür setza (sein Recht anmelden.)«

(1987)

»Soler«, Dachwinkel, Bodenkammer

Bodenkammer: Sie lag unter dem Dach und war fensterlos. Das Rauchfleisch und die geräucherten Würste wurden hier aufgehängt. In einer Ecke stand »a Stompa Kleasoma«. Über einer Stange hingen die langen »Schafsäck«, in die das Getreide nach dem Dreschen eingefüllt wurde. Butterfaß und Zentrifuge hatten hier ihren Platz. »Katzaschwänz« (Zinnkraut) und »Fegsandkübele« waren in der Bodenkammer untergebracht.

Blick in die »Speis« (mit abgedecktem »Kellerhals«)

Dachwinkel: Er war neben der oberen Stube, direkt unter dem Dach. Hier war das »Sommerholz« (gespaltene »Buchenprügele«, die im Sommer im Herd eine schnelle, gute Hitze erzeugten) aufgeschichtet, stand altes, ausrangiertes Geschirr vom »Ahle« und allerlei »Kirba« (Körbe). »En de Dachwenkl hot ma halt a weng de alta Gruscht nei«, heißt es.

Keller: Die Rieser Bauernhäuser waren früher nur teilweise unterkellert. Häufig konnte man nur durch eine Falle auf einer Leiter in den Keller hinuntersteigen. »Ruaba ond Erdbira« (Rüben und Kartoffeln) wurden »em Krätza« (Weidenkorb) ins Haus getragen und in den Keller befördert. Als dann später eine Treppe in den Keller führte, ragte der »Kellerhals« (Eingang in den Keller und Vertiefung in der Kellermauer neben der Stiege zum Aufbewahren von Eßwaren) dann oft als Mauerwölbung in einen anderen Raum. »Stibbich« (hölzerner Fleischkübel) und Krautskufe standen in manchen Häusern im Keller.

Mehlkammer: Nicht überall gab es eine Mehlkammer. Wo sie vorkam, lag sie im oberen Stock des Hauses. Dort stand der Mehlkasten mit den drei Abteilungen für »Schöamehl«, »Broatmehl« und »No(ch)-mehl«. In der Mehlkammer lagen auch die gefüllten Mehlsäcke, die man von Zeit zu Zeit aufschütteln mußte. Die Hausfrau hatte stets einen Vorrat an »aglegnem« Mehl; vor allem zum »Küchlebacken« brauchte sie ein gut abgelegenes Mehl.

Oberer Boden: »Ofm obra Boda«, dem »Troidboda«, war das Getreide aufgeschüttet. In Säcken wurde es nach dem Dreschen über zwei Stiegen auf den oberen Boden hinaufgetragen. »Daot« nannte man diese verschiedenen Abteile, die durch ein Brett voneinander getrennt waren und in die das Getreide geleert wurde. Auf den oberen Boden mußte die Bäuerin auch hinaufsteigen, wenn sie Würste und Fleisch »an d Rochstecka« in den »Kämich« zum Räuchern hängte.

Obere Kammer: In Bauernhäusern mit einem Kniestock lag neben der schönen oberen Stube eine zweite Giebelstube. Weil bei ihr meist kein Dachwinkel abgemauert war, wies sie eine Dachschräge auf. Eine

Appetshofenerin erinnert sich, daß in diesem Raum, den man daheim »di obra hendra Kammer« nannte, die zwei Kleiderschränke mit den Sachen der vier Kinder standen, »a langer Stuahl«, auf dem die Mutter jedes Jahr »d Kirbebachat« (Backwerk für die Kirchweih) auflegte, und die Vorräte an Zucker und Salz sich befanden. Die zugebundenen Schmalzhäfen waren hier untergebracht. Da hingen auch die Säcklein mit den gedörrten Birnen, Apfelringen und Zwetschgen. Weil es wegen des durchgehenden Kamins nie sehr kalt wurde, legte die Hausfrau die Äpfel in der oberen Kammer auf. Die Federsäcke waren hier auch gut aufgehoben.

»**Soler**«: Auf dem »Soler« (Flur im Oberstock) stand in manchen Häusern, wo es keine Mehlkammer gab, der Mehlkasten (manchmal auch zwei Mehlkästen). Oft war auf dem »Soler« auch ein alter Schrein, in dem die Bäuerin allerlei »Gruscht« verstaut hatte. Wer früher ein Fahrrad besaß, ging sehr sorgsam damit um und stellte es auf den »Soler«, wenn es nicht gebraucht wurde. Im Herbst holte die Hausfrau den Rosmarinstock aus dem Garten herein ins Haus und überwinterte ihn auf dem »Soler.«

Speisekammer: In manchen Häusern gab es eine Speisekammer. Hier waren die Lebensmittel aufbewahrt, vor allem das Backwerk, also Brot, »Zelta« (Weißbrot) und »Reng« (Kranz). »An dr Broatzeit« holte die Mutter »de schwarza Haber« (Geräuchertes), »d Grieba« und »ds Ruabaselz« (Rübensirup) aus der »Speis« (-ekammer). An den Wänden hingen die Brotkörblein und »d Bachgoppa«, an der Wand lehnten Nudel- und Backbrett, der runde und der lange »Zeltadeckel«. Oftmals fanden sich »en dr Speis« auch ein »Kantenbrett« mit einfacherem Geschirr und ein Speisenschrank. »Bei mir drhoim sen Kender en dr Speis glega«, erzählt eine alte Rieserin, in deren beengtem Elternhaus zehn Kinder aufwuchsen.

(1987)

»Aborthäusle«

Wer mit dem Fahrrad langsam durch die Rieser Dörfer fährt, kann sie in manchen Höfen noch erblicken, die Aborthäuslein mit der Hauswurz auf dem Dach. Obgleich es im neugebauten Wohnhaus ein WC gibt, hat man das Aborthäuslein stehen lassen. Oftmals geschah es auf Wunsch der alten Leute, die es »greim« (praktisch, bequem) finden, gleich im Hof den Abort benutzen zu können, ohne die Schuhe abputzen zu müssen und ins Haus zu gehen.
Der Rieser Klassiker Melchior Meyr hat zwar in seiner »Ethnographie des Rieses« das hiesige Bauernhaus genau beschrieben, aber das »stille Örtchen« findet darin keine Erwähnung. Alte Zimmerleute erzählen, daß die Leute Wert legten auf »a schöas Häusle«. Eine ausgesägte Öff-

Aborthäuslein (1961)

nung in Form eines »Herzles«, Dreiecks oder Kreises erhellte das »heimliche Gemach«. Das »Innenleben« war recht einfach: ein Brettersitz mit einem runden Loch, ein dazu passender Deckel, der Boden aus Brettern oder Bohlen. Durch die Ritzen hindurch konnte man in die Grube hinuntersehen. An der Türe war ein Nagel eingeschlagen, an den z. B. die »Mannsbilder« ihre Schürzen hängen konnten. In manchen Häuslein hing auch ein kleiner Spiegel. Zwei Brettlein an der Wand dienten als Behälter für das Abortpapier. Der Sitz war aus gehobelten Brettern gezimmert, bisweilen auch mit Ölfarbe gestrichen.

Jeden Samstag wurde der Abort geputzt. Wo es eine Magd gab, oblag dieser die Reinigung. Mit »Fegwisch« (aus Stroh), Fegsand und einem Eimer scharfer »Äschalog« vom letzten Waschtag machten sich die Mägde ans Werk. Von Zeit zu Zeit kehrten sie auch die Spinnweben

Nachttopf

herunter. Bisweilen bauten Wespen ein Nest im Innern des »stillen Örtchens«. Für »Mucka ond Brema« war es beliebter Aufenthaltsort. Der Abort lag über der Senkgrube. War diese voll, konnte es sein, »daß an Arsch raufgspritzt hot«. Es hieß dann: »Iatz isch höachschte Zeit, daß ma Mischtlach führt.« Im Sommer, wenn die Maden heraufkrochen und sich unter dem Sitz ansammelten, war es ekelhaft auf dem Abort. Wo es ein gemauertes Häuslein gab, wurde es von Zeit zu Zeit frisch geweißt.

Als Abortpapier dienten alte Zeitungen. Sie lagen entweder als Ganzes auf dem Sitz oder hingen, in passende Stücke geschnitten, an einem Nagel an der Wand oder steckten in dem bereits erwähnten seitlichen Behältnis. »Ofm Häusle isch ma geara gsessa, do hot ma en Ruah Zeitong lesa könna«, geben viele zu. Knechte und Mägde gönnten sich auf dem »Örtchen« eine kleine Verschnaufpause. Im Winter dagegen »isch ma net lang hocka blieba«, weil es auf dem »Lokus« recht kalt war. Um die Kälte etwas fern zu halten, baute man den Abort an den Seiten mit Mist ein oder stellte Strohschütten herum.

Kinder bis zum Schuleintritt benutzten das Aborthäuslein nicht. Zu ihnen sagte die Mutter: »Gont of de Mischt.« Im Winter verrichteten sie ihre Notdurft im Kuhstall. Für Kranke und Wöchnerinnen gab es einen Nachtstuhl. Für die Nacht gab es das »Häfele«, im Ries etwas derber »Bronzkachel« genannt, das abends unters Bett geschoben wurde. Morgens wurde das »Potschamberle« auf den Mist geleert und tagsüber auf den Bretterstoß im Hof gelegt. Abends sagte die Mutter dann zu den Kindern: »Ds Häfele müaßat r fei o no reihola.« Der einfache Nachttopf war aus Blech oder Email, für Gäste hatte die Hausfrau einen aus Steingut, zum »Waschlavor« passend. Eine Grosselfingenerin, die sich beim »Hafama« (Hausierer mit Häfen, Töpfen, Schüsseln usw.) ein neues »Nachtgeschirr« gekauft hatte, präsentierte es beim abendlichen »Hoigarta« ihren Gästen mit folgenden Worten: »Gschobat nor Buaba, heit hab e an Nachthafa kofft, wo sieba Soichata neigont.«

Ein Trockenklosett gab es auch im Pfarr- und Schulhaus. Hier mußte der Flur in gewissen Zeitabständen »ds Klosett mischta«.

Beim Spielen war das Aborthäuslein ein beliebtes Versteck für die Kinder. An die Innenwände wurden allerhand »Sprüchle« gekritzelt. Eine Wörnitzostheimerin berichtet schmunzelnd, daß sie wegen eines solchen Versleins das »Häuschen« des Nachbarn gerne aufsuchte. Dort stand nämlich zu lesen:

> »Hier in dieser Halle,
> Wo kein Vogel singt,
> Läßt der Mensch was fallen,
> Das erbärmlich stinkt.«

(1985)

Giebelbekrönungen

»A Boschtamentla muaß nauf«

Trotz vieler Neubauten finden sich in Wechingen noch etliche Häuser in der kennzeichnenden Rieser Bauweise: erdgeschossig, steiler Giebel zur Straßenseite, Fensterkreuze, Läden und als Besonderheit die »Rieser Knospe« als Giebelbekrönung.
Die Wechinger nennen diese Giebelzier »Boschtamentla« (Postament). Fragt man sie nach der Bedeutung dieses Hausschmucks, bekommt man zu hören: »Descht a weng de Maurer ihr Stolz gwest«. »Descht nor a Zierat«. »Descht a weng a abgöttische Sach«. »Des hot mit Weter ond Blitz ebbes z to«. »Zo am gscheita Baurahaus hot des Deng oifach ghöart«. Kreisbaumeister i.R. Karl Höpfner erklärt, daß

Haus mit Giebelbekrönung in Grosselfingen

Häuschen mit Stall und Giebelbekrönung in Wechingen

es sich bei diesem Giebelschmuck um ein Fruchtbarkeitszeichen unserer heidnischen Vorfahren handle.

Ein im vergangenen Jahr im Alter von 90 Jahren verstorbener Wechinger Maurer, Friedrich Wurm, konnte zum Thema »Giebelzier« noch manches erzählen. »Ds Boschtamentla hot dr Moischter awel selber gmacht, obwohl s jeder andre o könnt hätt.« Gefertigt wurde es aus zwei halben Ziegelsteinen, zwei Dachziegeln und zwei senkrecht aufgestellten Steinen. Um die Rundung der »Knospe« zu erhalten, wurden an den zwei aufrecht stehenden Ziegeln die Ecken abgeschlagen und der verbliebene Stein mit »Zementputz eigschmiert«. Die »Stacheln« ergaben sich, indem man »an Batza Zementbeto gwerglt, an de Stoi nadruckt ond guat nagstricha hot«. Vier quadratische Dachplattenstückle wurden dann auf die Ecken gesetzt. Sie waren oft das Ziel

von jugendlichen Schützen, die sie heimlich mit dem Flobertgewehr heruntergeschossen.
Der Giebelschmuck wurde auf dem Boden zusammengesetzt und »wamma ds Dach zuagmacht hot« hinaufgetragen und festgemauert.
»Ebbes Billigs war des net. Do hot ma an halba Tag putza müaßa«, sag-

»Schwalbenschwanz« in Wörnitzostheim   Giebelbekrönung in Grosselfingen

Haus mit Giebelbekrönung (»Schwalbenschwanz«) in Holzkirchen

Haus mit »Boschtamentle« in Wechingen

te der alte Maurer. Beim Herunterweißen des Giebels hieß es: »Iatz kommt wieder die schöaschte Arbet«, denn »ds Boschtamentla hot ma kante ghet, weil ma mit dr Loiter schier net naufkomma isch«.
Das Anbringen der Giebelzier »hot oifach drzuaghöart«. Maurermeister Gottfried Hagner, der die Häuser gebaut hatte, die heute noch diesen Schmuck tragen, »war drauf aus, daß ma ds Boschtamentla naufgmacht hot«. Auch der »Baurat« (Kreisbaumeister) sah es gerne, »ond d Leit honts o gwöllt«.
Der Giebelschmuck, wie wir ihn in Wechingen an Häusern und Städeln antreffen, war früher im ganzen Ries zu finden. In dem Standartwerk »Das Bauernhaus in Bayerisch-Schwaben« heißt es dazu: »... (es) geht eine Besonderheit durchs ganze Ries und ist anderswo an Bauernhäusern kaum zu finden: eine reizvolle, gemauerte und liebe-

Haus mit »Rieser Knospe« in Munningen

voll gearbeitete Giebelbekrönung in verschiedenen Varianten, von denen der wohl aus dem gotischen Formenschatz der Riesstädte übernommene Schwalbenschwanz und die renaissancehaft anmutende Zirbelnuß die häufigsten sind. Steckt dahinter nur die reine Freude am Dekor ... oder wurde damit gleichzeitig ein steinerner Ersatz geschaffen für den Firstschopf des ehemaligen Strohdaches?« Neben Wechin-

Giebelabschluß an einem Balgheimer Haus

Häuslein in Wechingen

gen finden sich in Munningen noch gut erhaltene »Rieser Knospen« als Giebelschmuck. Da sie sehr witterungsanfällig sind, stehen manchmal nur noch Reste davon auf den Dachfirsten, wie zum Beispiel in Pfäfflingen, Alerheim, Möttingen und Holzkirchen.
Neben der »Rieser Knospe« war der »Schwalbenschwanz« ein beliebter Giebelabschluß. Er galt von alters her als Glückssymbol. Besonders schöne Beispiele dieser Giebelzier sind in Holzkirchen, Wörnitzostheim, Alerheim (Schloß), Ziswingen und Nähermemmingen anzutreffen.

(1986)

Vom Rechnungsbuch der Katharina Fälschle

»Hausa ond spara«

Friedrich Fälschle aus Schopflohe besitzt ein Büchlein, das die Aufschrift trägt: »Rechnungsbuch für Frau Katharina Fälschle«. Auf etwa 20 Seiten hat darin seine Urgroßmutter Anna Katharina Fälschle (1849 bis 1914), geborene Schachner aus Erlbach, fein säuberlich Einnahmen und Ausgaben für die Jahre 1896, 1897, 1898 und 1899 aufgeschrieben. Sie war Bäuerin auf dem ca. 30 Morgen großen Anwesen in Schopflohe, das sie mit ihrem Ehemann Johann Michael Fälschle 1885 erwarb. Ihre Eintragungen geben einen guten Einblick in das bäuerliche Wirtschaften vor rund 100 Jahren.

Vieh- und Getreideverkauf

Das Jahr 1896 wird im folgenden etwas genauer betrachtet. Die Einnahmen beliefen sich in diesem Jahr auf 2346 Mark. Diese Summe setzte sich zusammen aus dem Verkauf von Vieh (1566 Mark), Getreide (350 Mark), Butter und Schmalz (229 Mark), Eiern (86 Mark), Obst (70 Mark) und Sonstigem (z.B. Wegesteine, 12 Mark).
An Vieh wurde verkauft: neun Schweine, eine Kuh, eine Kalbin und zwei Stiere. Katharina Fälschle vermerkt auch die jeweiligen Viehkaufleute: Jordan, Dinkelsbühl; Fickel, Frankenhofen; Handelsmann Bär, Mönchsroth; Strauß, Gerolfingen; Salamon Gutmann, Hainsfarth; Schwertberger, Nördlingen.
Den Getreideverkauf notiert die Schopfloherin so: 250 Pfund »Haber«, 2 »Säck« Weizen, 90 Pfund Weizen, 1 Sack Korn, 1 Sack Weizen, 1 Sack Gerste, 2 »Säck Haber«, 180 Pfund Korn, 1 Sack Weizen, 1 Sack »Haber«, »2 Säck Haber«, 4 Zentner Weizen, 5 Zentner »Haber«. Meistens befindet sich daneben die Bemerkung: »Schranne Öttingen«.

Butter (3 Zentner) und Schmalz (16 Pfund) nahmen bei den Einnahmen den 3. Platz ein. »Ds Oiergeld« aus dem Verkauf von 2022 Eiern erbrachte eine ganz erkleckliche Summe. Es war üblicherweise das Haushaltsgeld der Bäuerin, mit dem sie ihre Einkäufe bei der Dorfkrämerin bestritt. Die Einnahmen für Obst lassen auf einen großen

»Ds Oirweib« ist da

Obstgarten schließen. Als Abnehmer für Äpfel und Zwetschgen sind in dem Büchlein vermerkt: Äpfel Gutmann, Mönchsroth; Äpfel Strauß, Gerolfingen; 40 Pfund Zwetschgen, H. Pfarrer Hertz in Pfäfflingen; 4 Ztr. Zwetschgen, Adam Frank in Schopfloch; 200 St. Äpfel Ebert, Bierbrauer in Sinnbronn; 1 Ztr. Äpfel, Herrn Pfarrer Rupp in Greiselbach; Äpfel, Simon Laupheimer in Hainsfarth.

Wenig Ausgaben

Die Ausgaben beliefen sich im selben Jahr auf 208 Mark. Es taucht hier allerdings die Frage auf, ob Katharina Fälschle alle Ausgaben festgehalten hat. Es fehlen zum Beispiel Ausgaben für Handwerker. Daß in vier Jahren selbst auf einer Sölde, wo keine Pferde eingespannt wurden, keine Schmiedrechnung ins Haus kam, ist unwahrscheinlich. Auch für andere Handwerker, wie Wagner, Zimmermann oder Schreiner, wurde nichts ausgegeben.
Auf einem Anwesen von 30 Morgen hat es Dienstboten gegeben, zumindest eine Magd. In den Aufzeichnungen sucht man aber vergebens nach einem Dienstbotenlohn. Die Familie scheint gesund gewesen zu sein. In vier Jahren keine Ausgabe für Doktor oder Arznei, ausgenommen 50 Pfennig für »Pain Expeller« (Schmerz-Austreiber). Daß der Tierarzt in den vier Jahren nicht in den Stall kam, könnte durchaus stimmen. Die Tiere waren robust und Krankheiten wurden mit Hausmitteln kuriert. Für Vergnügungen (Kirchweih, Bahnfahrt, Einladung zu einer Hochzeit) scheint kein Pfennig ausgegeben worden zu sein.
Auch wenn die »Buchführung« der Katharina Fälschle aus Schopflohe Lücken aufweist, gibt sie doch interessante Hinweise auf die sparsame Haushaltsführung vor 100 Jahren.

Was wurde eingekauft? Nur wenig Lebensmittel, denn fast alles wurde auf dem Bauernhof selbst erzeugt. Folgende Lebensmittel kaufte die Schopfloherin im Jahre 1896 ein: Reis (20 Pfund), Zucker (28 Pfund),

Kaffee (3³/₄ Pfund, wohl Malzkaffee, dazu 12 Pfund Zichorienkaffee), einen Sack weißes Salz, 57 Liter weißes Bier (Erntebier). In den beiden folgenden Jahren notiert die Bäuerin noch Grieß, Mandelkern und Fleisch (etliche Pfund in den Sommermonaten). An Kleidung, Stoffen und Garnen führt sie bei den Ausgaben auf: Baumwollgarn (1 Pfund), Rockzeug (6 Ellen), 2 Strang (vielleicht Wolle), Strumpfgarn (2 Pfund), 2 Tücher, 20 Ellen Band zur »Kapp«, 1 Paar Hosenträger, 1 Paar Unterhosen, 1 Paar Pantoffeln, 2 Ellen Druck, Hemdenzeug (3 Meter), eine wollene Decke. Für Haus und Hof braucht sie: Seife (82 Pfund), Soda (14 Pfund), Stärke (wohl Wäschestärke, 2 Pfund), Erdöl (18 Pfund, nicht Liter!), 2 Dutzend Teller, Kochgeschirr (für 6,50 Mark), ein Sieb, eine Sense, Maschinenöl, 1 Sack rotes Salz (Viehsalz). Unter »Sonstiges« fallen Ausgaben für Schrannengebühr und Fuhrlohn, Ankauf von »Duttasäule« (Ferkel), Distriktausschlag, Umschreibegebühren, Brandkasse, Wegmachen, »die Großmutter« (vielleicht Leibgeding), Schulausschlag, Schlachten eines Schweines (Metzgerlohn). Dank großer Sparsamkeit beliefen sich die Ausgaben auf nur 208 Mark für das ganze Jahr. Selbst, wenn die Hausfrau nicht alle Ausgaben aufgeschrieben haben sollte, werden sie von den 2346 Mark Einnahmen weit übertroffen. Sogar jährliche Zinseinnahmen sind verzeichnet: »Zins von L...« (8 Mark).
Als Preis für ihre Erzeugnisse notiert die Schopfloherin: 1 Pfund Butter 52 Pfennig, 1 Ei 4 Pfennig, 1 Zentner Weizen 8 Mark, 1 Zentner Hafer 6 Mark, 1 »Kalbl« 256 Mark, 1 Paar »Duttasäule« 25 Mark, Metzger für »Saustechen« 70 Pfennig. Bei ihren Einkäufen zahlt sie für 1 Pfund Zucker 32 Pfennig, 1 Pfund Gries 20 Pfennig, 1 Pfund Reis 20 Pfennig, 1 Pfund Malzkaffee 1,60 Mark.

Hausen und Sparen

» Wo gnueg isch, isch guat hause.«
» Wo gnueg isch, könnat d Säu hause.«

» Ma ka ofm Schtoihaufa hause (mit wenig auskommen).«
» Wer awel spart, haust awel hart.«
» Mit ander Leit Sach isch guat hause.«
» Ma muaß mit de Lebendige hause (sagt man zu einem Witwer, wenn man ihn zum Wiederheiraten ermuntern will.)«
» Mit Glück ond Oglück muaß ma hause.«
» Mit am toate Weib ka ma net hause, aber mit ra toate Sau.«
» Dr Sparer hot sein Zehrer.«
» Descht z spät, wamma eascht em Alter ds Spara afangt.«
» Junges Blut, spar dein Gut, Armut im Alter wehe tut!«
» Was nutzt hause ond spare, en 100 Johr isch alles en fremde Händ.«
» Wer em Kloine net spart, spart o net em Groaße.«
» Wie i no ghaust hab (als ich noch das Sagen hatte, den Hof führte.)«
» Ma muaß afanga spare, wamma am Bändel isch, ond net eascht, wamma em Zipfl (des Mehlsacks) isch.«   (1993)

Ausschnitt aus dem Rechnungsbüchlein der Katharina Fälschle

Bauholz

»Zemmermoischter, schreib mr ds Holz raus«

Wer ein neues Wohnhaus oder einen Stadel bauen wollte, traf schon beizeiten seine Vorbereitungen. Baubeginn war allgemein im Frühjahr. Schon im vorausgegangenen Herbst war der Bauherr zum Zimmermeister gekommen und hatte gesagt: »Zemmermoischter, schreib mr ds Holz raus.« Dieser stellte dann an Hand des vorgelegten Bauplans die Liste der nach Klasse aufgegliederten Rundholzmenge zusammen. »Des Holz brauchsch du«, hieß es dann. Mit 30 Festmetern für den Dachstuhl eines Bauernhauses und 60 bis 70 für den eines Stadels mußte der Bauherr rechnen.

Mit der Holzliste begab sich der Bauherr aufs Forstamt oder zu einem privaten Waldbesitzer. Die Südrieser gingen zum Beispiel auf die Forstämter Hohenaltheim, Mönchsdeggingen oder Harburg. Bauholz war zu 90 Prozent Fichtenholz. Die Stämme waren schon in den Wintermonaten geschlagen worden, wenn das Holz in der Saftruhe war. Solches Winterholz war weniger anfällig für Wurmbefall, wie Zimmermeister Karl Bissinger aus Kleinsorheim erklärt. Nach dem Fällen waren die Schläge vom Schlagmeister und den Holzhackern ausgemessen und am Zopfende angeschrieben worden (Länge und Durchmesser). Zimmermeister Bissinger kann die Rundholzklassen aus seinem Kalender herauslesen. Für den Dachstuhlbau kommen vor allem die Klassen drei (14 m/14 cm), vier (16 m/17 cm) und fünf (18 m/22 cm) in Frage.

Das Forstamt reichte die Holzliste an den »Jäger« (Förster oder Forstwart) weiter, der die entsprechenden Stämme bald zusammengestellt hatte. An einem Sonntagnachmittag kam der Schlagmeister (meistens mit dem Fahrrad) zum Bauherrn und überbrachte ihm die Holzliste und den -abfuhrschein. Er kassierte auch gleich den Rechnungsbetrag für das Holz. Daß er dabei vom Bauherrn auf ein Trinkgeld hoffte, versteht sich.

Den Abtransport der Stämme besorgte der Bauherr entweder selbst, sofern er Fuhrwerksbesitzer war, oder er beauftragte »an (andra) Gäulbaura« damit. Zunächst mußten die Stämme aus dem Schlag mit Rössern an den Weg gerückt werden, ehe sie aufs Langholzfuhrwerk auf-

Langholzfuhrwerke auf dem Wemdinger Marktplatz

geladen werden konnten. Zimmermeister Ostermeier aus Maihingen erinnert sich, daß Bauholz einst auch auf der Mauch geflößt wurde.

Früher mußten die Zimmerleute alle Balken von Hand behauen. Dies geschah teilweise an Ort und Stelle im Wald oder auf dem Zimmermannsplatz im Dorf. »Aufghölzelt« blieben die Balken dann noch eine Weile liegen. »D Märzaluft hots no guat tricknet«, meint Zimmermeister Karl Bissinger aus Kleinsorheim.
Nach dem Aufkommen der Sägwerke (am Ende des 1. Weltkrieges) fuhren die Bauherren das Rundholz in die Sägerei, die ihrem Wohnort am nächsten lag. »Fr d Onterriaser« kamen folgende Sägwerke in Betracht: Bachmann (Kleinsorheim), Göttler (Ziswingen), Pfister (Schaffhausen), Gerstmeyer (Balgheim), Herrmann (Mönchsdeggingen), Brenner (Hürnheim), Pulvermühle (Hürnheim). Neben den Sägereien im nördlichen Ries, zum Beispiel Häfele (Fremdingen), Sandmaier (Raustetten), Leberle (Oettingen), Wiedemann (Fürfällmühle), waren hier auch Wemdinger Sägewerke (Jung, Laber) bekannt. Für Bauherren in Nördlingen und Umgebung lag die Sägerei Kling (Bergmühle) am nächsten.
Sägwerksbesitzer Wilhelm Göttler in Ziswingen berichtet, daß 1913 bei ihm ein mit Wasserkraft (Bautenbach) betriebenes Vollgatter in Betrieb ging. Bis dahin gab es nur eine Einblattsäge. Es gab keinen Kran, alles Holz mußte von Hand bewegt werden. »Ma hot schwer lupfa ond viel schaffa müaßa«, sagt Wilhelm Göttler. Er spricht gar von »Sklavenarbeit, bei der wenig verdient war«. Außer den privaten Bauherren kamen auch die Schreiner und Wagner, um ihr Holz schneiden zu lassen. Linde und Ahorn machten vorwiegend das Schreinerholz aus, Eiche und Buche verwendete in der Hauptsache der Wagner. Saison war vor allem im Frühjahr, wenn gebaut wurde.
Waren die Stämme in der Sägerei, kam der Zimmermeister dorthin »zom Ablänga«. An Hand der Kantholzliste, auf der die genauen Maße verzeichnet waren, schnitt er die Stämme auf die benötigte Länge ab.

Unterwegs mit dem Langholzfuhrwerk (Leonhard Wiedemann aus Holzkirchen, um 1920)

Je nach dem, wie groß die Holzmenge war, dauerte dies einen halben bis ganzen Tag. Stirnseitig wurde mit Försterkreide (blaue Ölkreide) die benötigte Stärke angeschrieben. Jetzt konnten die Stämme gesägt werden. Aus dem Rundholz wurde Kantholz. Der Bauherr holte das geschnittene Holz ab oder ließ es abholen, wenn er nicht selbst über den richtigen Anspann verfügte. Auf dem Zimmermannsplatz lag das Holz solange, bis der Bau soweit fortgeschritten war, daß der Zimmermann mit dem Abbinden des Dachstuhls beginnen konnte.

(1992)

Fahrrad

»Do kommt a Veloziped«

Ein Fahrrad zu besitzen war früher etwas Besonderes. Die Rieser, die heute zwischen 70 und 80 Jahre alt sind, berichten, daß sie erst mit 20 Jahren oder noch später ein Fahrrad bekamen. Gegen 1895 tauchten im Ries die ersten Fahrräder mit Luftreifen auf. Sie hatten aber noch keinen Freilauf. Zunächst leisteten sich nur die Honoratioren der jeweiligen Gemeinden, also Forstmeister, Doktoren, Geschäftsleute, ein Zweirad. Ab etwa 1907 hatten dann auch Bauernsöhne ein solches Gefährt.
Im südlichen Ries kaufte man die ersten Räder zu Möttingen in der Fahrradhandlung des Mechanikermeisters Balthas Seiler. Ein Dutzend Räder hatte er stets zur Auswahl auf Lager. Von den Herstellerfirmen wurden sie auf dem Möttingener Bahnhof angeliefert. Nürnberg war ein Zentrum der Fahrradherstellung. Markennamen waren damals »Brunsviga«, »Mars«, »Brennabor«, »Victoria«, »Hercules«, »Wanderer«, »Adler«, »Göricke«, »Triumph« u.a. Wer sich ein Fahrrad kaufen wollte, der mußte tief in die Tasche greifen. 100 bis 120 Goldmark kostete ein Veloziped. Eine schöne Summe, wenn man bedenkt, daß ein Knecht in dieser Zeit 180 bis 200 Mark im ganzen Jahr verdiente. Die damaligen Fahrräder waren mit einer Karbidlampe ausgestattet. Man war recht zufrieden mit dieser Beleuchtung. »Die hot hell gmacht. Do hot a Wed ganga däffa, die isch net ausganga«, heißt es. Bei fälligen Reparaturen brachte man das Rad in die Werkstatt zum Mechaniker. Alte Möttingener erinnern sich, daß sonntags meistens fünf bis sechs Personen in der Werkstatt versammelt waren.
Das weibliche Geschlecht mußte länger warten, bis man ihm ein Fahrrad zubilligte. Eine alte Rieserin erzählt, daß sie daheim bettelte, man möge ihr doch ein Rad kaufen, zumal die Kameradinnen schon eines hatten. »Fr was hot denn dr Herrgott dir Füaß wachsa lossa!« wurde ihr gesagt und den anderen Fahrerinnen prophezeit: »Alle wearat r d

Schwendsucht kriega« (vom Einatmen der kalten Luft während der Fahrt). In den 30er-Jahren »hot nocht alles Räder ghet«. Bereits Jugendliche erhielten nun ein Fahrrad »wann ma zom Nachtmohl ganga isch« (konfirmiert war).
Kinderfahrräder gab es nicht. Die Kinder, wenn sie fahren konnten, schraubten den Sattel herunter und banden an dessen Stelle einen Sack. Das Fahrrad wurde behandelt wie ein Heiligtum. Es wurde nicht in den Stadel gestellt sondern ins Haus, entweder auf den »Soler« (oberer Gang), in die »Henterkammer« oder »en die obere Stub«. Im Winter wurde es überhaupt nicht benutzt. Damit es nicht einstaubte, wurde es sogar zugedeckt. Nach jedem Fahren erfolgte meist eine Reinigung.
Den eisernen Ständer, der zum Aufstellen des Fahrrades diente, umwickelte man mit Stoff, damit der Lack nicht beschädigt wurde. Eine 75jährige Rieserin erinnert sich noch genau an den Tag, an dem

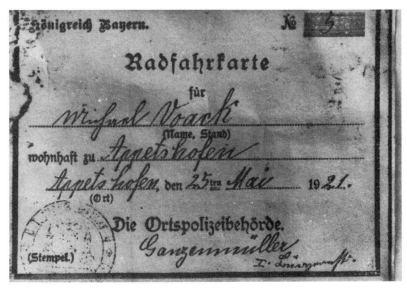

Radfahrkarte

Mädchen mit Fahrrad

sie mit dem Vater nach Alerheim in die Schlosserei Sandl ging, wo er ihr das erste Fahrrad kaufte. Als es auf dem Heimweg nach Appetshofen zu regnen anfing, trugen sie das neue Fahrrad stellenweise, weil der Feldweg schmutzig war.

Beim Erlernen des Radfahrens gab es allerhand Erlebnisse, besonders dann, wenn man schon älter war. Ein alter Lierheimer berichtet

Junger Rieser mit Fahrrad (Appetshofen, 1924)

schmunzelnd, daß seine erste Fahrt im schlammigen Flußbett der Eger endete. Diese Probefahrt unternahm er mit dem Rad seines Kameraden, das er diesem dazu heimlich entwendet hatte.
Eine Lierheimerin erzählt, daß sie abends »a weng vors Dorf« hinausging, um das Radfahren zu erlernen. J. F. Wiedemann aus Mönchsdeggingen weiß dazu eine lustige Geschichte. Er sagt: »Im Jahre 1907 (ich war zehn Jahre alt) bekamen wir eine neue Klassenlehrerin für die Jahrgänge 1. bis 3., die sogenannte »kloina Schuel«. Sie kaufte sich bei Schweizer in Nördlingen ein »Brennabor«-Damenrad. Herr Schweizer mußte die junge Dame einschulen. Dazu wurde der große Tanzsaal im

»Kronenbräu« ausgeräumt. Wir Buben schauten vom hohen Hügel beim Pfarrhaus zu (durch die heute noch vorhandenen riesigen Fenster), wie Herr Schweizer unser »Fräulein« durch den Saal schob. Dann mußte sie das Experiment alleine ausführen, zunächst geradeaus, später im Kreis herum. Nach einer Woche ging Herr Schweizer mit seiner Schülerin auf die Schotterstraße. Sie fuhr voraus, der Fahrlehrer hinterher ... Wegen ihrer Ängstlichkeit und Unsicherheit hatte das »Schulfreilein« bei uns Buben an Autorität einiges eingebüßt.«
Das Fahrrad war fortan ein begehrtes Verkehrsmittel, mit dem man viel Zeit sparen konnte. Man fuhr damit »über Feld en d Leichta« (zu Begräbnissen), auf die Nördlinger Messe, auf den Geflügelmarkt oder unternahm einen Sonntagsausflug mit anderen (z.B. nach Schloß Baldern). Mit dem Fahrrad fuhr der Ehemann des Nachts zur Hebamme, um sie zur Hausgeburt zu holen. Zum »Hoagsatlade« kam das

Mit dem Fahrrad aufs Feld (Hürnheim, 1925)

Brautpaar mit dem Fahrrad an. Schafschererinnen glaubten sich im Himmel, als sie mit dem Fahrrad zu ihrem Arbeitsplatz gelangen konnten und nicht mehr stundenlang zu Fuß gehen mußten. »En dr Letschtne« fuhr man sogar mit dem Veloziped aufs Feld. Auf dem Gepäckständer lagen Strohbänder, und rechts und links von der Lenkstange hingen Taschen mit Brotzeit und Getränk für die Schnittersleute.

Betrachtet man die »Oberpolizeilichen Vorschriften über den Radfahrerverkehr« aus dem Jahre 1907, dann läßt sich ein Schmunzeln nicht unterdrücken angesichts der gefährlichen Ausmaße des heutigen motorisierten Verkehrs. Unter dem Abschnitt »Das Fahrrad« ist zu lesen: Jedes Fahrrad muß versehen sein
- mit einer sicher wirkenden Hemmvorrichtung;
- mit einer helltönenden Glocke zum Abgeben von Warnungszeichen;
- während der Dunkelheit und bei starkem Nebel mit einer hellbrennenden Laterne mit farblosen Gläsern, welche den Lichtschein nach vorn auf die Fahrbahn wirft.
- Der Radfahrer hat einen Ausweis mit sich zu führen.
- Der Radfahrer hat eine auf seinen Namen lautende Radfahrkarte bei sich zu führen und auf Verlangen dem zuständigen Beamten vorzuzeigen.
- Die Karte wird von der zuständigen Behörde des gewöhnlichen Aufenthaltsorts des Radfahrers nach dem Muster der Anlage unter Verwendung von auf Leinwand aufgezogenem Papier ausgestellt.
- Für Personen unter 14 Jahren erfolgt die Ausstellung auf Antrag des Vaters, Vormundes oder sonstigen Gewalthabers.
- Die Radfahrkarte gilt für den Umfang des Deutschen Reiches. Radfahrer, welche ihren gewöhnlichen Aufenthalt außerhalb des Deutschen Reiches haben, haben einen anderweiten genügenden Ausweis über ihre Person bei sich zu führen und auf Verlangen dem zuständigen Beamten vorzuzeigen.

Ausgenommen von dieser Regelung waren Militärpersonen in Uniform oder Reichs-, Staats- und Gemeindebeamte, die Amtskleidung oder ein Amtszeichen trugen, sofern diese Personen das Fahrrad zu dienstlichen Zwecken benutzten.
Beim Abschnitt »Besondere Pflichten des Radfahrers« lesen wir folgendes:
- Jeder Radfahrer ist zur gehörigen Vorsicht bei der Leitung seines Fahrrades verpflichtet.
- Auf den Haltruf oder das Haltzeichen eines als solcher kenntlichen Polizeibeamten hat jeder Radfahrer sofort anzuhalten. Zur Kenntlichmachung eines Polizeibeamten ist auch das Tragen einer Dienstmütze ausreichend.
- Die Fahrgeschwindigkeit ist jederzeit so einzurichten, daß Unfälle und Verkehrsstörungen vermieden werden.
- Innerhalb geschlossener Ortsteile darf nur mit mäßiger Geschwindigkeit gefahren werden.
- Auf unübersichtlichen Wegen, insbesondere nach Eintritt der Dunkelheit, überall da, wo ein lebhafter Verkehr stattfindet, muß so vorsichtig gefahren werden, daß das Fahrrad nötigenfalls auf der Stelle zum Halten gebracht werden kann.
- Der Radfahrer hat entgegenkommende, zu überholende, in der Fahrtrichtung stehende oder die Fahrtrichtung kreuzende Menschen, insbesondere die Führer von Fuhrwerken, Reiter, Viehtreiber usw. durch deutlich hörbares Glockenzeichen rechtzeitig auf das Nahen des Fahrrades aufmerksam zu machen.
- Das Abgeben des Glockenzeichens ist sofort einzustellen, wenn Tiere dadurch unruhig oder scheu werden.
- Merkt der Radfahrer, daß ein Tier vor dem Fahrrade scheut, oder daß sonst durch das Vorbeifahren mit dem Fahrrade Menschen oder Tiere in Gefahr gebracht werden, so hat er langsam zu fahren und erforderlichenfalls sofort abzusteigen.

(1984)

Vom Karessieren

»Ei Mädale stand auf ...«

Lustbarkeiten, wo sich Mädchen und junge Burschen trafen, gab es früher nicht viele. Wer die Bekanntschaft eines jungen Mädchens machen wollte, ging einfach zu ihr ans Fenster. Der Rieser sagte dazu: »I gang of Karess« (karessieren: liebkosen, schmeicheln, eine geheime Liebschaft haben). Selten sagte man: »Ge Fe(n)schtra ganga.« Die Besuche am Fenster der Mädchen dienten in erster Linie der Unterhaltung und waren meist harmloser Art. »Ma hot die Sach net so earnscht gnomma«, versichern die Alten. Was so im Dorf passierte, »hot ma a weng romklaubt«.
Ein auf dem Tanzboden schüchterner Bursche konnte fragen: »Däff i an dr Kirbe o a weng mit dr tanze?« Oftmals bedurfte es schon großer Überredungskunst, das Mädchen überhaupt ans Fenster zu locken. »Ma isch net so geara aufgstanda. Ond mitm Fe(n)schteraufmache isch ma so net so schnell gwest«, meint eine Möttingenerin. »Komm Lieba, mach a weng auf. Kriegsch a paar scheana Bira. Drei wiegat a Pfod«, schmeichelte der Schorsch, bis die Sofie endlich aufmachte. Kam der Bursche zum ersten Mal, nannte er seinen Namen. »I ben dr Schmieds Heiner. Mach halt a weng auf!« Manche waren schon dreister. »I ben dr Wirts Fritzl vo ... Mach auf, nocht do mr a weng Vater- ond Muaterles.« Wollte das Mädchen von dem Burschen nichts wissen, rührte es sich nicht oder antwortete ungehalten: »Mach, daß weiterkommsch!« War es aber an einem Gespräch interessiert, trat es ans Fenster.
Lag die Schlafkammer im oberen Teil des Hauses, mußte sich der Bursche eine Leiter besorgen. »Ma hot scho gwißt, wo d Loitre sen«, gestehen die ehemaligen »Fe(n)schterer«. Mit Vorliebe nahm man dazu »d Dreschmaschene- ond d Gsodbödelesloiter« (jede hatte fünf bis sechs Sprossen) und band sie mit einem Strick zusammen. Standen die Leitern am nächsten Tag nicht wieder an ihrem gewohnten Platz,

Junge Mädchen aus Appetshofen (Katharina, lk., und Helene Wetzstein, um 1920)

Beim Karessieren

schimpfte der Bauer: »Die Hundsbuaba hont mei Loitra vrschloift.« Bei diesen nächtlichen Unternehmen »isch oft amol a Loiter zammgrissa woara«. Gar oft war auch das Mauerwerk an der Stelle beschädigt, wo die Leiter gestanden hatte. »Bei dr Becka-Great sigts ja sauber aus. Do isch a Fetza Mauer weg ond dr ganz Giebl vrsaut«, brachten »d Kircheleit« am Sonntag mit von der Kirche heim. Manchem Mädchen wurde eine Leiter nur »zom Possa« hingestellt. Der Bursche lehnte sie ans Fenster und verschwand wieder. Am nächsten Morgen war die Leiter immer noch da. Das Mädchen ärgerte und schämte sich. Viele Burschen schafften es auch ohne Leiter, das Kammerfenster des Mädchens zu erreichen. Lag es nicht sehr hoch, genügte es, wenn er das Hof- oder Gartentürlein aushängte und sich auf die Zaunlatten stellte. Eine Krämerstochter berichtet schmunzelnd, daß ihr Verehrer, als er sich an den Fensterläden zu ihrem Fenster hinaufschwang, die

Junger Bursche
aus Balgheim (Jakob
Ackermann, um
1910)

Zwei junge Balgheimerinnen (Karoline, lk., und Mina Gerstmeier)

Ladenglocke, die sich über der Haustüre befand, in Bewegung versetzte. Der Vater sei auf diesen Lärm hin mit einem Messer herausgeeilt, habe sich aber gleich wieder zurückgezogen, als er die »Lärmquelle« erkannte. Glück im Unglück hatte ein junger Wechinger, dem zur Winterszeit die Leiter auf dem eisigen Boden wegrutschte und er

und der von der Leiter schlug. Bis der von dem erschrockenen Mädchen alarmierte Vater vors Haus trat, hatte sich der Bursche aber samt Leiter schon wieder davongemacht.
Geschenke brachten die nächtlichen Besucher nur selten mit. »Vielleicht amol a weng an Schoklad, wamma z Näarla gwest isch«, meint der alte »Stolle-Fritz« aus Grosselfingen. »An a Gutse om 10 Pfenne«, das er den Mädchen mitbrachte, erinnert sich ein Lierheimer, damit

Goldene-Hochzeits-
Paar aus Schwörsheim
(1927)

sie ihm eher das Fenster aufmachten. »An de Zeite« waren kleine Geschenke üblich: »zom Osterhas«, »zom Christkendle«, »zom Nußmärtl«. Ein Mädchen aus Appetshofen wollte seiner »Bekanntschaft« »a weng a Verehre macha« und wickelte zu diesem Zweck ein paar Zigarren in ein Papier. Beim nächsten Besuch am Fenster händigte es seinem Schatz das kleine Geschenk aus. Wie erstaunt war dieser aber, als er statt der Zigarren hölzerne Rechenzähne vorfand. Der Bruder des Mädchens hatte ihm diesen Streich gespielt. »Em alta Johr« (Silvester) schossen die Burschen den Mädchen vor deren Fenster das neue Jahr an. Sie zogen danach von Fenster zu Fenster und wünschten »a guats nuis Johr«. Sie bekamen dafür ein Stück »Nuijohrs-Krapfa« durchs Fenster gereicht.

In den Holzlandgemeinden (Aufhausen, Forheim, Amerdingen, Schweindorf, Ederheim) war es früher üblich, daß in der Nacht auf den 1. Mai die Burschen ihrem Schatz einen »Maien« steckten. Es war dies »a schöas Birkareis«, »a Lärchezweigle« oder ein Blumensträußlein, kurzum »ebbes ausm Wald«, das ans Fenster gesteckt wurde. Mitunter war es sogar ein Birkenbäumchen, das die Burschen mit bunten Bändern geschmückt hatten. Das Mädchen (und vielleicht auch die Eltern) fühlte(n) sich geehrt. Einem Mädchen, das keinen lauteren Lebenswandel führte, ein böses Mundwerk hatte oder die Buben nur zum Narren hielt, wurde ein stumpfer Besen vors Fenster gestellt. Dies war ein arger Schimpf für sie. Selbstverständlich entfernte das Mädchen sofort den Besen, während die anderen, denen frisches Grün gesteckt wurde, diese Zierde noch einige Zeit lang beließen. Der Brauch des Laub- oder Maiensteckens war »em Ries d(r)enn« nicht üblich. »Deane hot dr Wald gfehlt«, meinten die Holzländer.
Um Lichtmeß (2. Februar), wenn neue Mägde ins Dorf kamen, »hot mas probiert, wies gsonna sen«, erinnert sich ein alter Rieser. Ein anderer bestätigt dies: »Ja, do isch ma gloffa«. Immerhin wechselten in einem großen Dorf bis zu zwanzig »Ehalta« (Dienstboten) ihren »Platz«.

Oftmals wollten die Burschen auch nur den Vater oder die Mutter ärgern, indem sie zur Tochter »of Karess« gingen. Von der »Bäbe« in ... wußten die Burschen, daß sie stets die Mutter zu Hilfe holte, wenn an ihr Fenster Steinchen flogen. Die Mutter schimpfte dann zum Fenster hinaus und bewarf die nächtlichen Ruhestörer zu deren großer Freude mit Äpfeln. »Nor weiter, os sen no meahner«, riefen sie zur wütenden Mutter hinauf. Die Mädchen, die man »karessierte«, mußten schon aus der Sonntagsschule sein. Erst jetzt, mit etwa 16 Jahren, durften sie auch auf den Tanzboden. Hatte man auf der »Kirbe« öfters mit einem Burschen getanzt und vielleicht sogar ein Paar Bratwürste mit ihm gegessen, konnte es schon sein, daß er fragte: »Wo hoschn dei Fe(n)schter, daß is woiß, wann i amol of Karess komma will?« Vorsichtige Mütter hatten deshalb ihre Töchter ermahnt: »Mädle iß mit koim, nocht bisch koim ebbes schulde«. Die Gespräche der Mädchen untereinander drehten sich auch häufig um die nächtlichen Besucher. Enttäuscht mußte manche feststellen, daß der Bursche, der sie öfter am Fenster aufsuchte, auch noch bei anderen »of dr Kischt gwest isch«, wie man etwas vulgär sagte.

Hatte ein Mädchen einen festen Freund, besuchte er sie ein- bis zweimal pro Woche. Daß es dabei nicht immer nur bei einem Gespräch am Fenster blieb, versteht sich. »Ma hotn scho rei gloßt«, erzählen die Frauen. Die Besuchstage wurden unter den Liebesleuten vorher ausgemacht. Nach dem Grundsatz handelnd, »wo d Lieb treibt, isch koi Weg net zweit«, waren die jungen Männer oft stundenlang unterwegs, um ihre Liebste aufzusuchen. Ein Forheimer hatte seine Braut in Löpsingen, wo sie als Magd diente. Der Weg von vier Stunden hin und wieder vier Stunden zurück, wurde ihm aber doch zu viel, sodaß er sich im anderen Jahr auch als Knecht nach Löpsingen verdingte. »Do hot ma viel loffa müaßa, bis ma a Weib kriegt hot«, meinte ein alter Ziswingener, der es am eigenen Leib erfahren hatte, stammte doch seine Frau aus Holzkirchen.

Wer »of dr Karess« war, wurde gerne von anderen gestört. »I ben oft vrschecht woara«, erinnert sich ein heute fast Achtzigjähriger. Am liebsten wartete er deshalb bis zwei oder drei Uhr morgens, damit er sicher sein konnte, niemanden mehr zu treffen. Einmal, so berichtet er schmunzelnd, habe er sich im letzten Augenblick unter einem umgestürzten Brühtrog verkrochen, als sich Schritte näherten. Besonders geeignet war »dr Mede« (Montag) als Besuchstag. »Do warat net viel Leit onterwegs, weil neamed em Wirtshaus war«, meint einer, der Erfahrung hatte. Als ein Möttingener des öfteren von einem Konkurrenten vertrieben wurde, wenn er ans Fenster des Mädchens Steinchen warf, tat er sich mit einem Freund zusammen, um dem Störenfried eine Lektion zu verpassen. Sie schlugen ihn derart, daß er eine Woche das Bett hüten mußte. Sein Dienstherr meinte daraufhin zu den beiden: »A so hättet r n o wieder net zuaricht solla. Iatz hab e acht Tag koin Knecht meah ghet«.

Besonders gefährlich war es, wenn sich ein Bursche in ein anderes Dorf »of Karess« begab. »A Fremder hot net aufkomma könna«, heißt es. Er bekam Schläge, wurde ins Wasser getaucht oder seines Fahrrades beraubt. Aus diesem Grunde nahm man gerne einen Freund mit, der »Schmiere stehen« mußte. Oft half es auch schon, wenn man an der Kirchweih den Dorfburschen »a paar Moß zahlt hot«. »Des hab i net noat ghet«, rühmt sich ein Lierheimer, »i hab a Kraft ghet, mir hot koier ebbes do«.

Heutzutage ist »ds Karessganga« ganz aus der Mode gekommen. »Ma goht glei en ds Haus«, wenn einem ein Mädchen gefällt, während man früher »die Sach vrduscht hot, solangs ganga isch«, nach dem Motto:

»I will di wohl lieba,
doch hoimle muaß s sei,
wanns d Leit amol wissat,
nocht pfeif e drenn nei.«

(1987)

Die Liebe im Rieser Sprichwort:

»A alte Lieb rocht awel no a bißle.
Was ma liebt, des muaß ma hüata.
Die wär recht zom Lieba, aber net zom Kriega.
D Eifersucht stoht käb (nahe) neba dr Lieb.
D Lieb woiß vrborgne Weg.
Wo d Lieb treibt, isch koi Weg net zweit.
D Lieb macht ble(n)d, aber noch dr Hoagsat gont oim d Oaga auf.
Wann d Lieb (en dr Eh) zuenehma dät, wie anehma, dät ma se zom Schluß fressa.
Die hoimliche Lieb isch die bescht Lieb.
A andre Muater hot o a liebs Ke(n)d (tröstet man einen Abgewiesenen).
Wamma d Tochter will, muaß ma d Muater karessiere.
Ma muaß de Zau(n) grüaßa, wamma de Garta will (der Mutter schön tun).
De Zau(n) wegs m Garta lieba (dasselbe).
Wer aus Lieb heiricht, hot guate Nächt aber schlechte Täg.
Des macht dr Lieb nix, wann nor ds Ked schöa isch.
D Lieb ond ds Huaschta lossat se net vrberga.
Wo d Lieb nafällt, bleibts lega, ond wanns ofm Mischthaufa isch.
Alte Lieb rostet net, brennt se net, so glostets doch.
D Schöaheit vrgoht, d Lieb vrgißt ma, iatz was frißt ma?
Was se liebt, neckt se, was se liebt (sch)leckt se.
Ma muaß em Somer heiricha, nocht woiß ma eher was Lieb isch; em Wenter isch kalt, do schlupft ma so zamma na.
Wo koi Lieb isch, isch koi Fräd.
D Lieb zehrt.
Ds Lieba ond ds Senga loßt se net zwenga.
Ds Lieba ond ds Beata loßt se net nöata.
Vo dr Lieb ka ma net rabeißa.«

»Rosmare ond Salbeiblättla
gent an schöana Strauß,
ond a Mädle vo 18 Johr
git a schöane Braut.

Kein Jahrmarkt ohne Diebe,
kein Mädchen ohne Liebe.

Gott em Herza,
a Mädle em Arm,
ds eascht macht selig,
ds zwoit macht warm.

Trinken, Lieben, Hochzeit machen
sind fürwahr drei schöne Sachen.
                        (Kruginschrift)

I will di net, i mog di net,
i sag dr s glei warom:
Du hosch koi schöane Wada net
ond deine Füaß sen krom«.

(1988)

Redensarten und Sprichwörter von der Katze

»Es isch fr d Katz.
Wer Katza mag, kriegt a bravs Weib (an brava Ma).
Ma sagt net awel Mulle, Mulle, ma sagt diamol o Katz (man redet auch ernst, grob).
En dr Nacht sen alle Katza gro.
Ausseha wie ds Kätzle am Bauch (so bleich).
A Katz isch zäh, sie hot sieba Leba.
Ebbes romschloifa wie d Katz ihre Jonge.
Katz em Sack koffa (einen Handel abschließen, ohne die Ware genau zu besehen).
D Katz (dr Ofa) ond d Weiber ghöarat en ds Haus.
Nemm d Katz en Arm, nocht git s o warm.
Om ebbes romganga, wie d Katz om de hoißa Brei.
Wamma d Katz zom Schmerloib setzt, nocht frißt s n gwieß (den Bock zum Gärtner machen).
Dr Katz de Schmer akoffa (für eine Ware aus zweiter Hand mehr bezahlen, als sie aus erster Hand gekostet hätte).
Iatz gohts aufwärts, hot dr Spatz gsagt, wie n d Katz d Bodastieg nauftraga hot.
Vo de alte Katza müaßat die Jonge ds Mausa learna.
A ra gscheide Katz vrtwischt o amol a Maus (selbst dem Klügsten kann ein Mißgeschick passieren).
Wann d Katz ausm Haus isch, tanzat d Mäus.
Do sprengt d Katz of de alte Füaß (es hat sich nichts geändert).
Es isch fr d Katz (umsonst).
D Katz loßt ds Mausa net.
Do könnt ma schier verkätzla (verzwatzla, fast verzweifeln, vergehen vor Ungeduld; kätzla = junge Katzen werfen).
Isch der katzadreckne (pedantisch).
Kätze (Katze; weibl).

Katzeschender (Abdecker)
Katerschneider (Spitzname der Pfäfflinger)
Katzetiesch (kleiner Tisch, der abseits steht; zur Strafe am K. essen müssen)
Katzeschwänz (Schachtelhalm, Zinnkraut)
Katzawäsch (flüchtige Körperreinigung)
Wann se d Katz putzt, kommt a Eikehr (Besuch): Über ds Mäule, kommt a Fräile, übers Öahrle, kommt a Hearle (... ein Fräulein, ... ein Herr).« (1986)

Katze an einer Haustüre in Holzkirchen

Feldsalat

»Rawinzl«

Ein recht handelstüchtiges Völklein seien die Schwörsheimer immer gewesen, meint ein alter Rieser, dessen Vorfahren aus diesem nordöstlichen Riesdorf stammten. »Am liabschta hättes no d Blüatli vo ihre Ärbira vrkofft«, meint er schmunzelnd. Daß es einst vier Wirtshäuser (im Ortsteil Haid ein fünftes) in dem kleinen Ort gegeben habe, erklärt er damit, daß ein Teil des Geldes, das die Bewohner beim »Wegfahra« (auf Handelschaft gehen) einnahmen, im Wirtshaus wieder ausgegeben. »Viel warat so leicht wie ihr Boda ond hont geara naß gfuatert«, erzählt er augenzwinkernd. Die Tatsache, daß die Schwörsheimer mit ihren Produkten (Kartoffeln, Gemüse, Besen usw.) weit im Land herumkamen, hat sicher ihre Lebensart beeinflußt. So waren sie temperamentvoller, wendiger und lebhafter als beispielsweise ihre bedächtigeren Wechingener Nachbarn.
Im ganzen Ries und weit darüber hinaus sind die Schwörsheimer wegen ihrer »Ärbiro« bekannt, deren Güte unbestritten ist. Vom Herbst bis zum Frühjahr boten sie auch »Rawinzl«, Feld-, Ackersalat oder Rapunzel an, im Ries »Rawenzel-« oder »Nisselesalot« genannt. Früher wurde er vor allem auf den Brachäckern »frei gholt«. Tagelang waren Schwörsheimer Frauen beim »Rawinzlstecha« unterwegs und kamen dabei bis Rudelstetten herunter und bis Megesheim und Polsingen hinüber. Gegen Abend kehrten sie dann mit einem mehr oder weniger großen Stumpen Feldsalat zurück.
Heute findet sich auf den Äckern kein wildwachsender Ackersalat mehr. Düngung, Unkrautspritzen und sofortiges Stürzen der Stoppeln sind die Ursachen dafür.
Nach dem zweiten Weltkrieg begannen die Schwörsheimer mit dem Säen ihrer »Rawinzl«. Bis zu einem Morgen groß konnte das angebaute Feld sein. Es war ein Stück »Ärbiroland« oder »a Troadacker«. Der

Boden wurde vor dem Aussäen einmal geäckert und mit der Egge fein gemacht. Als Regel galt: »Bis zor Schwörsheimer Kirbe sollat d Rawinzl gsät sei«, und diese war ausgangs September. »Wamma ds Moaklea gsät hot, hot ma glei d Rawinzl mit neigsät«, hieß es. Gut war, wenn es jetzt regnete, denn »an sotta Lappa z gießa« war unmöglich.
Damit das Unkraut (»Vogelgras«, »Franzosakraut«) nicht überhand nahm, gingen die Frauen »ge Grasa«. Es hieß: »D Rawinzl müaßat Luft habe, soscht vrstickets.« Eine Schwörsheimerin, die immer noch viel Ackersalat anbaut, jammert: »I ka me huier no z Toad grasa, alles isch voler Okraut.«
Mit dem Ruf »Ärbiro! Ärbiro!« preisen die Schwörsheimer ihre Frühkartoffeln an. Früher erscholl auf dem Oettingener- und Nördlinger Wochenmarkt auch ihr »Rawinzl! Rawinzl!«, womit sie im Herbst und Frühjahr auf ihren Feldsalat aufmerksam machten.

»Rawenzel« (Feld-, Ackersalat)

Die Utzmemminger brachten Brunnenkresse auf den Markt. Brunnenkresse wuchs im Quellgebiet des Röhrbachs.
Um Allerheiligen herum (»s isch of ds Weter akomma«) begann die »Rawenzel«-Ernte. Mit »an kloana Messerli« ging es zum »Salotstecha«. Selbst an frostfreien Wintertagen wurde geerntet. Nach dem Abkehren der Schneedecke, unter der sich die Salatpflänzlein besonders frisch hielten, stachen die Frauen den Salat. »Do hots oan gar oft gscheit an d Fenger gfroara«, berichten die alten Schwörsheimerinnen. Bei starkem Frost wurde eine Pause eingelegt, die Salaternte war dann »auf Eis gelegt«.
Nach dem Stechen stand die Hauptarbeit bevor, »ds Rawinzl-Putza«. Würzelchen und »wilde Blättli« wurden entfernt. Alle Hausbewohner mußten dabei mithelfen, selbst die Kinder. Nachbarinnen, die selbst keinen Salat anbauten, bat die Hausfrau: »Kommsch ond hilfsch mr a weng«. Schäffer und Blechbadewannen voll »Rawenzel« mußten geputzt werden. »Do isch ma gar oft bis ds nachts olfa, zwölfa, ja gar bis oas zom Putza naghockt«, berichtet eine ältere Schwörsheimerin, die viel in der Nachbarschaft »en ds Rawinzl-Putza« ging. »Ma isch aber geara ganga, ma war dia Ärbat gwohnt«, meint sie. Lustig sei es dabei oft zugegangen, »s war wie a weng a Roggaliacht (geselliges Beisammensein zum Zwecke des Spinnens)«. Nach beendetem Salatputzen tischte die Hausfrau Kaffee auf, am Ende der Saison, um Ostern herum, gab es sogar »Küchle« dazu. Anstrengend war die Putzerei allemal: »Alles hot oim weah to, vor allem ds Gnack ond d Fenger«, sagen die Frauen. Sollte der Salat am Freitag verkauft werden, wurde mit dem Putzen meistens am Dienstag begonnen. Bis zum Donnerstag blieb er dann »em Sand«, und erst am Vorabend des Verkaufstages wurde der Ackersalat in Schäffern gewaschen und zum Abtropfen locker auf ein Getreidesieb gehäuft. Hier konnte er über Nacht abtrocknen.
Meistens waren es die Frauen selbst, die den Verkauf übernahmen, hin und wieder aber auch die Männer. Oettingen und Nördlingen waren

die bevorzugten Absatzorte. Teils wurde auf dem Markt verkauft teils in den Wirtschaften oder von Haus zu Haus. »A jeds hot sei Leit ghet«, heißt es. Hauptverkaufstag war der Gründonnerstag. An diesem Tag kam stets »dr Schwösche Seppl« nach Appetshofen, um seine »Rawinzl« an den Mann bzw. die Frau zu bringen. Auch außerhalb des Rieses boten die Leute ihren »Nissele-Salot« feil. »Ben bis noch Denkelsbühl mit n Motorrad ond am Sack vol Rawinzl gfahra«, erinnert sich ein Schwörsheimer. Auch Donauwörth gehörte zum »Gai«. Mit dem Fahrrad ging es bis Hoppingen und weiter mit dem Zug nach Donauwörth.

»Ma isch oft vom Rad ragschlaga«, erzählen die alten »Rawenzelweiber«. Über Nacht hatte es nämlich oft geschneit und gefroren, »aber dr Salot war gricht ond hot furt gmüaßt«.

»Mit an blechana Kaffäschüssali« wurde die Feldsalatmenge abgemessen. Das eingenommene Geld war »de Weiber ihr Geld«. Nicht jedesmal rentierte sich aber der Verkauf. »I ben scho nach Öati gloffa, ond hab nor fr 50 Pfenne verkofft«, erinnert sich eine alte Schwörsheimerin. Nahm sie dagegen einmal zehn oder 20 Mark ein, »war des a schöas Geld«. »Of de Weißa Sonnte zua« war es meist zu Ende mit der Ernte, »do sen s en Soma ganga«.

Der Anbau größerer Mengen an Feldsalat ist in Schwörsheim stark zurückgegangen. Meistens hat die Hausfrau nur das Quantum im Garten ausgesät, das sie im eigenen Haushalt braucht. Trotzdem gibt es aber noch etliche Leute, die Rapunzel auf größeren Flächen anbauen. Sie tun es nicht um des Geldes willen, wie sie übereinstimmend sagen, sondern aus liebgewordener Gewohnheit. Eine 73jährige Frau gesteht: »I kas oafach net lossa. Mei Leit wartet of mi« und meint dabei ihre Oettingener Kundinnen, an die sie ihre »Rawinzl«, hundertgrammweise in »Plastikgückla« verpackt verkauft. Oscar Braun erzählt: »Gar schon um sieben Uhr morgens habe sie an der Haustüre geschellt und »Rawenzel« feilgeboten. Man saß oft gerade beim Frühstück und spaßte: »Jetzt können wir Rapunzel zum Frühstück essen.« (1990)

»Oaschter-Lämmle«

Traditionelles Ostergebäck scheint es im Ries wenig gegeben zu haben. »Dr bachne Schenka« (in Brotteig gehülltes Rauchfleisch) ist eher den Fleischspeisen zuzurechnen. Am Gründonnerstag trugen ihn die katholischen Bäuerinnen zum Dorfbäcker; am Ostermorgen lag ein kleines Stück davon neben Eiern, Salz und Brot in einem Körbchen, das zur Speisensegnung mit in die Kirche genommen wurde.
Den im Brotteig gebackenen Schinken gab es nicht nur zur Osterzeit, sondern häufig auch dann, wenn ein Stück Geräuchertes »weg gmüaßt hot«. Eine Bäckerstochter meint schmunzelnd: »Des hot gar oft scho zom Ofa rausgstonka.«
Für die Osterfeiertage bereitete die Hausfrau »an guata Reng (Hefekranz) und »an Gsondheitskuacha«. Mancherorts, zum Beispiel in Maihingen, aß man gerne »a Wicklnudl«. Auf den ausgewellten Hefeteig wurde Zwetschgenmarmelade gestrichen, der Teig ausgerollt und mit Eigelb bestrichen. Osterfladen, mit Zutaten wie zum Weihnachtsstollen, die heutzutage in den Bäckereien angeboten werden, gab es früher nicht.
Einfache Osterhasen aus »Rengtoig« ausgerädelt, mit einer Nelke oder Rosine als Auge und einem Zuckerei als Schwänzle, buk die Mutter fürs »Hasegärtle« selbst. Manchen Kindern legte der Osterhase auch »a Lämmle«. Osterlämmlein wurden nur in den Bäckereien gebacken. Eine Ebermergenerin erinnert sich, daß sie vom »Dotle« (Patin) ein Bisquitlämmlein bekam, das diese beim »Bruckwirts-Becka« in Ebermergen jedes Jahr kaufte. Eine Nördlingenerin berichtet, daß sie und ihre Geschwister immer von der Wallersteiner Großmutter ein Osterlämmlein bekamen. In der Bäckerei Feldmeier war dieses Backwerk hergestellt worden. Je nach Temperament des Kindes wurde das Lämmlein entweder sofort verzehrt, oder aber auch solange »aufghebt« bis es »pomperhart« war. Auf jeden Fall wurden die rotblau- oder grüngoldenen Fähnlein, die im Osterlamm steckten, sorgfältig aufbewahrt.

– Zur Herstellung von Osterhasen und -lämmern schlug man zwei Eier schaumig, verrührte sie mit einer Prise Salz und zwei Eßlöffeln Zucker, siebte zwei Eßlöffel Mehl darüber und gab die gleiche Menge geschälter und feingeriebener Mandeln hinzu. Anschließend füllte man die Masse in die zusammengesteckten, gefetteten und bestäubten Tonformen und buk sie eine halbe Stunde bei mittlerer Hitze. Nach dem Abkühlen wurde der übergelaufene Teig abgeschnitten, die Formen wurden abgelöst und die Tierkörper gepudert oder mit einem Zuckerguß versehen. Die zweiteiligen Model für Hasen und Lämmer waren mit Schnüren und Klammern zusammengeheftet und standen zum Einfüllen in vertikaler Umkehrung auf ihren Standfüßen und -ringen. Die Zerbrechlichkeit und die mangelnde Verdichtung der Hälften führten später zu einer allgemeinen Verwendung von Blechformen. (1990)

Osterlämmlein und Backformen

Militärdienst

»Nach Ingolstadt in die Schanz«

Beim Durchblättern alter Fotoalben stößt man immer wieder auf Fotografien von jungen Burschen in Uniform. Es war üblich, sich in der Garnisonsstadt in der guten Uniform ablichten zu lassen. Von den Riesern, die noch in der königlich-bayerischen Armee »gedient« haben, leben nur noch wenige. Johann Friedrich Wiedemann aus Mönchsdeggingen, 1897 geboren, kann noch aus eigenem Erleben aus jener Zeit berichten, in der der Militärdienst angeblich ein hohes Ansehen besaß, wo es hieß: »Es ist so schön, Soldat zu sein!«
Die Auswirkungen des Militärdienstes auf die Landbevölkerung waren groß, wenn auch zwiespältig in ihrer positiven und negativen Einschätzung seitens der Männer und Frauen, der Jungen und Alten. Schon die Tatsache, ob einer, wenn »seine Zeit« mit etwa 20 Jahren herangerückt war, eingezogen wurde oder nicht, entschied über sein Ansehen zumindest bei der Dorfjugend. J. F. Wiedemann behauptet: »Um 1900 herum galt Soldat zu sein als höchste Ehre. Untaugliche fielen der Achtung anheim. Sie wurden als »Vaterlandskrüppel« bezeichnet«.
Dazu berichtet J. F. Wiedemann: »Die Bürgermeister mußten alle 19jährigen Burschen dem Hauptmeldeamt Gunzenhausen (zuständig für Königliches Bezirksamt Nördlingen) nennen. Die Aufforderung zur Musterung kam per Einschreiben. Ort der Musterung war das Hotel »Zum Fadenherrn« in Nördlingen. Die Urteilssprüche nach der gründlichen Untersuchung lauteten: »tauglich« oder »vorläufig zurückgestellt« oder »untauglich«. Mindestgröße war 1,65 m. Wer 1,80 m bis 1,85 m maß, wurde fürs »Königliche Infanterie-Leibregiment« in München vorgemerkt. Das waren die Stolzesten, und sie ließen es sich anmerken. Bei der Bewertung spielte auch der erlernte Beruf eine Rolle. Hufschmiede kamen grundsätzlich zur Kavallerie. Zur gewöhn-

lichen Infanterie meldete sich nie einer. »Lachenpatscher« wollte keiner sein. Trotzdem kam der größte Teil der Gemusterten zu diesem Truppenteil. Nach der Musterung kauften sich die Burschen im Papierwarengeschäft Eduard Förster (heute Foto Hirsch) den Rekrutenstrauß mit wallenden Bändern. Es gab auch farbige Musterungspostkarten, die an die »Bekanntschaft« (»Herzallerliebste«) verschickt

Reservistenbild des Heinrich Schäble aus Balgheim

Soldat Johannes
Bissinger (»Schneider
Hannes«) aus
Möttingen

wurden. Die Gemusterten eines Dorfes ließen beim Fotografen ein Gruppenbild anfertigen. Nach der Musterung begaben sich die Rekruten in ihr Nördlingener Stammlokal, wo getrunken, gesungen und gejohlt wurde (»Siegreich wollen wir Frankreich schlagen«, »Bei Sedan wohl auf den Höhen« u.a.). Heimwärts wanderten die Burschen zu Fuß, etliche besaßen auch schon ein Fahrrad.«

Reservistenbild des Balgheimers Kaspar Wiedemann

Das weithin populäre Ansehen des Militärdienstes steigerte sich nach den Erfolgen von 1870/71 zu einem über die Maßen starken vaterländischen Militärprestige. Gerade auf dem Lande erfreute sich der Militärdienst leider immer einer hohen Wertschätzung. Die Rieser Bauernburschen waren stolz darauf, in des »Kaisers Rock« gedient zu haben.

Johann Friedrich Wiedemann, selbst noch vom Militärdienst jener Zeit betroffen, gibt zu diesem Thema weiter Auskunft: »Die Rieser Rekruten kamen größtenteils zum 12. Infanterie-Regiment »Prinz Arnulf« nach Neu-Ulm, seltener zum 15. Infanterie-Regiment »König Friedrich August von Sachsen« nach Neuburg a.D. oder zum 3. Infanterie-Regiment »Prinz Karl« nach Augsburg. Die als Pioniere Gemusterten kamen nach Ingolstadt (»in die Schanz«). Die Kavalleristen wurden zum 8. Bayerischen Chevauleger-Regiment nach Dillingen geholt.

Die Dienstzeit betrug zwei Jahre. Urlaub gab es zu den hohen Feiertagen. Die Bauernsöhne bekamen 14 Tage Ernteurlaub. An den Sonntagnachmittagen durfte man Besuche von Angehörigen empfan-

Reservistenbild des Balgheimers Kaspar Wiedemann

Burschen aus Ebermergen bei der Musterung

gen. Mit Erlaubnis des UvD (Unteroffizier vom Dienst) durfte man auch in der Stadt lustwandeln. Der Sold des gemeinen Soldaten war gering. Bahnfahrt und Briefe der Soldaten waren frei.«
Zu den positiven Auswirkungen des Militärdienstes gehörte das Kennenlernen neuer Orte, meistens Städte, und Lebensverhältnisse, das Erlernen neuer Sprachebenen (durch Kameraden, die Vorgesetzten und ihre Befehle), Kleiderordnungen und hygienischer Maßnahmen,

von denen man auf dem Dorf wenig Ahnung gehabt hatte. Wenn der Soldat bei einer technischen Truppe gedient hatte, brachte er auch einen Vorrat an technischen Kenntnissen und Handgriffen mit, die er im Verlaufe der Technisierung der Landwirtschaft gut gebrauchen konnte. Da waren aber auf der anderen Seite auch Einsamkeit und Heimweh, schlechtes Essen und harte Behandlung und Verfestigung des Untertanengeistes.
Beredtes Zeugnis von den negativen Seiten des Militärdienstes geben die Soldatenlieder aus jener Zeit.

»Ich armer, miserabler,
gequälter Soldat,
ich habe das Leben schon
müde und satt«

heißt es in einem solchen. Angeprangert werden die Schikanen und die demütigende Behandlung durch die Militärführer.

»Er Dummerjahn und Flegel,
Er komme mir zum Rapport!
So tut es täglich heißen
An diesem schlechten Ort.«

Die oft geschilderte Brutalität des Schleifens und Drillens auf den Kasernenhöfen war bisweilen unerträglich und hat manchen jungen Soldaten zur Verzweiflung getrieben und den Wunsch nach Desertation aufkommen lassen.

»Mit Gepäck zum Exerzieren
Von früh bis in die Nacht,
Kein Teufel tut uns fragen,
Ob man gefressen hat.

Burschen aus Appetshofen und Lierheim bei der Musterung vor dem 1. Weltkrieg

Ihr Herrn, laßts euch nicht wundern,
Wenn einer desertiert,
Wir werden wie die Hunde
mit Prügelei traktiert.«

Wurde der Soldat nach den zwei bzw. drei Dienstjahren in die Reserve entlassen, waren die harten und demütigenden Erlebnisse des Militärdienstes halt bald vergessen. In der Stube hing neben den anderen Bildern ein Erinnerungsbild aus der Soldatenzeit. Das Reservistenbild nach 1870 war ein klischiertes Schmuckbild, in das das Uniformfoto des Soldaten oder nur das fotografierte Gesicht aufgeklebt werden konnte. Dieser beliebte Wandschmuck im ländlichen Haus bezeugt die leitbildformende, leidige Bedeutung, die »der Mann in Uniform« besonders auch auf dem Lande besaß. Man war »stolz, ein Gedienter« zu sein. Hatte man vielleicht sogar noch einen Rang erworben, war das Ansehen, das man im Dorf genoß, besonders groß. Dafür sorgten schon die Kriegervereine mit ihrer sog. Traditionspflege.

(1989)

Von den Kleinsorheimer Viehzüchtern

»Ds Viech schneidt ma net aus de Hecka«

Kleinsorheimer Vieh war einst in ganz Nordschwaben bekannt und auf den Zuchtviehmärkten begehrt. Unter den Orten Nähermemmingen, Balgheim, Enkingen, Grosselfingen, Appetshofen, Lierheim, Alerheim und Baldingen, die im Ries als Züchterorte bekannt waren, stand Kleinsorheim an erster Stelle. »All(e)s hot of Soare gschobt«, heißt es. 1948 zum Beispiel veranstaltete der Zuchtviehverband für das schwäbische Fleckvieh in Donauwörth eine Zuchtviehschau in Kleinsorheim. An der Ausstellung war nur Kleinsorheimer Vieh beteiligt. Nach dem Urteil eines Vertreters des Staatsministeriums für Ernährung, Landwirtschaft und Forsten waren bis dahin angeblich auf keiner Schau in Bayern bessere Jungkühe zu sehen, als in Kleinsorheim.

»Gmoidshommel« (Zuchtstiergenossenschaft)

1905 bereits wurde hier eine Zuchtstiergenossenschaft gegründet. Johann Georg Bachmann, der Besitzer der Kleinsorheimer Putzmühlenfabrik, wurde zum Vorstand gewählt. Das Ziel der Zuchtstiergenossenschaft war, stets sehr gute Vatertiere zu halten. Folgende Eintragungen in das Protokollbuch bestätigen dies:

1922: Die Genossenschaft erwarb einen sehr guten Zuchtstier von Miesbach. Ankaufspreis: 40 000 Mark (Inflationszeit!).

1933: Auf dem Donauwörther Zuchtstiermarkt wurde ein Spitzenstier um den Preis von 800 Mark gekauft.

1934: Es wurde beschlossen, auf dem nächsten Donauwörther Zuchtviehmarkt einen erstklassigen rotscheckigen Spitzenhummel zu kaufen.

1941: Am 10. Dezember kaufte die Genossenschaft einen erstklassigen Form- und Leistungsstier von Joh. Vogg aus Breitenthal.

Kaspar Wiedemann (»Schuaschter Kapper«) mit seiner preisgekrönten Kuh »Tiger« (um 1942)

1949: Tarzan ist ein sehr guter Stier nach Form und Leistung. Er wurde von der Tierzuchtinspektion Donauwörth zum Zentrallandwirtschaftsfest nach München ausgewählt.

1955: Anläßlich des Scharlachrennens am 9. September 1955 wurde die Schwabenschau abgehalten. Vom Zuchtverband Donauwörth wurden vom ganzen Bezirk Nördlingen 32 Tiere ausgewählt, davon von der Zuchtgenossenschaft Kleinsorheim allein 16 Tiere. Der Stier Sebald wurde mit einem 1. Preis als einziger Hummel dieser Schau ausgezeichnet.

Die Kleinsorheimer waren selbst erfolgreiche Züchter von Jungstieren. Folgende Zahlen sind wiederum dem Protokollbuch zu entnehmen:

1931: Es wurden 10 Jungstiere zur Zucht abgesetzt um 600-1000 Mark.
1934: Es wurden 10 Jungbullen zur Zucht verkauft.
1937: Verkauft wurden 12 Zuchtstiere im Durchschnitt von 750 Mark.

In den dreißiger Jahren begann man auch auf die Milchleistung der Kühe zu achten. 1935 lautete ein Eintrag ins Protokollbuch: »Es sind jetzt 14 Züchter mit Milchleistungsprüfung; z.Z. stehen 55 Herdbuchtiere in Kontrolle«. In den späteren Jahren waren dreiviertel aller Kleinsorheimer Betriebe Mitglied beim Zuchtverband. Es waren vorwiegend die kleineren Höfe mit 25-30 Morgen, die sich der Tierzucht widmeten. »Die groaße hättet gar koi Zeit ghet«, hieß die etwas seltsame Erklärung dafür. Viel Liebe und Begeisterung und rastloser Fleiß gehörten zur Sache.

Züchter Georg Birkert (re.) mit seiner preisgekrönten Kuh »Blume«

»Dr Schuaschter-Kapper« ein bekannter Züchter

Einer der bekanntesten Züchter in Kleinsorheim, von dem man im Dorf und in der weiteren Umgebung noch heute spricht, war Kaspar Wiedemann (1891-1970). »Dr Schuaschter-Kapper«, wie man ihn mit seinem Hausnamen nannte, war »a Viechnarr«. Das bestätigen seine Töchter Anna Lang in Appetshofen und Käthe Strauß in Lierheim. Stolz zeigt Anna Lang ein Kaffeeservice aus Meißner Porzellan, das der Vater 1940 als Preis bekam. 1942 war Kaspar Wiedemann Träger des Siegerehrenpreises des NS-Reichsministeriums für Ernährung und Landwirtschaft für die beste züchterische Leistung auf dem Gebiet der Rinderzucht in der Landesbauernschaft Bayern. Den Zeitungsbericht darüber hat Tochter Anna aufbewahrt. Viele wertvolle Zuchtstiere und trächtige Kalbinnen hat der Kleinsorheimer der Landestierzucht zugeführt. Bei seinen Arbeitskühen erzielte er ansehnliche Milchleistungen. Die beiden Töchter erinnern sich noch an ihre Spitzenkuh »Klara«, die ins deutsche Rinderleistungsbuch eingetragen wurde. Sie gab vor ca. 50 Jahren schon über 4000 kg Milch im Jahr. Für »Marschall«, einen Sohn der Spitzenkuh »Klara«, der auf der Landeszuchttierschau in München 1940 in die Zuchtwertklasse I eingestuft wurde, erhielt Kaspar Wiedemann 6000 Mark. »Über des Homml-Geld hommer os aber gar net fräa könna«, erzählt Käthe Strauß, denn zwei Tage später kam die Nachricht vom Tode des einzigen Sohnes Georg Wiedemann, der in Belgien gefallen war. Kaspar Wiedemann war nicht nur persönlich ein erfolgreicher Züchter, sondern hatte auch die Zuchtstiergenossenschaft, deren Vorstand er von 1933 bis 1942 war, nachhaltig gefördert.

»D Milch liegt em Baara«

Züchterische Erfolge waren nicht nur abhängig von der Vererbung (beste Elterntiere), sondern eine ebenso große Rolle spielten Fütterung, Pflege und Behandlung der Tiere. Jeder Züchter mußte sein

Vieh sehr gut füttern. Gutes, von Hand bearbeitetes Heu und »Ohmed« wurden zusammen mit Stroh (Gersten- und Haferstroh) in der Futterschneidmaschine zu »Gsod« geschnitten. Etwas vom Besten war »gmandelter Luzerner« (getrocknete Luzerne). Im Winter kamen Rübenschnitzel als milchtreibendes Saftfutter dazu. »Wer of d Milch gschafft hot«, fütterte »quollne Säuboahna« (gequollene Ackerbohnen), die für ihren Eiweißgehalt bekannt waren. »A guata Hand vol Bruch hot ma aufgsät ond gnetzt« (Schrot mit Wasser befeuchtet), erzählen die alten Züchter. »Ds Troid hot dr Vater net gspart«, sagt Anna Lang. Meistens gab es vor der Ernte nicht einmal mehr soviel, daß man in die Mühle fahren konnte. »Sogar ds Broatmehl hot dr Vater aus dr Mehltrueh rausgstohla ond seine Homml gfüatert«, meint sie schmunzelnd. Viel Geld trugen die Züchter ins Lagerhaus. Erdnußkuchen, Malzkeime und »Leimehl« (Leinsamen) kauften sie für ihr Vieh. In den Sommermonaten war Rotklee das Hauptfutter. Mais wurde nur in ganz geringen Mengen angebaut. Mit dem Hackmesser schlug man etliche Stengel um, band sie zu Büscheln zusammen und ließ sie durch die Futterschneidmaschine. »Dr Schuaschter-Kapper« holte seine sechs Maisstengel erst am Abend, damit sie am nächsten Tag zum Verfüttern noch ganz frisch waren. Wer einen schönen Stier auf den Markt bringen wollte, »hot ehm en dr Letschtne a süaße Milch geba«, verrät ein alter Züchter. Wenn ein Kalb zur Zucht vorgesehen war, durfte es ein Vierteljahr an der Kuh trinken, bevor »mas abonda hot« (entwöhnt). Man achtete darauf, daß es keinen Durchfall bekam und frei von Läusen war. Ein Rudelstettener, der in seiner Jugend Knecht in einem Kleinsorheimer Hof war, auf dem gezüchtet wurde, erzählte, daß er nach jedem Vesper noch einen Keil Brot in seine blaue Schürze hineinsteckte. Als ihn die Bäuerin einmal verwundert fragte, ob er nicht satt sei, gestand er ihr, daß »d Möggela« (Kälber) bereits auf sein Brot warteten. Gefüttert wurde früh, mittags und abends, sogar an den hohen Feiertagen. Damit seine Kühe nicht vor dem leeren Barren stehen mußten, ging Kaspar Wiedemann am Mittag, wenn

»Hommelkörong« in Mönchsdeggingen (1931)

er seine Suppe gegessen hatte, wiederum in den Stall »ond hot a zwoitsmol eigeba«. Dann kam er wieder ins Haus und aß weiter. Vor jedem Hinausfahren aufs Feld wurden die Kühe getränkt. »Ui dieschts o«, war seine Rechtfertigung dafür. Im Winter bekam sein Vieh nur lauwarmes Wasser zu trinken.

»Agschleckte Küah«

Die Züchter ließen ihren Tieren auch beste Pflege angedeihen. Dreimal täglich wurden sie mit Striegel und Bürste geputzt. Die hinteren Knie schrubbte man mit der Wurzelbürste ab, die in warmes Wasser getaucht wurde. »Dr Schuaschter-Kapper schleckt sei Küah a«, spotteten manche. Die Schwänze wurden auch täglich gewaschen, ausgekämmt und bisweilen, »wenn d Herra komma sen« (Vertreter des Tierzuchtamtes), gelockt, indem in sie Zöpflein geflochten wurden«. »Do hot koi Häarle krom standa däffa«, sagt Käthe Strauß. Eine Tochter des ebenfalls bekannten Züchters Georg Birkert erinnert sich, daß man sogar eine elektrische Bürste kaufte und damit das Vieh putzte; »s hot glänzt wie Seide«, sagt sie. Die Einstreu bestand aus reichlich Weizenstroh. Mit dem »Strähmesser« wurde es zweimal durchge-

Kaspar Wiedemann mit Spitzenstier

schnitten, ehe man es einstreute. »De Homml« wurde Sägmehl eingestreut, weil es die Nässe besser aufsog. »Die Viecher sen drenglega wie en am Bett, die sen gar net drecke woara«, heißt es. Die Frau eines Grosselfinger Züchters erzählte, daß ihr Mann »d Hommela« ab und zu in die Eger trieb und dort wusch. »De ganza Sonnte hot r Viech putzt, sogar en dr Ähred«. Einmal übernachtete er sogar zwei Tage lang wegen einer kranken Kuh im Stall. Kein Wunder, daß die Frau deshalb einmal zu ihm sagte: »Hättsch doch dei Küah gheiricht, fr die hosch meh Zeit wie fr mi!« Klauenpflege durch den Schmied war selbstverständlich. Schon gleich nach der Geburt wurde dem Kalb überschüssiges Horn an der Sohle entfernt, »daß ds Möggele guat standa ka«. Schienen sich die Hörner nicht schön zu entwickeln, mußte der »Ochsamoggl« oder der »Kuahmoggl« einen »Hoararichter« (mit Leder gepolstertes Brett) tragen. Ein gepflegter Stall war bei jedem Züchter selbstverständlich. Zweimal im Jahr wurde er geweißt, regelmäßig wurden »d Spennaweba« entfernt, die Gänge gekehrt und abgespritzt, die Fenster geputzt. Im ganzen Ries war bekannt, daß »dr Schuaschter-Kapper z Soara« seine »Schlarba« auszog, wenn er seinen »Gsodkrätza« in der Futterkammer einfüllte. »En uira Suppaschüssl goht ma doch o net mit de Schuah nei«, rechtfertigte er sein Verhalten. Von Zeit zu Zeit kamen »d Herra« zu den Züchtern. »Sie hont d Hommel vorgschobt« (Vorschau durchgeführt). Häufige Gäste bei den Züchtern waren auch die Teilnehmer von Melkkursen, die in der näheren und weiteren Umgebung durchgeführt wurden. »Do isch ma scho recht stolz gwest«, erinnert sich Anna Lang.

»Schea toa mit m Viech«

Ein freundlicher Umgang mit dem Vieh war genauso wichtig wie gute Fütterung und sorgfältige Pflege. Täglich wurden die jungen Stiere im Freien herumgeführt. Im Garten hatte Kaspar Wiedemann einen Laufstall eingezäunt, in dem schon »d Möggele« herumspringen durften.

Züchter Leitner aus Baldingen mit preisgekröntem Stier

Auf Feldwegen und Wiesen führten die Züchter oder ihre Knechte die größeren Stiere spazieren. »Herrschaft nei, hot der an schöana Homml!« konnte es dann bei den anderen heißen. Das Spazierengehen war für die Stiere ein wichtiges Bewegungstraining. »Do sens glenke woara« versichern die alten Bauern. Beim Verkauf wurde auf ein gutes »Fußwerk« allergrößter Wert gelegt. Beim Ausführen der über einjährigen Hummel mußte eine zweite Person zum Nachtreiben mitgehen. Oftmals war es die Bäuerin selbst. Eine alte Kleinsorheimerin erinnert sich, daß sie dann jedesmal schimpfte: »Kommsch scho wieder mit deim Sauhomml!«. Waren sie dann fünf viertel Jahre alt, »war ma recht froah, wann mas nausbrocht hot« (sie verkauft wurden). Im Herbst ließ man die Stiere gerne auf dem tiefgepflügten Acker stapfen.

»Do honts recht wata müaßa ond sen müad woara«. Käthe Strauß erinnert sich, »daß dr Vater viel mit seine Homml gredt hot«. Sie sagt: »Sei Homml warat sei Kender«. An ein bösartiges Tier kann sie sich nicht erinnern. Das Vieh wurde auch nicht geschlagen.

Auf den kleinen Höfen der Züchter mußten die Kühe alle Spanndienste verrichten. Für den Umgang mit ihnen galt: »Net ploga!« Beim »Kalblgwöhna« ging Georg Birkert sehr behutsam vor. Zuerst mußte die junge Kuh das Geschirr ein bis zwei Stunden im Stall tragen, um sich daran zu gewöhnen. Danach wurde sie vor den leeren Wagen gespannt und ganz langsam an das Ziehen von Lasten gewöhnt. Beim Ackern war das Pflugeisen des Kaspar Wiedemann scharf wie ein Messer, der Pflug geschmiert, »daß r gloffa isch wie a Nähmasche«. Er hatte stets sein Schmierkübele dabei, weil er es nicht hören konnte, »wenn dr Pflueg grauzt hot« (grauze: knarren, ächzen). Beim »Waischa« (Stürzen der Stoppeln) ackerte er so seicht, daß eine Kuh den Pflug ziehen konnte. Die andere durfte derweil ausruhen. Kam beim Ackern ein großer Brocken, zerdrückte ihn der »Schuaschter-Kapper« mit den Schuhen, damit sich die Kühe nicht damit plagen mußten. »Beim Kleareißa« nahm er kleine Furchen, um seine Kühe zu schonen. Alle acht Tage wurden die Geschirre geschmiert, damit sie »lend« (weich) blieben und die Kühe nicht drückten.

Wo immer es möglich war, wurde auf die Tiere Rücksicht genommen. Zogen die Kühe einen beladenen Wagen, setzte sich Kaspar Wiedemann nicht auf die Deichsel, sondern führte seine »Scheckla« am Halfter, daß sie nicht zu schnell gingen. Während des Abladens einer Fuhre »Troid« wurden die Kühe ausgeschirrt und in den Stall geführt, wo sie sich hinlegen konnten. Beim Aufladen »em Häat« oder »en dr Ähred« mußte eine Person zu den Kühen hinstehen und »Breme weahra« (Bremsen abwehren). Man nahm eine Kanne voll Wasser mit und einen Pinsel, mit dem die Tiere angespritzt wurden. Das vertrieb nicht nur die peinigenden Insekten, sondern erfrischte auch noch nebenbei die Kühe. Ging es morgens zum Kleeholen, vergaß man nie einen Büschel Heu mitzunehmen, der unter den Klee gemischt wurde, damit sich die Kühe keine Blähungen zuzogen. Im Sommer wurde Kleie gefüttert, damit die Tiere keinen Durchfall bekamen. Großes Mitleid hatte Georg Birkert jedesmal mit seinen Kühen, wenn sie »em Häat« den weiten Weg »of d Wenz« (Wiese zwischen Heroldingen und Bühl) zurücklegen mußten. Um seine Kühe zu schonen, ließ er viele Arbeiten mit dem »Vereinsbulldog« (Traktor des Darlehenskassen-Vereins) erledigen.

»Ofm Markt«

Züchter verbrachten viel Zeit auf den Zuchtviehmärkten. Viele, die mit der Züchterei nichts im Sinn hatten, rechtfertigten dies oft mit den Worten: »I wear me do tägweis of de Markt na standa ond Zeit vrsauma.«
Mit 14 Monaten etwa waren die Stiere sprungreif. Sie wogen dann zehn bis elf Zentner. Verkauft wurden sie fast immer auf dem Zuchtviehmarkt in Donauwörth. Ab und zu kaufte eine Genossenschaft direkt in Kleinsorheim von einem Züchter. Der Transport erfolgte mit der Bahn. Die Kleinsorheimer trieben ihr Vieh nach Möttingen auf den Bahnhof. Dort wurde es verladen und nach Donauwörth gefahren. Einen Futtersack mit Heu und Stroh und einen Stumpen »Bruch« nahm man zum Füttern mit. »Dr Schuaschter-Kapper« brachte z. T. sogar Wasser aus Kleinsorheim mit, das er seinen Stieren im gewohnten Kübel reichte. »Mei Homml saufat des Doanawasser net, ond wanns den Kübl vol Wasser net dren hont, gschobats aus wie a leerer Hond«, sagte er jedesmal. Wer etwas zu verkaufen hatte, brachte zwei Tage auf dem Viehmarkt zu. Abends und morgens fütterten und putzten die Besitzer ihre Tiere. Die Nacht verbrachten sie auf den Gängen, indem sie sich auf die Futtersäcke legten und mit einer Roßdecke zudeckten, die sie oft vom nahegelegenen Roßmarkt geholt hatten. Wer einen Stier auf den Markt brachte, der in Form (kurze Füße,

»Hommelkörong« in Möttingen, 1935 (Georg Benninger aus Appetshofen)

tiefer Rumpf, feste Brust) und Farbe (rotscheckig) entsprach, konnte dafür »a scheas Geld einemma«. Gut bezahlt wurde auch »a scheana Kalbl«. Die Kleinsorheimer Kalbinnen waren begehrt. »Ma muaß a Kalbl vo Soare koffa«, hieß es im ganzen Ries.
Die sonntäglichen Gespräche in den Wirtshäusern »beim Renner« und »en dr Brui« drehten sich »awel om d Viecher«. Es heißt, »ma hot nor a weng Schofkopf gspielt, nocht scho wieder dischkriert über d Küah ond d Homml«. Auch über Mißerfolge, die bei keinem Züchter ausblieben, wurde gesprochen. »A Glück hot halt o drzua ghöart«, heißt es. Bei so vielen züchterischen Erfolgen blieben natürlich auch die Neider nicht aus. »Die Soaremer sen doch Praml (Angeber)«, sagten viele. Die Tatsache, daß Kleinsorheim eine der bekanntesten Zuchtge-

nossenschaften im Ries war, erfüllte diese Züchter natürlich mit berechtigtem Stolz.

Heute hat sich in der Viehzucht vieles geändert. Die Zuchtstiergenossenschaften im Ries sind mit Ausnahme etwa von Balgheim und Löpsingen aufgelöst. Die Befruchtung der Kühe erfolgt durch künstliche Besamung. Während früher ein Stier im Natursprung etwa 100 Kühe

Zuchtstierkörung in Alerheim, 1937 (Gespann-Stier)

»decken« konnte, sind es heute etliche tausend durch die künstliche Besamung. Das hat zur Folge, daß viel weniger Vatertiere gebraucht werden. Aufgrund etwa der »gezielten Paarung« (beste Väter + Mütter) hat sich die Milchleistung der Kühe in den letzten Jahrzehnten verdoppelt. Es gibt Spitzenkühe, die eine Milchleistung von 8000 Litern im Jahr aufweisen. »Dr Schuaschter-Kapper« würde da nur den Kopf schütteln und sagen: »Die melkat deara Kuh ja ds Mark raus.« Das Bemühen um solches Hochleistungsvieh drängte allerdings manche gute, bodenständige Haustier-Rasse bzw. Rasseneigenschaft zurück und droht zu gefährlichen Mängeln an genetischen Reserven zu führen. (1987)

Züchter im Gespräch auf der Nördlingener Kaiserwiese, 1937

Hausierer

»Stiefelwix ond Goißelschnür«

Hausierer, Händler und Reisende waren früher häufig in den Dörfern unterwegs. »Ma isch recht überloffa gwest vo deane Leit. Sie hont oin oft arg gschoara«, heißt es. »Sperrat nor ds Haus zua, s kommt wieder a Hausierer«, sagte die Mutter. Die Chance, etwas an den Mann bzw. die Frau zu bringen, war aber gut, denn in die Stadt kamen die Dorfleute früher nur selten.

Jahrelang waren es oft dieselben Hausierer und Händler, die ins Dorf kamen, sodaß sie das Vertrauen der Leute besaßen. »Pädagogisches Geschick und psychologisches Einfühlungsvermögen im Umgang mit ihrer Kundschaft gehörte zu ihrem »Handwerk«. Im Folgenden sollen die »Hausierersleit« ein wenig näher betrachtet werden, die früher in Appetshofen und Lierheim ein- und ausgingen.

Einmal in der Woche kam »dr Bäckabua« (von der Bäckerei Wallmüller in Lierheim) und bot Semmeln und »Fastabretzga« (Laugenbrezen) an. Er kannte die Häuser, wo ihm etwas abgekauft wurde. Zu seinem »Gai« gehörten auch die Möttingener »Vorstadt«, Enkingen und Kleinsorheim. Der »Bäckebua« war mit dem Fahrrad unterwegs und hatte sein Backwerk in einer Butte auf dem Rücken verstaut.

»Em Häat« und »en dr Ähred« erschien öfters »d Wu(r)schtsufl vo Groaßsoare« und bot Nickelwürste und Schinkenwurst an. Es geht die Rede, daß sie schmierige Würste im Bautenbach abgewaschen habe »Wu(r)schtbuaba vo Näarle« trugen Wurstwaren der Nördlinger Metzger in ihren »Buckelkrätza« ins Dorf und verkauften sie. Ebenfalls während der Heu- und Getreideernte kam »dr Käsma« und bot »Schweizerkäs« (Emmentaler) zum Verkauf an.

Am Gründonnerstag ging »dr Schwösche-Seppl« mit seinem »Rawinzl« (Feldsalat) von Haus zu Haus. Etliche Wochen später sprach er mit »Moablämli« (Maiglöckchen) bei »Pfarr ond Schuallehrer« vor. Im

Winter suchten »d Buttaweiber« aus dem Bamberger Land mit Butten voller Sämereien das Dorf auf. Vom Nördlingener Gasthaus »Drei Mohren«, wo sie übernachteten, schwärmten diese »Greaweiber« (sie verkauften auch Kren, Meerrettich) in die Riesdörfer aus. »Ds Broatgwürzweib« aus Wemding betrat die Häuser mit der Frage: »Zwiffl, Masro! Brauchts was in ds Brot?«

Die ersten Salatpflanzen kauften die Bäuerinnen in Appetshofen »vom Wende-Weib«, einer Gärtnersfrau aus Wemding, die mit einem Gaulwägelein kam und Pflanzen und Grabblumen feilbot. »Guatla«-Figuren aus Lebkuchenteig, mit Zuckerguß und buntem Streuzucker verziert, mit denen der Christbaum behängt wurde, kaufte man bei »dr Hägl-Bell vo Groaßsoare«, die in der Adventszeit den eßbaren Christbaumschmuck von Haus zu Haus verhandelte. Erstanden hatte sie ihn vielleicht in der Harburger Konditorei Schwarzkopf.

Als in der Lierheimer »Brui« noch Bier gebraut wurde, holte »ds Hefaweib« Katharina Mühlbacher aus Lierheim dort kannenweise »nassa Hef« (Bierhefe), die sie im Ort »Haus a ds Haus« anbot. Mit dem Schöpflöffel füllte »ds Hefaweib« die Bierhefe den Kundinnen in die bereitgehaltenen Gefäße. Eine zweite gefüllte Kanne hatte sie im Gasthaus »Adler« (Johann Wetzstein) in Appetshofen eingestellt.

Unter den Hausierern und Hausiererinnen, die früher ins Ries kamen, hatten die aus Schloßberg einen besonderen Ruf. Michel Eberhardt, der Heimatdichter aus dem Kesseltal, hat ihnen mit seinem Gedicht »Hausiererin« ein Denkmal gesetzt.

Die alten Appetshofener Bäuerinnen erinnern sich noch an »d Viktore«, die jahrelang ins Dorf kam und mit Kurzwaren (kleine Ware, die stückweise verkauft wird), vor allem Bettwäsche, handelte. »Sie hot a ganz guata War ghet«, heißt es. War eine Kundin unentschlossen zum Kauf, wurde sie von »dr Viktore« jedesmal mit den Worten ermuntert: »Komm Fro, koffat ses halt, descht a Glegaheit.« Die Schloßbergerinnen hatten auch viel Selbstgestricktes und -gehäkeltes, vor allem Kinderkittelchen und Unterröcklein, in ihrem Angebot. Ihre Männer

Handelswagen aus Unterdeufstetten (um 1927)

boten vor allem »Krätza« (Körbe) in allen Ausführungen an. Neben dem Hausieren verlegten sie sich auch ein wenig »of ds Fechta« (betteln). Einen »besonderen Riecher« sollen sie für den Schlachttag gehabt haben. »An deam Tag sen s gwieß drher komma«, erinnern sich die alten Bäuerinnen.

Besonders faszinierend war es für die Kinder, wenn der Hausierer Gleis mit seinem Holzkasten auf dem Buckel das Haus betrat. In vielen Schublädchen steckten seine Waren: Knöpfe, Schuhbändel, Kämme, Nadeln, Hosengummi usw. »Ond reelle Preis hot dr Gleis ghet«, weiß man noch.

»Ds Büschtaweib« brachte Pinsel, Kleider- und Waschbürsten, Schrubber, Roßhaarbesen und Kehrwische. Einen Korb mit Nachschub hatte sie »beim Handerlesbauer« in Appetshofen untergestellt. Einmal im

Jahr kam der Wetzsteinhändler und pries seine Ware an. »Silicar« und »Mailänder« (Naturstein aus Italien) hatte er im Angebot. Die alten Bauern schworen auf letzteren.

Ihren Bedarf an Geschirr deckten die Hausfrauen entweder auf der »Nearlemer Meß«, wo die Hafner auf dem Gansbuck ihre Ware feilboten oder bei den Händlern, die ins Dorf kamen.
»Dr Hafema« oder »ds Hafeweib« stammten aus Matzenbach oder Unterdeufstetten (nahe Dinkelsbühl). In ihren Wohnwägelein, vor die sie ein »Gäule« gespannt hatten, brachten sie Geschirr, meist Irdenware, ins Dorf. Damit nichts zerbrach, waren Häfen, Tassen, Teller und Schüsseln in Holzwolle verpackt. Ihr Warenlager ergänzten die Geschirrhändler, indem sie sich Harasse (»Glaskorb«, Kiste zum Verpacken von Glas oder Porzellan) in ihr Standquartier nachschicken ließen. Ein solches hatten die Geschirrhändler zum Beispiel im Gasthaus »Zum Lamm« in Möttingen. »D Matzebacher« nahmen auch Lumpen entgegen. Dafür bekam man dann eine Kaffeetasse.
»Fägsa(n)d! Fägsa(n)d!« scholl es früher durch die Dörfer, wenn der Schmähinger »Sa(n)dma(nn)« mit seinem Schimmel und dem Wägelchen mit Fegsand kam. In zylinderförmigen »Holzmäßla« (zwei und fünf Liter) verhausierte er dann seinen Fegsand an die Hausfrauen.
Ein halbes Dutzend Rechenmacher schwärmten früher ins Ries aus, um den großen Bedarf an Holzrechen und Sensenworben zu befriedigen. Sogar in unseren Tagen sucht ein Rechenmacher noch die Bauern auf. Es ist Bruno Reichherzer aus Fremdingen.
Neben den Hausierern gab es viele Reisende, die Waren auf Bestellung verkauften. Zum Mißfallen der Dorfschmiede kam in den Wintermonaten »dr Sägesma« aus dem Rheinland (Solingen) und »verstellte« Sensen. Im Frühjahr wurden sie, in Segeltuchsäcken verpackt, geliefert. Behängt mit Stricken, Strängen, Seilen, »Wuschtbändel ond Goißelschnür« trat der Reisende aus Donauwörth vor die Bauern, die bei ihm ihren Bedarf an Seilereiwaren bestellten.

Pferdebesitzer wurden vom Vertreter einer Münchener Firma aufgesucht. Bei ihm konnten sie Roßpulver und »Fluid« (flüssiges Mittel) bestellen. Mit Pferdefluid wurden Umschläge gemacht, wenn sich ein Roß den Fuß »verwüascht« (verstaucht) hatte, aber man verwendete dieses Mittel auch beim Menschen, wenn er eine schmerzende Stelle hatte. Zum Angebot des Reisenden gehörten auch die grünen »Hing-

Geschirrhändler aus Unterdeufstetten unterwegs mit seinem Wagen (um 1910)

fong-Tropfen« (ein früher allseits beliebtes Heilmittel), »die ma nie hot ausganga lossa«.
Blahen, Roßdecken und Säcke wurden von einem Reisenden der Augsburger Firma Deuter angeboten. »Dr Soifama« aus Nördlingen »verstellte« Soda, Schmierseife, Seifenpulver in Säcklein (die leeren Säcklein verwendete die Bäuerin als Milchseihtüchlein), Balsam, Kamille zum Haarwaschen und Seifen (die Kernseifen wurden auf den Kasten »gebeigt«; sie sollten trocknen).
In allen evangelischen Dörfern war der Kolportär (Bibelbote, reisender Händler) Matthäus Gehring aus Schaffhausen bekannt. In den dreißiger Jahren fuhr er mit dem Fahrrad in die Dörfer der drei Riesdekanate und nahm Bestellungen für Bibeln, Gesangbücher, Stark-Gebetbücher und allgemeine christliche Literatur auf. In erster Linie galt der Besuch des Kolportärs den Konfirmandeneltern, deren Namen er sich bei den Pfarrämtern erfragt hatte. Bei seinen Besuchen hatte er Muster der von ihm angebotenen Bücher dabei. Die Bestellung wurde im Winter aufgenommen, die Lieferung erfolgte im Frühjahr. Matthäus Gehring bezog seine Bücher vom Zentralbibelverein Nürnberg. Bei seinen Fahrten durchs Ries hatte der Kolportär seine Häuser, in denen er übernachtete. In Appetshofen geschah dies bei Familie Löpsinger. Hier war er bekannt, weil ein Bruder der Hausfrau in Schaffhausen wohnte.
Auf den Bahnhöfen Möttingen und Harburg kamen die Bücher an. Die Kinder des Bibelboten mußten dort mit dem Handwagen die Bücherkisten abholen. Manchmal brachte sie auch der Milchwagen ein Stück weit mit. Beim Ausfahren verstaute Matthäus Gehring die Bücher auf seinem großen Gepäckständer und im Rucksack.
Pfannenflicker fragten in den Häusern nach löchrigen Häfen, Pfannen, Kesseln und »Bettflaschen«. Am Feuer der Dorfschmiede Hüttinger und Staufer wurden sie dann gleich geflickt.
Messer und Scheren wurden ebenfalls am Schleifstein des Dorfschmiedes geschliffen.

Im Sommer suchte der Nördlingener Siebmacher Ignaz Einberger die Bauern auf und fragte: »Was isch n mit deine Sieber?« Er reparierte beschädigte Siebe und handelte sich dabei noch jedesmal eine Brotzeit ein.

Der Hausiererberuf war nicht leicht und brachte viele Unannehmlichkeiten, denn der Hausierer fand nicht lauter »offene Häuser«. Er mußte sich schroffe Abweisungen gefallen lassen, manchmal auch Demütigungen. Trotz der »Händlertalente«, mit denen die Hausiererleute meistens begabt waren, mußten sie nicht selten Niederlagen einstecken. Groß waren die Strapazen, die sie auf sich nehmen mußten, indem sie ihre Waren im Buckelkorb, Rucksack, Koffer oder »Handkrätza« weite Strecken tragen mußten. Mit dem Zug reisten sie in die Bahnstation ihres »Gais« und gingen dann zu Fuß weiter. Auch Konkurrenz von ihresgleichen mußten sie fürchten.

Vorbei sind die Zeiten, wo die Hausierer, Händler und Reisenden ihre Waren von Haus zu Haus anpriesen. In die Dörfer rollen heutzutage »Bäcker-, Metzger-, Bier-, Schuh- und Obstauto«. Die Hausfrauen wissen Tag, Zeit und Ort, falls sie solcherart einkaufen wollen.

(1990)

»Paschate Häfe« verkaufte der »Hafama«

Pockenschutzimpfung

»Blottragschoba«

Die Pocken oder (schwarzen) Blattern waren eine gefürchtete Infektionskrankheit, die unter Umständen tödlich verlief. Weil die Krankheit ansteckend war, verbrachte man in den Städten die davon Befallenen in ein abgesondertes Haus, das sogenannte Blatternhaus. Meist war es das Siechenhaus, das gewöhnlich vor den Toren der Stadt lag (in Nördlingen vor dem Baldinger Tor). Blatternepidemien gab es noch im 18. Jahrhundert. Durch Hygiene- undSchutzmaßnahmen sind Epidemien bei uns danach nicht mehr aufgetreten. Bereits 1807 wurde ein Gesetz über die Impfung gegen die Pocken oder Blattern erlassen. Noch bis in die 70er-Jahre unseres Jahrhunderts mußte nach dem Bundesseuchengesetz jedes Kind zweimal gegen Pocken geimpft werden (spätestens in dem Kalenderjahr, das auf sein Geburtsjahr folgte und mit zwölf Jahren). Die gesetzlich vorgeschriebene Pockenschutzimpfung gibt es nun nicht mehr. Das Risiko schwerer Impfschädigungen (mit Behinderungsfolgen) ist viel größer als das, an Pocken zu erkranken. Die Pocken sind seit 1977 weltweit angeblich ausgerottet.

Meistens im Herbst wurden die Kinder gegen »d Blottra« geimpft. Der Flur gab den Termin durch Ausschellen bekannt. Der Bezirksarzt, der die Impfung vornahm, kam nicht in jedes Dorf. Die Kinder aus Appetshofen, Lierheim und Enkingen wurden zum Beispiel in Möttingen geimpft. Impf-Lokal war das Gasthaus »Zum Lamm«, nach dem Besitzer früher kurz »beim Scharrer« genannt. Vor dem Wirtshaus standen die »Kenderscheesa«, in denen die Mütter ihre Kinder hergefahren hatten. Man erinnert sich, daß »dr Jongbauer vo Enke« (ein größerer Bauer in Enkingen) stets seinen Gaul einspannte und Frau und Kind in der Chaise zum Möttinger Impflokal kutschierte. Dieweil Mutter und Töchterlein oder Söhnchen im oberen Saal beim

Kind aus Balgheim mit hübschem »Henkerle« (um 1903)

Impfen waren, saß der Bauer unten in der Wirtsstube beim Bier und »dischkrierte« mit dem Wirt.

Jede Mutter putzte ihr Kind zu diesem Ereignis besonders heraus. Es war oft das erste Mal, daß das Kind in der Öffentlichkeit gezeigt wurde. Es bekam einen hübschen »Henker« (Lätzchen) umgebunden oder gar ein neues Kleidchen angezogen. Diese Tatsache hat den Heimatdichter Gottfried Jakob zu seinem bekannten Gedicht vom »Blottrahäs« angeregt.

»Ds Blottrahäs

    Der Flur schellt aus: »Bis Freite ...
    Of Degge ... ds morgnscht um acht ...«
    Des höart a junga Bäure,
    Dia fleiße drauf hot gacht.
    Wann s o net alles gno hot ghöart,
    Hot s doch so viel verschtanda:
    Sia muaß derzua mit ihrem Ked,
    Wann s net will ds Schanda schtanda.
    Ihr Ked ischt liab, macht bal a Johr,
    Ka scho a bißle loffa;
    Drom, daß s es recht schöa richta ka,
    Will s voar no ebbes koffa.
    Drom goht s o glei of Näarle
    Mit ihrer alta Bäs.
    Dr Kofma frogt, was wölla;
    Sia sagt: »A Blottrahäs.«
    Dear aber guckt ganz gschpässe drei,
    Ond vo de Ladnerinna
    Woiß koina, was die Bäure will,
    Wann se se no so bsinna.
    Dia Alta denkt: Iatz dia send domm,
    Do möcht ma doch schier schempfa,
    Ond schreit ganz laut, daß alles höart:
    »Des isch a Kloid zom Impfa!«

»Ds Empfa« war auch für die Sechstkläßler ein besonderes Ereignis. Man bekam von daheim »an Kreizer« mit, denn im Impflokal gab es nach der Prozedur des Impfens »süaße Bretzga« (Bretzen aus Hefeteig) zu kaufen. Die Scharrer-Wirtin in Möttingen hatte dem »Liere-Bäck« (Bäcker in Lierheim) die Zahl der Impflinge mitgeteilt, und dieser lieferte dann die entsprechende Menge an »süaße Bretzga«. Selbstver-

ständlich gönnten sich auch die Mütter dieses besondere Backwerk zur Feier des Tages.
Hatten die Schulkinder noch Geld übrig, gaben sie es bei der Dorfkrämerin Herbst aus, die ihren Laden gleich neben dem Impflokal hatte.

Herausgeputzt zum Impfen

Acht bis zehn Tage später mußten die Impflinge wiederum vor dem Bezirksarzt »zom Blottragschoaba« (Nachschau) erscheinen. Danach war Gelegenheit zum Austragen von Raufereien zwischen den Buben aus Möttingen, Appetshofen, Lierheim und Enkingen. »Do isch awel grafft woara«, erinnern sich die Alten.
Zum Schluß noch etwas Scherzhaftes zum Thema »Impfa«, das sich tatsächlich einst in einem Rieser Dorf ereignet haben soll: Der »Ausscheller« gab bekannt, daß in Neresheim die »Variolen« ausgebrochen seien. Weil er selbst die Bedeutung des lateinischen Wortes nicht wußte, gab er denen, die ihn danach fragten, die Auskunft, daß das entsprungene Häftlinge seien (Variolen = Pocken, schwarze Blattern; in Neresheim gab es bis in die 60er-Jahre ein Gefängnis). (1990)

»Blottrahäs« (Impfkleidchen) der Familie Alban Schludi aus Wallerstein

Mutter, Vater, Sohn und Tochter im Sprichwort

»Lieber an reicha Vater vrliera, wie a arma Muater.
A Muater, wie arm, git doch ihrem Ked warm.
A barmherziga Muater zieht lausige Kender (weil sie alles selbst tut).
A andre Muater hot o a liebs Ked (Trost für einen Abgewiesenen).
Wer ds Ked streichlt, dr Muater schmeichlt.
D Muaterschläg teant net weah.
Muaterliab goht über alle Liab.
Was dr Muater an ds Hearz goht, goht em Vater bis an ds Knie.
Er hangt awel no dr Muater am Rockzipfl (ein Muttersöhnchen).
Wie d Muater, so d Tochter, nor a bißle schlechter.
Wamma d Tochter will, muaß ma d Muater karessiera (ihr schöntun).

A schneaweiße Täube
Ond a schwarzer Tauber;
Wann d Muater schöa isch,
Wurd d Tochter sauber.
   (Tanzbodenvers)

Wie dr Vater, so d Buaba, wie dr Acker, so d Ruaba.
Wie d Orgel, so dr To(n), wie dr Vater, so dr Soh(n).
A Vater zieht leichter 10 Kender auf, wie 10 Kender an Vater.
Wer Vater ond Muater net folgt, muaß of Lechhausa (Vorort von Augsburg; magere, steinige Böden gab es dort).«

Eine Anzahl lustiger Tanzliedle befassen sich ebenfalls mit Vater und Mutter:
»Wann mei Vater a Stieglitz wär
Ond mei Muater a Zeisle,
Möcht i die zwoi Narra seha
En am Vogelhäusle.

Mutter mit Kind
(Appetshofen, um 1915)

Drei Paar ledre Stempf
Ond zwoi drzua sen fenf.
Ond wann mei Vater Karta spielt,
Nocht hot r lauter Trempf.

Mei Vater isch a reicher Ma.
Er fährt mit seine Küah.
Er hockt se auf die Deichsl na
Ond schiebt no mit de Knie.

Bacht mir mei Muater Nüdala, Nüdala,
hei-di-li-dei-dom,
sen weißer als wie Zwiebala, Zwiebala,
hei-di-li-dei-dom.
Gibt mir mei Muater an Brocka,
Zom Buale, Buale reilocka,
Zom Buale, Buale, bi-bi,
Dean Brocka, Brocka friß i.

Dr Vater hots gsagt
Ond d Muater sagts o:
Iatz isch dr Bua gwachsa,
Iatz braucht r a Fro.

I ben meim Vater sei oizier Soh,
truliä, truliä, truliom.
Wann r noamol an sotte hätt,
Gangat i auf ond drvo.

Mei Vater hot mi gschlaga
Mit Hagabutzareis.
I ka drs gar net sage,
Wie mi dr Buckl beißt.«

(1986)

Kinderarbeit

»A kloina Hilf tuat guat«

Mithilfe der Kinder in Haus und Hof und auf dem Feld war früher selbstverständlich. In der Schriftenreihe der Museen des Bezirks Schwaben (Kinder auf dem Dorf, 1900 bis 1930) heißt es: »Die Kinder wurden stufenweise, an ihrer Arbeitsbefähigung orientiert, in die landwirtschaftlichen Arbeiten eingegliedert. Die Kinder wuchsen durch die Arbeit in die dörfliche Gesellschaft hinein, deren Wertvorstellungen und Normen durch die landwirtschaftliche Arbeit geprägt waren. Schon früh nahm man die Kinder mit aufs Feld. Dabei lernten sie die Äcker und Wiesen kennen, die sie bald nach Besitzverhältnissen und dem damit verbundenen sozialen Ansehen im Dorf unterscheiden konnten. Etwa im Alter zwischen sechs und acht Jahren begann man, die Kinder in die landwirtschaftliche Arbeit einzuspannen. Der elterliche Druck verstärkte sich, die Erziehung durch und zur Arbeit trat in den Vordergrund. Die Arbeiten, die man den Kindern zuwies, waren Mithilfen und Zuarbeiten. Aus der Sicht der Erwachsenen waren sie »leicht«, weil sie keine große Körperkraft erforderten, weil sie keine oder nur geringe Erfahrung verlangten und weil sie mit der Hand oder ohne größere Geräte erledigt werden konnten. Es waren nützliche, aber in der Hierarchie der Arbeiten und Arbeitsleistungen gering bewertete und untergeordnete Arbeiten.«
Eine der ersten Feldarbeiten im Jahr, bei der Kinder mithelfen mußten, war »ds Schtoiklauba« (das Auflesen größerer Steine auf den Äckern, vornehmlich den Kleeäckern). Eine Appetshofenerin im achten Lebensjahrzehnt erinnert sich noch genau daran. War man etwa zehn Jahre alt, »hot ma em Friahle tägweis zum Schtoiklaube gmüaßt. Aber nor d Mädla. Schtoiklauba war nämle a Weiberarbet«, sagt sie. Frauen und Mädchen banden sich eine Schürze um und sammelten darin die Steine. Beliebt war diese Arbeit nicht. Oft war es im zeitigen

Der Enkel bindet dem Großvater die Schuhe zu

Frühjahr noch kalt. Die Mutter suchte zwar einen wärmeren Tag aus, aber trotzdem jammerten die Kinder oft: »Mi friert s a so.« Oft wurde gefragt: »Muaß i heit scho wieder mit? I hab doch a soviel Hausaufgab auf.« Die Äcker waren bisweilen weit entfernt, sodaß die Kinder lange Wege zu Fuß zurücklegen mußten.
Im Frühjahr wurden die Wiesen abgerecht. »Ge Wiesa-Sträh hola« gingen die Kinder mit. Sie mußten auf dem Wagen das Stroh »neischäga« (hineindrücken, »eitrappa«). »Do isch ma geara mitganga«, heißt

es. Das Fahren auf dem Wagen war für die Kinder ein Vergnügen, das Eintrappen des Strohs eine leichte Arbeit. Schulkinder in der 5. und 6. Klasse halfen beim Kartoffellegen. Beim Hacken, in erster Linie Frauenarbeit, mußten auch die Mädchen mit Hand anlegen.

Im Frühsommer ging es wochenlang »ge Grasa«. Auch die Kinder mußten am Mittag nach der Schule aufs Feld und beim Unkrautjäten helfen. »Do hot ma net romläfla däffa« (herumstreunen), heißt es, »denn a kloina Hilf tuat guat«. Als die neunjährige Marie mit beim Grasen auf dem Acker war, meinte ein Vorübergehender: »Ond ds Marle isch o scho em Gras!« Die Mutter meinte daraufhin: »Jo wäger, die ka o ebbes rausziaga.« Beim Herausziehen der Disteln jammerten die Kinder. Die Mutter gab den Rat: »Fescht alanga, nocht stechat s net.« Man erinnert sich beim »Dischla« an »lompate Fenger«, die mit Löchlein übersät waren und wie ein Sieb aussahen. In der ersten Zeit schmerzte das Kreuz vom vielen Bücken. Am Abend mußte jedes Kind seine »Tragat« Gras heimschleifen. »Wanns nor regna dät«, wünschten sich die Buben und Mädchen insgeheim, dann bräuchten sie nicht auf den Acker zu gehen.

Schmunzelnd berichtet das oben genannte »Marle« von einem Verwandten, der in seiner Kindheit zu Nasenbluten neigte. Bisweilen soll er beim Grasen solange in der Nase gebohrt haben, bis sie zu bluten begann. Jetzt durfte er mit dem Grasen aufhören.

Hauptarbeitszeit für die Kinder war die Erntezeit. »Em Häat ond en dr Ähret hot ma am moischta schaffa müaßa«, erzählen die Erwachsenen. Die Kinder hantierten mit Geräten, die eigens auf ihre kindliche Gestalt abgestimmt waren. »Ma hot mit am leichta, schmale Rechale ds Hä romgschlage«, heißt es. Beim Nachrechen wurden die Kinder ermahnt: »Teant fei sauber recha!«. Um den Pferden und Kühen vor den peinigenden, blutsaugenden Insekten ein wenig Ruhe zu verschaffen, mußten die Buben und Mädchen »Brema wehra«. Als Entschädigung für die Mühen durften sie auf der Heufuhre heimfahren. Ging es auf der Fahrt unter einem Birnbaum hindurch, »hot ma se

Bira ragrissa«, erinnert sich mancher schmunzelnd. Zu den schönen Erinnerungen gehört auch das Einkehren ins Wirtshaus, wenn dort auf dem Heimweg von einer weit entfernten Wiese (zum Beispiel einer Wörnitzwiese) eine Rast eingelegt wurde. Beim Abladen der Heufuhre mußten die Kinder auf dem Heuboden »ds Hä hentre werkla ond d Häwisch onters Dach naschoppa«. Dabei war es sehr heiß und staubig, sodaß die Kinder zu jammern begannen. Der Vater tröstete dann mit dem Versprechen: »Ui kriagat a Gutse« (Bonbon).

Bei der Getreideernte war »ds Bänderstrecka« (Auslegen der Strohbänder oder Garbenstricklein) Kinderarbeit. Beim Umkehren und Einsammeln von Gerste und Hafer mußten auch die Kinder helfen. Wegen der vielen Disteln im Sommergetreide war dies nicht beliebt. Das Weitertragen der Garben »em Troidstock« besorgten die Kinder. Wenn ein frisches »Gleg« (Schicht) angeschlagen wurde, durften die jugendlichen Helfer ein Weilchen ausruhen. Über die abgeernteten Getreidefelder zogen die Buben und Mädchen den hölzernen Eggrechen. Sie freuten sich auf das Holen des Zusammengerechten: »Ge Ega hola isch ma geara mit. Ma hot fahra däffa, s war schöa.« Bei den Weizenäckern sagte die Mutter: »Kender gont naus ond teant Ähra klauba.« Das Versprechen, daß das ausgedroschene Korn aus ihren gesammelten Ähren in der Mühle verkauft werde, und sie das Geld dafür bekommen würden, spornte zu eifrigem Sammeln an. »Ganze Säck vol hont os Kinder zammklaubt«, erinnern sich die einstigen Ährenleserinnen.

Der Schulbeginn nach den großen Ferien wurde nach Möglichkeit so gelegt (um den 15. September), daß die Kinder noch bei der Kartoffelernte helfen konnten, wenn es nicht gar »Kartoffelferien« gab. In einem schlechten Herbst war es dabei oft so kalt, daß die Kinder steife Finger bekamen und zu lamentieren anfingen. Beim Abladen daheim dunkelte es schon. Auf der »Ärbirarutsche« purzelten die Kartoffeln in den Keller. Die Kinder mußten die Feldfrüchte »hentre rauma«.

Selbst beim Dreschen gab es Arbeiten, die Kinder zufriedenstellend ausführen konnten. Beim Flegeldreschen mußten größere Buben aus armen Familien morgens vor Schulbeginn bei Bauern »a Stroah drescha«. Sie verdienten sich dabei ihren Morgenkaffee und waren daheim »aus der Schüssel«. Als es in den Dörfern noch keinen Strom gab, wurden Pferde und Kühe »en da Göpel« eingespannt, um Futterschneid- und Dreschmaschine anzutreiben. Die Beaufsichtigung der Tiere oblag dabei den Buben. Als Belohnung gab es dafür ein Stück Brot mit Apfelmus.

Als der elektrische Strom die Dreschmaschine antrieb, waren die Dreschtage »voler Omuaß«. Alle mußten mithelfen. Kinder mußten auf dem »Troidstock« die Garben heranschleifen, aufbinden, die Bänder abstreifen und die Garben auf die Maschine hinunterwerfen. Bei der Stiftendreschmaschine liefen die ausgedroschenen Körner »en ds

Bänderstrecken

Kinder helfen beim Kartoffellegen (Holzkirchen)

Käschtle«. Der Vater sagte zum Buben: »Du tuasch ds Käschtle ausleara. Paß auf, daß net überlofft.« Als Anerkennung dafür durfte der Aufpasser auf den ersten vollen Sack sitzen. »Do war ma andersch stolz«, erinnert sich ein alter Bauer. Am Spätnachmittag eines Dreschtages hieß es »Stroah rauma«. Die Kinder schleppten die Strohschütten vom Hof in den Stadel.

Viehhüten (Gänse, Schweine und Rinder) galt oft als ausgesprochene Kinderarbeit. Es verlangte flinke Füße und Aufmerksamkeit, ließ aber nebenbei noch Zeit zum Spielen. Das Beaufsichtigen der kleinen Kinder (»Kindsmagdmacha«) war den Mädchen vorbehalten. (Siehe Abschnitte in meinem Buch »Ausschnitte aus dem Rieser Dorfleben I«) Zu den täglichen Arbeiten in Haus und Hof gehörte das Wasserpumpen. »Tua de Trog eigompa«, mahnte die Mutter. Als es in den

Ställen noch keine Wasserleitungen gab, wurde das Vieh morgens und abends am Brunnentrog getränkt. Vom Brunnen mußten die Kinder auch Wasser in die Küche tragen. Das Herdschifflein und das Kochschaff wurden mit Wasser gefüllt.

»Ds Ruabamahla« war vorwiegend Bubenarbeit. Vom Herbst bis ins Frühjahr hinein mußten sie täglich etliche Körbe voll »Säuruaba« (Futterrüben) in der Rübenmühle zermahlen. »Wieviel Wanna muaß ma mahle?«, fragten sie, wenn sie nachmittags von der Schule kamen, und es schwang Hoffnung mit, es möchten nicht zu viele sein.

Zur »Obadarbet« gehörte das Hereintragen von Holz aus der Holzlege in die Küche. »Ds Holzkischtauffülla hot ma net vergessa däffa«, erinnern sich die Männer und Frauen. Jedesmal mußte auch »a Well« (Reisigbündel) zum Feueranzünden mit dabei sein.

»Ärbirahäfa eiklauba« (Füllen der eisernen Häfen mit Kartoffeln) war eine einfache Arbeit, mit der sich Erwachsene nicht abgaben. Im Frühjahr, wenn die Kartoffeln zu keimen begannen, mußten sie die Kinder vor dem Einklauben noch abkeimen.

Beim Bettensonnen schärfte die Mutter, wenn sie aufs Feld gehen mußte, den Kindern ein: »Teant fei d Better rei, wann a Weter kommt.« Das gleiche galt für die zum Trocknen aufgehängte Wäsche. »Tuach spritza«, das heißt das Feuchthalten der zum Bleichen ausgelegten Leinenbahnen, war Aufgabe der Kinder.

Im Herbst, nach dem Flachsriffeln, wurden »d Boll« (Samenkapseln vom Flachs) auf einer »Blah« (großes Tuch aus grober Leinwand) zum Trocknen aufgeschüttet. Kinder erhielten den Auftrag: »Boll hüata.« Sie mußten aufpassen, daß keine Hühner in den »Flachsboll« herumscharrten. Das samstägliche »Hof- ond Schtroßkehra« besorgten die größeren Schulkinder.

Hausarbeiten mußten in erster Linie Mädchen verrichten. Gab es in einer Familie aber nur Buben, mußten auch sie häusliche Tätigkeiten erledigen. »Os hont awel de Reis omrühra müaßa, wann d Muater am Sonnte en dr Kirch war«, berichtete ein alter Appetshofener von sich

Aufpassen auf das Geschwisterlein

und seinem Bruder. Mädchen im 6. Schuljahr mußten auch schon, namentlich »en dr Ähret«, der arbeitsreichsten Zeit im Jahr, den Herd anheizen und einfache Speisen zubereiten. Die Mutter mahnte noch: »Schütt koin Äsche of de Mischt, wann no a Gluet drenn isch«.
Geschirr spülen, Blumen gießen, Milchgeschirr reinigen, glatte Wäschestücke mit Mangrolle und -brett mangen und das Brot aus dem Backofen holen, waren traditionelle Mädchenarbeiten. Dabei sparte die Mutter nicht mit Ermahnungen. So hieß es zum Beispiel beim Brotherausnehmen: »En ra halba Stond tuasch ds Broat raus.Schmeiß s net na, soscht kriegts an Speck.«
Am Samstag mußten sich die Mädchen auch am üblichen Hausputz beteiligen. »Ds Haus nausputza« (Putzen von Küche und Haustennen), »Mess putza« (Polieren von Messingteilen wie Türschnallen,

Kindsmägde in Megesheim

»Schifflesdeckel« am Herd und Küchengerät) und »d Nähmasche putza« (abstauben) gehörten dazu. Schuheputzen (Waschen, Schmieren und Wichsen der Sonntagsschuhe) zählte ebenfalls zu den Kinderarbeiten. Die Mägde sahen es gerne, wenn die Kinder auch zur Arbeit angehalten wurden.
Selbstverständlich war es, daß Kinder allerlei Botengänge verrichteten. Wem der Schäfer pferchte, dessen Kinder mußten ihm abends das Essen in den Pferchskarren bringen. Brot und anderes Backwerk trugen oder fuhren die Buben und Mädchen zum Bäcker und holten es nach dem Backen wieder. Galt es in irgend einem Haus etwas auszurichten, wurden die Kinder geschickt. Sie begannen ihren Auftrag stets mit den Worten: »An schöana Gruaß vo meira Muater (meim Vater, meine Leit) ...« Oftmals wurden die Buben in ein anderes Dorf

geschickt, um Verwandten eine Tasche voll Obst oder »a Metzgersupp« zu bringen. Im letzten Schuljahr wurde er zum Großvater nach Balgheim geschickt, um dessen Holz zu scheiten, wie ein alter Appetshofener berichtet. Für »de Sixabauer« aus Appetshofen, der keine Kinder hatte, mußte der Nachbarsbub täglich am Nachmittag abwechselnd bei den Dorfwirten einen Krug Bier holen. Beim Überbringen sagte der Bauer jedesmal: »Do stich an!«, und der kleine Johann durfte einen Schluck aus dem Maßkrug tun.

Kindsmagd mit ihren Schützlingen (Möttingen, 1925)

Zu den Aufgaben der Kinder gehörten auch Handreichungen für die Großeltern, namentlich, wenn diese nicht mehr rüstig waren: Augentropfen einträufeln, »Bettflasche« (Wärmflasche) einfüllen und ins Bett tragen, Essen bringen, einem Kranken »zutragen«, Schuhbändel zubinden ...
Zum Spielen blieb oft nicht viel Zeit. »Muater däff i furt?«, fragten die Kinder oft. Die Antwort lautete dann meistens: »Wann dei Arbet to hosch« oder »zor Arbet kommsch aber«.
Nach der Volksschulzeit wurden die Kinder voll in die landwirtschaftlichen Arbeiten einbezogen. Schwerere und verantwortungsvolle Arbeiten mußten sie sich erst aneignen (die Buben zum Beispiel mähen und pflügen, die Mädchen melken und kochen).   (1993)

Beim »Mehna« (Gespannführen), Holzkirchen

»Oierplatz«

Das Geburtstags- (bzw. Namenstags)geschenk für die Rieser Buben und Mädchen war früher sehr bescheiden. An ihrem Festtag bereitete ihnen die Mutter «an Oierplatz». Wer im Winter Geburtstag hatte, mußte oft darauf verzichten, denn die Hennen fingen erst wieder um Lichtmeß (2. Februar) herum zu legen an. Eine im November geborene alte Rieserin erinnert sich, daß sie an Stelle eines Eierplatzes »a Brottwüschtle« bekam.

Der klassische »Oierplatz« war »a verklepperts Oi mit am Prisle Salz dra« und mit Schweineschmalz im eisernen Pfännlein herausgebacken. Nur im »Oierplatz-Pfännle« (»a spitzes Pfännle« mit hohem Rand und langem Stiel) konnte der echte »Oierplatz« gelingen. Im Herd sorgte die Hausfrau für »a schnelle Hitz«, indem sie »a Well« (Reisigbündel) ins Schürloch schob. Von den Herdringen hob die Bäuerin den kleinsten ab und hängte das »Pfännle« ins offene Feuer. Das Schmalz mußte so heiß werden, »daß s grocht hot«. Jetzt ließ sie das »vrklepperte« Ei vorsichtig ins »Pfännle« gleiten. Die Eimasse schoß in die Höhe, umgerührt wurde während des Backens nicht. Nach kurzer Zeit schon konnte die Hausfrau das Pfännlein aus dem Feuer nehmen. Als Regel galt: »A Oierplatz muaß mit fünf Stroahwisch ferte sei« (also sehr kurz backen). Am Boden des Pfännleins blieb »ebbes Woichs zom Raustonka«. Ein Appetshofener erinnert sich noch gut an den Nachbarsbuben, der seinen Bruder mit folgenden Worten heimlockte: »Komm, s git a Donke«, womit er einen »Oierplatz« meinte. Zum Heraustunken gab es »an Deckelzelta« (einfaches Weißbrot). Der »Oierplatz« wurde gleich aus dem Pfännlein gegessen, »weils do am beschta gschmeckt hot«. Nicht jeder liebte aber diese weiche Zubereitung, sodaß die Mutter fragte: »Magsch n a weng woicher oder willsch n guat bacha?«

Neben dem Geburtstag gab es noch andere Gelegenheiten, wo die Hausfrau »an Oierplatz« bereitete. Unverhofftem Besuch war er »a

Aufwarte«. Dem Brautpaar, das zum Hochzeitsladen kam, wurde von etlichen Eiern ein Eierplatz vorgesetzt. Zu der Zeit, als die Gäste »beim Palmtaglade« noch nicht mit Kaffee und Kuchen verwöhnt wurden, tischte das »Dotle« ihrem Patenkind als Willkommensgruß »an Oierplatz« auf. Eine Rieserin erinnert sich, daß ihr Vater oft erzählte, daß sein »Dotle«, als er mit Vater und Mutter beim »Palmtaglade« in ihrer Stube saß, am »Türgschwell« hängen blieb »ond mitsamt m Oierplatz en d Stub reigschlage isch«. Zum vormittäglichen Vesper erhielt die Näherin, die beim »Ausnähe« im Haus war, »an Oierplatz«. »I hab n nemme schmecke könna, mir isch r zom Hals rausghangt«, verrät eine

Gänseliesl

ehemalige alte Näherin. Sie packte ihn deshalb, »wenn d Bäure amol net om de Weg war«, in ihre Tasche und fütterte ihn daheim den Hühnern.

»Em Häat« und »en dr Ähred« gab es an einem »guten Platz« für »d Ehalta« (Dienstboten) zusätzlich zur Brotzeit am Abend »an Oierplatz« von etlichen Eiern. Im Herbst wurde der Krauthobler mit einem Eierplatz verabschiedet. Der Lohn für den »Krauteitrapper« war je nach Wunsch ein Paar Bratwürste oder »a Oierplatz«.

Wer die Gänse gut gehütet hatte, der bekam am Abend einen Eierplatz, ebenso beim »Geesrupfa« fürs Auftragen der Tiere. Der Heimatdichter Friedrich Völklein aus Lehmingen hat diesen alten Brauch sogar in einem Gedicht erwähnt. In »Rieser Gänse« lesen wir in der letzten Strophe:

»Oierplatzpfännle«

»Dia kriega scho bal Stupfla
Und Fedra weiß ond schwarz,
Und tuats mei Muater rupfa,
Krieg i en Oierplatz.«

Sooft der Gänsehirt einen »Oierplatz« bekam, schnitzte er in seine Gänserute ein Ringlein. Auf dem Ganswasen begann dann ein eifriges Zählen. Wer hatte die meisten Ringe?

Wer schon vorher essen mußte, weil er mit dem Elf-Uhr-Zug »ge Näarle« fahren wollte, dem wurde »a Oierplatz ond a Stück Deckelzelta« vorgesetzt. »Wamma of d Wenz en ds Hä isch, hot ma vorher an Oierplatz gessa«, berichtet eine Möttingenerin (auf eine weit entfernte Wörnitzwiese, z.B. bei Bühl). Wer an Christi Himmelfahrt den seit dem Palmsonntag am Gartenzaun befestigten, geweihten Palmbuschen hereinholte, bekam einen »Oierplatz«.

Neben der »klassischen« Form gab es auch den »Oierplatz« aus altbackenem Zelten«, der mit heißer Milch übergossen und mit Salz und Eiern zu einem dickflüssigen Brei abgerührt wurde. In der »Flädlespfann« buk die Hausfrau davon einen auf beiden Seiten goldgelben Fladen heraus. Zum Umdrehen benutzte sie dabei »a Stirz« (einen Deckel).

An den »Oierplatz« denken die älteren Rieser mit Freuden zurück. »A sotts guats Oi gits nie meah«, sagen sie. Damals hatte er den Reiz des Seltenen und Besonderen. So einfach seine Herstellung auch war, so könnte die moderne Hausfrau kaum mehr einen echten Oierplatz zubereiten. Verschwunden ist das besondere »Pfännle«, der Herd mit den abnehmbaren Ringen und dem Feuer darunter, und der »Deckelzelta zom Rausdonka« wird auch nicht mehr gebacken. (1988)

Kleines Trachten-ABC

Bettkittel: Nachtgewand der Frauen. Ein weißer, langärmeliger, bis zur Taille reichender Kittel aus Flanell (innen angerauht), der über dem Leinenhemd getragen wurde. Kranke und Wöchnerinnen zogen einen besonders schönen Bettkittel an mit Verzierungen an Ärmeln, Kragen und Knopfleiste.

»Blohemad«: Blauer Fuhrmannskittel mit weiß (bzw. rot) gestickten Achseln. Früher aus dem Elsaß kommend, war es in ganz Süddeutschland verbreitet. Als Schutz gegen Regen und Wind, als Arbeitsgewand,

Lierheimer Familie Deubel (um 1880)

Bursche im Sonntagsgewand

Jakob (lk.) und Johann Gerstmeier aus Balgheim (um 1910)

zum Markt- und Wirtshausbesuch gerne getragen, hielt es sich als Rieser Trachtenbestandteil wohl am längsten.
»**Bödeleskapp**«: Bänderhaube mit kunstgerecht gefertigtem körbchenartigem Haarschoppelhäubchen und unterschiedlich gekennzeichnetem »Bödele«. Bestandteil der Kirchgangstracht. Nach der

Familie Löfflad aus Fessenheim (um 1900)

Konfirmation wurde sie zum ersten Mal getragen. Es gab verschiedene »Kappa«: die »goldige Kapp, bloamate Kapp, Florkapp, Daffet-Kapp, Stearbänder-Kapp, scheckate Kapp, Wasser-Kapp«.
»**Bo(n)d**«: Ältere Frauen trugen fast immer »an Bod« (Kopftuch). Junge Mädchen setzten nur auf dem Feld ein Tuch auf, sonst gingen sie

»barkopf«. Im Winter trugen die Frauen einen warmen, dunklen »Wollbod«, im Sommer einen leichten, hellen. Während sie im allgemeinen das Kopftuch unter dem Kinn banden, »hot ma a Judakapp gmacht, wanns arg hoiß gwest isch« (hinter dem Kopf gebunden).
»Flender«: Halstüchlein.
Hemd: Männer: weißes, grobes Leinenhemd (»Baurahemad«) am Werktag; später gestreiftes aus Barchent. Am Sonntag »klores Hemad« aus feinem, weißen Leinen, evtl. mit Biesen versehen. Frauen: weißes Leinenhemd mit oft bis zum Ellbogen reichenden Ärmeln zum Zubinden. Häkelspitze an Arm, Knopfleiste und Halsausschnitt. Sichtbare Teile aus feinerem Stoff, »Hemadstock« aus grobem, »wergiem« Leinen.
Hose: »Der Bauernbursche, wenn er im Staat ist, trägt enganliegende, makellos schwarze, hirschlederne Hosen« (Melchior Meyr). Der Hosenlatz war mit weißer Stickerei verziert. Keine Mittelnaht, nur Seitennähte mit Paspolen.
»Jack«: Langärmeliger, lose auf die Taille herabfallender Frauenkittel, meist schwarz. Er war aus Tuch, warm gefüttert für den Winter, aus Barchent für den Sommer. »Dr Kirchejack« war mit Posamentenborte verziert.
»Leible«: Männer: schwarzes oder »gstufts« (mit winzigen farbigen Pünktlein) »Sametleible« mit 18 Knöpfen (schwarz, »silbern« oder verziert). Frauen: »Leible« wurde selbst genäht aus einfachem Stoff, »Häleible« (zur Heuernte) aus besserem Stoff. »Wuschtleible« zum besseren Halt des Rockes.
Hut: Weiches, rundes Filzhütlein oder steifes »Göcksle«. Getragen, wenn es »über Feld« ging oder in die Kirche. Auf dem Hof oder ins Wirtshaus setzte sich der Rieser das samtene »Troddelkäpple« (»Dollakapp«) mit der seitlich herabhängenden Troddel auf den Kopf. Melchior Meyr (1810-1871) erwähnt in seinen »Rieser Erzählungen« die Pelzkappe aus Fischotterfell, die dem Träger ein besonders flottes Aussehen verliehen haben soll.

Alerheimer im Feststaat (Festzug, 1933)

»**Sacktuch**«: Bei den protestantischen Riesern meist gelb (oder blau) mit weißem »Model«. Es durfte nicht zu weit aus dem Hosensack heraushängen (»net wie a Küahsäubre«).
Schuhe: »Bauraschuah«, Halbschuhe zum Binden mit gelochter, heraushängender Schuhzunge; lange, bis übers Knie reichende Zugstiefel.
Schürze: notwendiger Teil des ländlichen Gewands bei Frauen:

»Alltagsschurz«: blau mit weißem und rotem Nadelstreifen
»Kirchaschurz«: gestickt
»Kirbeschurz«: weiß, Batist, fein
»Hoagsatschurz«: schwarze, seidene, bordürenmäßig in sich gemusterte Hochzeitsschürze
»Putzschurz«: grobe, weiß-blau karierte Leinenschürze
»Näarleschurz«: graue Listerschürze zum Besuch in der Stadt
»Nausloffschurz«: bessere Arbeitsschürze zum Hinausgehen aufs Feld.
Die Männer trugen blaue Arbeitsschürzen, in der Heuernte und zum Heimfahren der Getreidefuhren band sich der Bauer aber eine weiße Leinenschürze mit rot eingesticktem Monogramm um. Der Wirt bediente sonntags seine Gäste in weißer Schürze.

Strümpfe: baumwollene »Kastastrempf« in allerlei Farben und Mustern für den Sommer; wollene Strümpfe, meist schwarz, für den Winter. Aus Sparsamkeitsgründen nähten die Frauen auf die Strumpfsohlen »a Strempfdopple«, die Ferse wurde innen und außen mit einer »Bsetze« versehen.

Schmuck: »Ohrabutta« (Ohrringe), Brosche, Kreuzanhänger, Ehering, »langa« Uhr (an langer Kette zum Einstecken in den Rockbund); Taschenuhr mit Uhrkette »Uhraghäng« (Chatelaine), Pfeife, Besteck (Messer und Gabel in Lederhosentasche).

»**Wolkenrock**«: Überaus schönes, wertvolles Gewandstück, bis in die zweite Hälfte des 19. Jhds. getragen. Wollstoff mit aufgedrucktem Blatt- und Blütenmusterwerk (in verschiedenen Farbtönen).

(1987)

Hemd

»Koi ganz Hemad mehr habe«

Teil des bäuerlichen Gewandes war das Leinenhemd für Männer und Frauen. Es war gleichzeitig Ober- und Unterhemd. Zu den Aussteuerstücken gehörte stets eine Anzahl Hemden. Bei Bauernsöhnen und -töchtern lagen zwei Dutzend Leinenhemden im Weißwarkasten, bei »de kloinere Leit« war es meistens ein halbes bis ein Dutzend. Frauen und Mädchen nähten sich ihre Hemden oft selbst, während die doch etwas schwierigeren »Mannsbilderhemader« von der Näherin genäht wurden, wenn diese »beim Ausnäha« im Haus war. Leinen war der

Hemd mit Okkispitzen am Halsausschnitt

Hemd mit Häkelspitze an Ärmeln und Knopfleiste

ideale Stoff für Hemden: reißfest und haltbar, koch- und waschecht, glatt, kühlhaltend, saug- und trockenfähig, schön glänzend und im gebleichten Zustand schneeweiß schimmernd.
Die Farbe des Hemdes war wohl immer weiß, besonders für die besseren Sonntagshemden (»klore Hemader«: feine Hemden) oder gar für »ds Bräutlhemad« (Hochzeitshemd). Bei den Arbeitshemden herrschte der leicht gräuliche Ton des ungebleichten Leinens oder Wergs vor. »D Baurahemadr« waren großzügig weit geschnitten und lang. »Gell, machs fei guat lang«, wurde die Näherin aufgefordert. Einen Meter, bis 1,10 Meter Länge waren nicht selten. Unterhosen wurden ja nicht getragen!
Besonders beanspruchte Stellen waren verstärkt. Der kleine Hemdkragen besaß ein angeschnittenes Bündchen. Zu festlichen Anlässen wurde die »seidie Bende« (Halstüchlein aus farbiger Seide) unter dem sichtbaren Hemdkragen getragen. Bei Trauer »hot ma de Kraga neibonda«, das heißt, ein schwarzes Tuch einfach oder mehrmalig um den Hals geschlungen, ohne daß ein Hemdkragen sichtbar wurde. Durch einen doppelten Verschluß »hot ma d Kragaweite verstella könna«. Die Halsweite war ziemlich eingereiht (»gestiftelt«). Geschlossen wurde das Hemd durch eine Knopfleiste mit Knopflöchern und »boinerne Hemadknöpf«.
Die Ärmel waren eingesetzt und hatten an der Achsel vier gelegte Falten und damit eine schöne Weite. Die Armbündchen waren mit Knopf und Knopfloch versehen. Der Ärmelschlitz verlief in der Seitennaht. Die rückwärtige Weite war am hinteren Halsloch gestiftelt.
Das Sonntagshemd zogen »d Mannsbilder« zwei Sonntage an, ehe es in die Wäsche kam. Im Winter wurde die Wäsche noch mehr gespart. Es gab für die ganze Familie nur alle 14 Tage frische Wäsche. Zu den Kindern sagte die Mutter: »Dia Wuch brauchat r koi frischs Hemad atoa, ui hont eascht am Sonnte ois azoga.« In der Regel wechselte man im Sommer einmal in der Woche das Hemd. War man naß geworden, wurde das Hemd zum Trocknen aufgehängt. Männer und Frauen

schlüpften derweil in ein altes, geflicktes Hemd. Nur beim Gerstensammeln gönnten sich »Mannsbilder und Wei(b)sbilder« ein frisches Hemd, weil das alte voller »Geaschta-Age« (Grannen) steckte. »Nochm Kuahkälbra«, wo sich der Bauer oft »arg vrdrecklt hot«, legte die Bäuerin ein frisches Hemd für ihn bereit. Den Staub beim »Gsodschneida« und Dreschen schluckte ein alter, dicker Kittel, den man sich darüberzog. Männer und Frauen trugen ihr Leinenhemd auch als Nachtgewand. Im Winter zogen sich die Frauen und Mädchen einen bis zur Hüfte reichenden »Bettkittel« darüber, den sie nicht nur nachts trugen, sondern bei sehr kalter Witterung auch tagsüber unter dem Leible oder »Jack« anhatten.

»Koi Hemad an Arsch na habe (bettelarm sein).
Oin bis of ds Hemad auszieha (von Kopf bis Fuß entkleiden oder jemand fast alles wegnehmen).
Bis of ds Hemad naß weara (tropfnaß).
Der gäb ds Hemad vom Leib her (ein ganz Mildtätiger).
Am ganz Ronterkommana hangt ds Hemad zor Hos raus.
Wer koi Broat hot, muaß sei Hemad net mit Spitza bsetza.
Was woiß dr Ochs wanns Sonnte isch, ma git m ja koi frischs Hemad.
Hemadscheißer (Spottname für kleine Kinder).
Ds letschte Hemad hot koi Tasch (niemand kann aus dem Leben etwas mitnehmen).
Des liegt mr auf wie mei easchts Hemad ond en des hab e neigschissa (diese Sache ist mir völlig gleichgültig, interessiert mich überhaupt nicht).«
Selbst auf dem Tanzboden wurde das Hemd besungen:

»Häradi, hoppasa,   Hont ses net aufm Kopf
Wieder was Neus,   Hont ses em Hemadstock.
D Alemer Mädla   Häradi, hoppasa,
Hont alle roat Läus.   Wieder was Neus ...«

Bis in unser Jahrhundert herein war das bäuerliche Hemd aus Leinen gefertigt, das beim ortsansässigen Weber aus selbst angebautem und versponnenem Flachs gewebt worden war. Da das Material schier unverwüstlich war, gibt es auch heute noch eine große Anzahl gut erhaltener, oft sogar ungetragener »flächsener« Hemden.
Bei den älteren Frauen-Hemden ist das Unterteil, »dr Hemad-Stock«, aus grobem, wergigem Leinen und das Oberteil samt Ärmeln aus feinerem Leinen genäht. Dazu schreibt Melchior Meyr in seiner »Ethnographie des Rieses«: »Daß das Hemd beim Tanz das ländlichfeinste ist, begreift sich; auch kommt es natürlich vor, daß die sichtbaren Teile feiner sind als die verborgenen. Denn die Welt will betrogen sein, das weiß auch das Bauernmädchen; und wenn's schön herauskommt, ist im Grunde nichts dagegen einzuwenden!«
Der an der Schulter gefältelte, eingesetzte Ärmel fällt weit und reicht bis zum Ellbogen. Hier endet er in einem gereihten, oft reich verzierten Bündchen. Mit zwei einfachen Bändeln wird der Ärmel zugebunden. Ein Zwickel auf der Ärmelunterseite gibt mehr Spannweite und damit die nötige Bewegungsfreiheit beim Arbeiten. Zugbändel zum Zuziehen bringen das Hemd an den Hals.
An die Stelle des vorderen Hemdschlitzes tritt später die Knopfleiste. Sie trägt ringsum die gleiche Verzierung (Häkel- oder Okkispitze) wie die Hemdsärmel. Fast immer »hot ma de Name neigstickt« (Monogramm). Meistens geschah dies auf einer kurzen Querleiste am Ende der Knopfleiste durch Kreuz- oder Stielstiche mit rotem Stickgarn. Später tritt an die Stelle von Leinen als bevorzugtem Material für Hemden Barchent (Gewebe aus Leinen und Baumwolle). »Barchate Hemader« weisen feine farbige Streifen auf, die Ärmel allerdings bleiben weiß. Auch die Machart ändert sich, indem nun hinten und vorne ein Sattel gearbeitet ist. Die Knechte trugen sonntags »a Gschmis« (Hemdkragen aus Bakelit).
In Hemdsärmeln zeigten sich die Frauen nur im Sommer bei der Feldarbeit oder daheim in Haus und Hof. Sonst trugen die Frauen und

Mädchen stets »an Jack« (bis zur Hüfte reichenden langärmeligen Kittel). Ein neues Hemd trug die Bäuerin in der Heuernte. »Em Häat isch ma nobel gwest«, heißt es. Ein feineres Hemd zogen sich die Frauen auch zu festlichen Anlässen (Hochzeit, Kirchweih) an.
Bei der schweren körperlichen Arbeit, die es früher zu verrichten gab, wurden die Hemden stark beansprucht. Beim Wäschewaschen ging manches »Mannsbilderhemad« in die Brüche. Beim Auswinden wurden mit Vorliebe »d Bückl agrissa« (das Rückteil zerrissen), sodaß die Hausfrau jammerte: »Do däff ma scho wieder an nuia Buckel neimacha.« Die Hemden wurden großflächig geflickt durch Einsetzen neuer Stoffteile (vorwiegend Ärmel, Krägen, Rückenteile). War ein Hemd nicht mehr zu flicken, wurde es zerschnitten. Die noch guten Teile ergaben Flickflecke, Putz- oder Spüllumpen.
Die Hemden gehörten zur groben Wäsche. Sie wurden am Abend vor dem Waschtag im Kessel in der selbst gegossenen, scharfen »Äschalog« eingeweicht. Am nächsten Morgen wurde die Lauge erhitzt und die Wäsche nach dem Kochen mit Wurzelbürste und Seife gebürstet. Mit der Bemerkung »do muaß ma fei d Hemader omdreha«, brachten die Mägde zum Ausdruck, daß es bei ihrer Bäuerin ganz »akrat« (akkurat) zuging, und sie die Hemden auch auf der linken Seite bürsten mußten. Die Männer-Arbeitshemden, auch »Tuachhemader«, »werge Hemader« oder »flächserne Hemader« genannt, »warat böase Hemader«. Beim Waschen »hot ma ganz lompate Fenger kriagt ond a Brüah hots geba, wie a Mischtlach«, klagen die Wäscherinnen.
Im Winter hängte die Hausfrau die Hemden zum Trocknen ins Freie oder in eine Holzhütte. Sie ließ sie solange hängen, »bis se wieder lend woara sen«. Noch feuchte Wäsche wurde über Nacht »an de Ofariegel« (Gestänge über dem Ofen) gehängt.
Im Sommer legten die Frauen die Hemden zum Bleichen »of de Wase« (ins kurze Gras). Im Wechsel von Sonnenschein und Regen bleichten die Hemden besonders schön weiß. »Mangtrucka«, also noch ziemlich feucht, wurden die Hemden auf die armlange Mangrolle gewickelt

und mit der daraufgedrückten »Mangbatsche« (-brett) hin und her gerollt. Zum vollständigen Trocknen legte die Bäuerin die Hemden noch aus, zum Beispiel über den warmen Backofen am Backtag.
Früher waren die Toten nur mit einem Hemd bekleidet. Das Totenhemd war aus weißem Leinen genäht, am Rücken für ein leichtes Anziehen offen, besaß lange Ärmel und »a Stehkrägale«. Verziert war das Hemd mit »oifache Spitzla« an Kragen und Ärmelabschluß. Die Brustseite zierten bisweilen Biesen. Das Totenhemd hatten manche Burschen und Mädchen bereits in der Aussteuer. Meistens galt aber: »Wamma of ds Alter komma isch, hot ma se ds Sterbehäs gmacht.« Sterbehemd, -strümpfe und »Leilich« (Leinentuch, das auf dem Sterbebett über dem Strohsack ausgebreitet wurde) lagen in einer Kommodschublade. »Daß woisch, was mr amol atoa muasch, wann e stirb«, sagte das »Ah(n)le« zur Tochter oder Schwiegertochter und zeigte den Ort, wo die Sterbesachen lagen. (1992)

Kinderhemd

Bahnhof Möttingen

»Of dr Bah(n) daußt«

1976 traf aus Bonn kommend eine Schockmeldung im Ries ein. Die Bahnstrecke Donauwörth – Nördlingen – Aalen sollte stillgelegt werden. Jedenfalls stand sie auf der schwarzen Bundesbahnliste. Daß sie trotzdem bis heute besteht (und hoffentlich niemals eingestellt wird!) verdankt sie wohl kaum dem Protest, der sich daraufhin erhob (»Kahlschlag im Ries«, »Abschieben auf ein Abstellgleis«, »Austrocknen des Rieser Eisenbahnverkehrs«), sondern allein der Tatsache, daß die 1972 elektrifizierte Strecke bei Bedarf als Ausweich- und Entlastungsstrecke für die Verbindung München – Stuttgart und umgekehrt genutzt werden kann.
Am 15. Mai 1849 wurde die Bahnlinie von Donauwörth nach Nördlingen und Oettingen eröffnet (Teilstück der Gesamtstrecke München – Augsburg – Nürnberg – Hof, sogenannte Süd- Nordbahn). Möttingen war zunächst nur eine Haltestelle (keine Station wie Harburg), wo Personen ein- und aussteigen konnten, aber keine Güter mitgenommen wurden. 1859 wurde ein Bahnhofsgebäude errichtet, 1903 ein neues, das den wohl gestiegenen Bedürfnissen eher entsprach.
Dieses Betriebshauptgebäude, wie es offiziell hieß, beherbergte im Erdgeschoß die Diensträume: »Expedition« (Abfertigungsraum), Vorplatz mit Schalter für Fahrkarten und Expreßgutannahme, Wartesaal II. Klasse und Warteraum III. Klasse, Raum für Stationsdiener und Gepäck. Es soll sogar für den Fürsten von Oettingen-Wallerstein einen besonderen Warteraum gegeben haben, wenn er von seinem Sommersitz Hohenaltheim auf den Möttingener Bahnhof kam, um mit dem Zug nach München zu fahren.
Im ersten Stock lag die Dienstwohnung des Herrn »Expeditors« (Bahnhofsvorstand). Das Bahnpersonal wurde früher nicht oft versetzt, sodaß man die Beamten und Angestellten des Bahnhofs zur Einwoh-

nerschaft zählen konnte. Man erinnert sich in Möttingen noch an die Bahnhofsvorstände Ruprecht Bold und Adam Beck, die jahrelang den Bahnhof leiteten. Sie gehörten zu den Honoratioren des Dorfes. Viele Bahnbedienstete ließen sich in der sogenannten »Vorstadt« (Bahnhofsviertel) nieder. Alte Möttingener sagen heute noch, wenn sie diesen Teil ihrer Gemeinde meinen: »Of dr Bah(n) daußt.«
Auf dem Bahngelände mit den zahlreichen Betriebs-, Neben- und Wohngebäuden, Rampen für Vieh- und Holzverladung, Dienstgärten und Lagerhallen herrschte reges Leben und Treiben. An den Fahrkartenschaltern war mitunter Hochbetrieb. »Do hot oin schier dr Teifl gholt«, meint ein ehemaliger Schalterbeamter. Fahrgäste kamen aus Möttingen und den umliegenden Orten. Bis Rohrbach und Schaffhausen reichte das Einzugsgebiet. Täglich wurden 130 bis 140 Personen abgefertigt.

Dampfzug verläßt den Bahnhof Möttingen (50er-Jahre)

Von 1910 bis 1915 verkehrte jeden Tag als Zubringer zwischen der Marktgemeinde Bissingen und dem Bahnhof Möttingen eine Postkutsche. Jährlich soll sie etwa 800 Reisende befördert haben. Zu den Fahrgästen, die öfter und regelmäßig reisten, gehörten die Geschäftsleute, Bürgermeister (sie fuhren freitags aufs Bezirksamt nach Nördlingen), Pfarrer und Lehrer der umliegenden Dörfer. Besonderer Andrang herrschte zur Zeit der Nördlinger Messe, wo sogar Sonderzüge verkehrten. Wer das Meßvergnügen besonders lange auskosten wollte, konnte mit dem letzten Zug, gegen elf Uhr nachts »mit m Lompasammler«, von Nördlingen abfahren. Auch an den Markttagen war der Bahnhof »voler Leit« (sofern diese es nicht vorzogen, mit dem Botenfuhrwerk oder dem Fahrrad »ge Näarle« zu fahren). Die Fahrkarten (man sagte damals Billett) hatte der Schalterbeamte für die gängigsten Stationen vorrätig. Am Türchen des Bahnsteigzaunes wurden sie vom Stationsdiener gelocht (dies machte eine Kontrolle im Zug unnötig) und nach Beendigung der Reise wieder abgenommen. Jahrzehntelang besorgte dies der Möttingener Friedrich Grün.

Alte Möttingener, die in der Nähe des Bahnhofes aufwuchsen, erinnern sich, daß ab und zu auch eine Bahre mit einem Kranken ausgeladen wurde. Auch Särge kamen auf dem Bahnhof an, wenn auswärtige Tote in ihren Heimatort überführt wurden.
»Of dr Bah(n) isch awel ebbes loas gwest«, heißt es. Aus diesem Grunde standen bei Ankunft und Abfahrt der Züge oft Schaulustige, vorwiegend Schulkinder, an der Sperre und beobachteten, wer ein- und ausstieg. »Os send geschtert of dr Bah(n) gwest«, erzählten sie am nächsten Tag den anderen.

Vier Personen (Bahnhofsvorstand, zwei Assistenten, Stationsdiener) hatten einst auf dem Bahnhof Möttingen den ganzen Tag voll zu tun, um dem Betrieb Herr zu werden. Neben einem lebhaften Personenverkehr gab es einen umfangreichen Güterverkehr.

Bis in die 70er-Jahre hinein ließen die Viehkaufleute ihre Viehtransporte von der Bahn abwickeln. Jede Woche wurden drei bis fünf Eisenbahnwägen mit Großvieh und Schweinen beladen. Zielbahnhöfe waren erst Augsburg, dann Nürnberg und später Stuttgart. Angeliefert wurde das Vieh von den Händlern der näheren und weiteren Umgebung: Förschner (Möttingen), Stoll (Schrattenhofen), Raber (Mönchsdeggingen), Zaum (Großsorheim) und Schneller (Fronhofen).
Montag (Großvieh) und Samstag (Schweine) waren die Verladetage. Die Möttingener Schulbuben kamen »en d Vorstadt zom Säutreiba«. Sie erhielten dafür von den Händlern ein Trinkgeld. Selbstverständlich war eine Laderampe vorhanden, ebenso eine Gleiswaage.
An den Tagen, an denen in Nördlingen Viehmarkt war, waren extra Viehzüge eingesetzt. Im Kursbuch von 1931 finden sich »G m P-Züge,« das sind Güterzüge mit Personenbeförderung. Marktleute konnten also ihre Tiere begleiten. An Samstagen und an den Nördlinger Großviehmarkttagen (am letzten Dienstag jeden Monats) verkehrte ein besonderer Zug: Nö. ab 5.04, Don. an 5.50; Don. ab 6.26 Nö. an 7.16. Die Zuchtgenossenschaften der umliegenden Orte verluden ihre Stiere auf dem Möttingener Bahnhof, wenn die Tiere auf den Donauwörther Zuchtviehmarkt sollten.
Ende November, Anfang Dezember verluden die Schäfer Ziegler (Kleinsorheim), Stegner (Mönchsdeggingen), Klingler (Hohenaltheim) u.a. ihre Herden in doppelstöckigen Waggons, um die Schafe auf die Winterweide zu befördern. 150 Schafe hatten in einem Eisenbahnwagen Platz. Die Hunde mußten in einer besonderen Kiste untergebracht werden. Bis alles zur Abfahrt bereit war, dauerte es lange. »Des war a obändigs Gschäft«, erinnern sich die Betroffenen. Mitunter wurden die Waggons mit den Schafen an Personenzüge angehängt, damit die Tiere schneller an Ort und Stelle waren.
Im Gepäckwagen der Personenzüge wurden die Expreßgüter befördert. Eine Kleinsorheimerin berichtet, daß sie von Bekannten aus der Pfalz

Bahnhof Möttingen

einmal zwei Zentner Zwetschgen »express« geschickt bekam. Auch lebendes Schnellgut kam auf dem Bahnhof Möttingen an: »Bibberla«, »Heher« und »Geesla«. Stationsdiener Friedrich Grün mußte dann mit dem Fahrrad die Empfänger von der Ankunft der lebenden Fracht verständigen. Schnellgut konnte auch von Möttingen abgesandt werden: Fleischproben bei Notschlachtungen, geschlachtete Gänse, Enten und »Biber« (Truthühner), die vor allem zur Weihnachtszeit an Verwandte geschickt wurden. Das ging schneller als ein Postpaket.
Um das Jahr 1972 wurde auf dem Möttingener Bahnhof der Expreßgutverkehr eingestellt.

Auf der Strecke Nördlingen – Donauwörth war Möttingen (neben Harburg) einer der wichtigsten Bahnhöfe. Vor allem der Güterverkehr war sehr lebhaft.

Die Postkarte zeigt das erste, 1859 erbaute Bahnhofsgebäude (rechts oben)

Stück- oder Frachtgut bis zu zwei Tonnen Gewicht wurde auf diesem Bahnhof ent- und verladen. Morgens und abends kam ein Güterzug, der Frachtgut brachte und mitnahm. »D Güaterhall isch vol gwest, daß ma se net hot omdreaha könna«, heißt es. Für die Darlehenskassen (später BayWa) kamen Kohlen, Dünge- und Futtermittel, Maschinen, Saatgetreide und -kartoffeln. Die Landmaschinenfabrik Bach-

mann in Kleinsorheim verlud ihre Putzmühlen, die Molkereien in Mönchsdeggingen und Grosselfingen brachten Milch (Kannen mit je 40 Litern) und Butter (in Fässern und Kisten bis zu einem Zentner) zum Weitertransport nach Nürnberg.
Frachtfuhrmann war viele Jahre Johannes Strauß aus Mönchsdeggingen. Auf einem Bruckwägelein, vor das er einen Haflinger gespannt hatte, verlud er das angekommene Frachtgut (Kisten, Säcke usw.) und stellte es den Empfängern zu, sofern es diese nicht selbst abholen wollten.
In den zwanziger Jahren sorgte das Möttinger Traßwerk für eine Belebung des Güterverkehrs. Auf einer eigenen Gleisanlage schickte das Traßwerk täglich 20 mit Kalk und Zement beladene Waggons zum Bahnhof. In den Herbstmonaten verluden die Bauern der Umgebung ihre Zuckerrüben in 500 Waggons, um sie in die Zuckerfabrik nach Rain/Lech zu schicken. Dies geschah bis zum Jahre 1987, seither wird der Transport auf der Straße wenig umweltfreundlich mit Lastzügen abgewickelt. Jährlich gelangten acht bis zehn mit Flachs beladene Eisenbahnwagen zur Spinnerei und Weberei Droßbach in Bäumenheim.
Auch die Post fand sich bei den Zügen ein. Sie hatte ihre »Lokalität« gleich gegenüber dem Bahnhof. Morgens um sieben Uhr stand der Möttinger Postbote mit dem Postkarren am Bahnsteig, um die Postsendungen in Empfang zu nehmen. Abends um halb sechs Uhr nahm er auf dem Bahnhof Briefe, Karten und Pakete aus dem »Kariolwägele« (Kariole = Briefpostwagen), damit sie im Gepäckwagen verstaut wurden. Auch die Zeitung kam morgens mit dem Zug an.
Auf dem Bahnhofsgelände war ein riesiger Holzlagerplatz. Den Holztransport aus den fürstlichen Wäldern besorgten zahlreiche Lohnfahrer aus dem Ries: König (Großsorheim), Bschor (Mönchsdeggingen), Steinmeier und Leitz (Ederheim), Haller (Rohrbach). Auf den von Pferden gezogenen Langholzwagen fuhren sie die Stämme an. Auf dem Holzlagerplatz waren »d Räppler« (»räppla« = die rauhe Rinde

abstoßen) mit dem Holzschälen beschäftigt. Die zu Haufen aufgesetzten Späne waren begehrtes Anschürholz. Bretter wurden auch von den Sägereien in Balgheim und Ziswingen angefahren. Das Beladen der Eisenbahnwagen mit Holz geschah von einer Holzverladerampe aus. Viele Jahre hatte Heinrich Melber aus Schrattenhofen den Holzladeplatz unter sich.

Vom einstigen geschäftigen Leben und Treiben auf dem Bahnhof ist nicht viel übrig geblieben. Der Güterverkehr ist völlig zum Erliegen gekommen, der Personenverkehr stark zurückgegangen. Vorbei sind die Zeiten, wo sich winters durchfrorene Fahrgäste um den warmen Ofen im Warteraum scharten und sich vor den Schaltern »a Schloh Leit« drängte. Das Personal ist auf einen Beamten zusammengeschrumpft. Auf den Gleisen herrscht oft (vor allem samstags und sonntags) stundenlange Stille, dafür dröhnt auf der nur etliche Meter vom Bahnhof entfernten Bundesstraße pausenlos der Lärm unzähliger Privat-Fahrzeuge. (1991)

Bahnhof Möttingen

Bahnwärter

»Jessas, dr Zug isch do«

Kurz hinter Möttingen, in Richtung Nördlingen, passierte der Zug den Schrankenposten S 27. Das Bahnwärterhäuschen wurde vom jeweiligen Posteninhaber und seiner Familie bewohnt. Anfangs beherbergte es Dienst- und Wohnräume zusammen, später wurde neben dem Haus eine ausgemauerte Wellblechbude als Dienstraum aufgestellt. Sie besaß auf jeder Seite ein Fenster, damit die Strecke eingesehen werden konnte.
In Möttingen erinnert man sich noch an den langjährigen Posteninhaber Balthas Roser und seine Frau Margarete. Ihre Hauptaufgabe war das Schließen und Öffnen der beiden Schranken, der Dorfschranke bei der »Unteren Mühle« und der Feldschranke in Höhe der Gastwirtschaft »Zur Hall«. Etwa 24 Züge durchfuhren täglich die Strecke. Der normale Dienst dauerte von morgens sechs Uhr bis nachts 22 Uhr. Er war in zwei Schichten eingeteilt und wurde von Balthas Roser und seiner Frau gemeinsam ausgeführt. Bisweilen war auch Nachtdienst nötig, wenn umgeleitete Güter- und Militärzüge oder Lokomotiven verkehrten. Auch Verspätungen bedingten eine längere Anwesenheit. Dienstfreie Sonntage waren selten. An fünf Jahre Dienst ohne gemeinsamen freien Sonntag erinnert sich das Schrankenwärtersehepaar vom Posten 23 in Harburg.
Die Schranken wurden meist vom Schrankenbock aus mit Schrankenwinde und Seilzugantrieb geschlossen und geöffnet. Beim Schließen mußte darauf geachtet werden, daß niemand, vor allem kein Fuhrwerk, eingeschlossen wurde. Die Schranken waren mit Glocken versehen, die man weithin hören konnte. Der Schrankenbock war nicht überdacht. Bei Wind und Wetter draußen zu stehen »war net schöa«, wie sich eine ehemalige Wärterin erinnert. Im Winter mußte oft erst der Schnee von den Drähten entfernt werden, ehe die Schran-

ken bedient werden konnten. »Hab dann d Kurbl gar oft en zwua Händ nemma müaßa«, berichtet die Schrankenwärterin.
Das ständige Sich-Richtenmüssen nach Uhr und Fahrplan war aufregend. »Ma hot awel horcha müaßa«, heißt es. Das Läutwerk durfte nicht überhört werden. Aus diesem Grund stand die Haustüre stets offen.
Kleinere Arbeiten zu verrichten, zum Beispiel im Garten beim Haus, war durchaus erlaubt, ja sogar erwünscht, weil dies der Müdigkeit vorbeugte. »Ihr könnt machen was Ihr wollt, Ihr müßt nur die Schranken rechtzeitig schließen«, sagte der Bahnmeister zu seinen Schrankenwärtern.
Die Läutbude vor dem Wärterhäuschen kündigte durch ein optisches und akustisches Signal den Zug an. Später wurde sie vom Streckentelefon abgelöst, durch das der Bahnwärter vom Bahnhof Möttingen bzw. Nördlingen die Zugvormeldung erhielt. Durch Drehen einer Kurbel konnte der Wärter auch Verbindung mit den beiden Bahnhöfen oder dem Schrankenposten 28 bei Enkingen aufnehmen. Wurde die Zugmeldung vom Schrankenposten nicht entgegengenommen, erhielt der Lokomotivführer den Vorsichtsbefehl, im Schritt-Tempo an der Schranke vorbeizufahren.

Gewissenhaftigkeit und Pünktlichkeit gehörten zum Beruf des Schrankenwärters. Eine ehemalige Wärterin erinnert sich, daß sie ein einziges Mal ihren Dienstbeginn morgens um dreiviertel sechs Uhr verschlief. Sie erwachte durch das Geräusch des langsam an ihrem Haus vorbeifahrenden Zuges. »O Jessas, dr Zug isch do«, schoß es ihr durch den Kopf, als sie aus dem Bett sprang.
Neben dem Schließen und Öffnen der Schranken gab es noch eine Reihe weiterer Aufgaben. Täglich »voarm Zuanachta« mußte der Schrankenwärter Laternen an die Signale tragen, zwei fürs Vorsignal und zwei für das Hauptsignal. Die vier Petroleumlampen hingen an einem Holzjoch, das sich der Wärter zum Tragen über Nacken und

Schultern legte. An Ort und Stelle wurden die Lampen hochgezogen und beleuchteten die Signale. Morgens mußten sie wieder eingeholt, gereinigt und mit Petroleum nachgefüllt werden. Jeden Zug mußte der Bahnwärter beobachten. Näherte sich der Zug mit einem »Christbaum« (drei Lichter vorne)? Hatte der Zug ein Schlußlicht? Stand bei der Vorbeifahrt eine Tür offen? War ein Heißläufer (sichtbar durch Funken auf den Gleisen) dabei? Schlug eine Achse? Derartige Beobachtungen mußten an den nächsten Bahnhof gemeldet werden.
Der Wärter des Schrankenpostens S 23 bei Harburg mußte bei Hochwasser die Gleise im Auge behalten. Ab und zu ging dann die Meldung ab: »Land unter«.
Einmal, so erinnert sich eine ehemalige Bahnwärterin, habe sie vom Harburger Bahnhof die Weisung erhalten, die Strecke mit der Laterne abzugehen, nachdem der Lokführer dort Meldung gemacht hatte.

Möttingener Bahnwärterhaus (Schrankenposten S 27)

Sie habe dann einen toten Mann auf dem Bahndamm gefunden. Wie sich später ergab, war der Getötete auf dem Weg nach Ronheim gewesen und hatte sich anscheinend als Nachhauseweg die Bahnstrecke ausgesucht.

Bei längerer Trockenheit im Sommer konnte es vorkommen, daß infolge von Funkenflug der ausgedörrte Bahnranken Feuer fing. Mit Reisigbesen und Schaufel machte sich dann der Bahnwärter bzw. die -wärterin ans Löschen. »Ds Gleiser-Ausgrasa« gehörte auch zu ihren Aufgaben. Im Winter mußten die Überfahrten an den Schranken vom Schnee befreit sein.

Balthas Roser, der letzte hauptamtliche Inhaber des Schrankenpostens S 27 bei Möttingen, betrieb (wie viele seiner Kollegen) nebenbei eine kleine Landwirtschaft. »A Kuah, a paar Goißa, Säu, Henna, Enta ond

Bahnwärterhaus mit Dienstbude (lk.) und sog. Läutbude (re.)

Gees« machten den Tierbestand aus. Gras und Heu lieferten die Bahnböschungen; Getreide und Kartoffeln wuchsen »of etle Bah(n)äckerla«, deren Nutzung dem Posteninhaber zustand. Gemüse, Obst und Beeren erntete die Bahnwärterin im Garten, der das Wärterhäuslein umgab.
1972 wurde eine Blinklichtanlage installiert. Die Feldschranke ist heute eine Anrufschranke, die Dorfschranke wird durch Zugeinwirkung bedient. Ein Schrankenwärter auf Posten S 27 (wie auf allen übrigen Posten der Strecke Donauwörth – Nördlingen) wurde nicht mehr gebraucht. (1991)

Schrankenposten S 27 mit Posteninhaber Balthas Roser (re.), ca. 1940

Bahnhofsrestauration Möttingen

Zu einem ordentlichen Bahnhof gehörte früher auch immer eine Bahnhofsrestauration. Diese befand (und befindet) sich in Möttingen dem Bahnhof gegenüber an der Landstraße (heute B 25).
Die Bahnhofswirtschaft war einst der Bierlagerkeller der im Ort gelegenen Lammwirtschaft (mit kleiner Brauerei). Bei den alten Möttingener Bauern hieß es deswegen, wenn sie die Restauration meinten: »em Keler dauß«. Der einstige riesige Bierlagerkeller ist immer noch vorhanden, aber leer.
Eine Blütezeit erlebte das Gasthaus unter seinen Besitzern Friedrich Strauß, der es von 1909 bis 1927 betrieb, und seinem Nachfolger Hans Förschner, der es um eine Metzgerei erweiterte und bis zum Krieg inne hatte.
Die Bahnhofswirtschaft war bekannt für ihre gepflegten Biere. Unter sechserlei Sorten (u.a. aus Augsburg und Ingolstadt) konnte der Gast wählen. Das Bier der auswärtigen Brauereien kam mit dem Zug. Im ganzen Umkreis bekannt war der gute »Schweizer Käs«, den es in der Restauration gab. Friedrich Strauß fuhr selbst ins Allgäu und kaufte dort den Emmentaler ein, auf dessen Pflege er viel Zeit und Sorgfalt verwandte. Wer eine »Aufrichte« (Hebauf) hatte, kaufte »Schweizer Käs« in Möttingen.
In der Restauration warteten die Reisenden, welche die Postkutsche von Bissingen gebracht hatte, auf die Abfahrt des Zuges. Manche, die zu Fuß oder mit dem Fahrrad zur Bahn gekommen waren, stellten ihr Rad in der Wirtschaft unter und wechselten oft je nach Wetter die Schuhe (und Kleider). An den Samstagnachmittagen während der Sommermonate war die Restauration Ausflugsziel vieler Nördlinger, die mit dem Zug ankamen. Sie ließen sich dann in den beiden Gartenhäusern nieder.
An schönen Sommer-Sonntagen kamen Familien und Gruppen (zum Beispiel Gesangvereine) mit dem Zug aus Augsburg und unternahmen

Bahnhofsrestauration Möttingen

Wanderungen in die Riesrand-Wälder. Die Belegschaft der Augsburger Kammgarnspinnerei kam jedes Jahr mit einem Sonderzug in Möttingen an, kehrte in der Bahnhofswirtschaft ein und wanderte dann ins Karthäusertal. Bei der Rückkehr am späten Nachmittag wurde vor Abfahrt des Zuges wiederum gevespert. Damit die Reisenden, die in der Restauration einkehrten, die Zugabfahrt nicht versäumten, »isch raufgschellt woara, wann dr Zug komma isch«.

Bahnhofsrestauration Möttingen

Auch »Hausiererleit«, die mit dem Zug ankamen und abfuhren, statteten der Bahnhofsgaststätte einen Besuch ab. Für viele Bauern gehörte es zur Tradition, »daß ma of a Halbe en dr Restratio eikehrt isch«, wenn man von Nördlingen kommend dem Zug entstieg. Wer am »Baurasonnte« (2. Meßsonntag) mit dem Zug oder dem Fahrrad von Nördlingen nach Möttingen heimfuhr, schaute gerne noch in die Bahnhofswirtschaft hinein.

An den Tagen, an denen Vieh verladen wurde, ging es dort lebhaft zu. Mindestens zehn Viehhändler saßen dann in der Wirtsstube am »runden Tisch«, ihrem Stammplatz. »Do hots a Gaude geba«, heißt es. Pünktlich jeden Vormittag um halb neun Uhr kam ein Dutzend Bahnarbeiter zum »Broatzeitmacha«. Mittags mußten über 100 Essen für die Arbeiter des nahegelegenen Traßwerkes gekocht werden. Täglich wurde ein Faß Bier angezapft. Die Wirtskinder fuhren mit dem Leiterwagen die Bierständer mit den Literflaschen ins Traßwerk, das über 200 Arbeiter beschäftigte.
Bauern, die in Möttingen (BayWa) Getreide anlieferten oder sich Maschinen anschauten, kehrten in der Restauration ein.

Jeden Monat fand in der Restauration eine Pfarrkonferenz des Dekanats Ebermergen statt. Die Pfarrfrauen saßen, während ihre Männer im Saal konferierten, an der schön gedeckten Kaffeetafel im Nebenzimmer und ließen sich von den in weißen Schürzen erschienenen Wirtsmägden bedienen. Auch die Lehrer der Umgebung trafen sich zu Besprechungen. Alle vier Wochen kamen sie zum Kegeln zusammen. Die Büroleute des Traßwerkes benützten die schöne überdachte Kegelbahn, die quer über den hinteren Hof der Restauration lief. Möttinger Schulbuben verdienten sich mit dem Kegelaufstellen ein kleines Taschengeld.
Die beiden örtlichen Schützenvereine (Dorf- und Traßwerkschützenverein) hielten ihre Schießabende in der Bahnhofswirtschaft ab. Im Winter wurde Theater gespielt und ein Tanzkurs mit Abschlußball veranstaltet. Der Gesangverein aus Appetshofen und die Rieser Heimatkapelle unter ihrem Leiter Karl Hubel, Lehrer in Appetshofen, kehrten nach den Proben »en dr Restration z Möate« ein. Holzverkäufe der Forstämter Mönchsdeggingen und Hohenaltheim gingen in der Restauration über die Bühne.
»Em Häat« standen hochbeladene Heufuhren vor der Restauration, wenn »dr Bschor vo Degge« (Pächter des fürstlichen Gutes in Mönchs-

deggingen) mit seinen Leuten dort Bier trank. Man war auf dem Heimweg von Enkingen, wo die zwölf Morgen große Wiese am »Driweg« abgeerntet worden war, in Möttingen noch eingekehrt.

»D Restratio« war in den Semesterferien Treffpunkt von Rieser Studenten der näheren und weiteren Umgebung. Mittwoch und Freitag war »Gsellschaftstag«. An diesen Tagen saßen die Honoratioren am »Gsellschaftstisch« beim Kartenspiel: Traßwerksdirektor, Ziegeleibesitzer, Bahnhofsvorstand, Lagerhausverwalter, Obermüller und Buchhalter der Kunstmühle C. A. Meyer in Lierheim, Oberlehrer und Pfarrer aus Kleinsorheim, Hoppingen und Untermagerbein. Die anderen Gäste hatten ihren Platz am »Ofatiesch« und an der »langa Tafel«. Am Sonntagnachmittag kamen die Bauern aus Möttingen »zom Kartla«.

Kellnerinnen der Bahnhofsrestauration im Gartenhaus

Die Bahnhofsrestauration verfügte über fünf Fremdenzimmer. Handelsvertreter, die in der Gegend zu tun hatten, schrieben eine Karte und ließen sich ein Zimmer reservieren. Regelmäßiger Gast war Landwirtschaftsrat Florian Tiefentaler aus Augsburg. Jeden Monat kam er für etliche Tage nach Möttingen, um in seiner Eigenschaft als Saatzuchtinspektor den Zuchtgarten für Rieser A-Gerste zu inspizieren. Sogar Sommerfrischler quartierten sich in der Restauration ein.
In der Zeit der Wirtschaftsführung von Familie Friedrich Strauß verbrachte eine Nürnberger Familie über ein Jahrzehnt die jährlichen Sommerferien in der Restauration. An ihren Ausflügen ins Ries durften auch die Wirtstöchter teilnehmen. Sie erinnern sich noch an das Lob der Gäste: »So schön wie bei Ihnen ist es nirgends auf der Welt.« Im schönen Saal der Bahnhofsgaststätte wurden viele Hochzeiten gefeiert. Hoch her ging es jedes Jahr an der Wirtshaus-Kirchweih, die früher erst immer an »Martini« (11. November) begangen wurde, später dann schon im Sommer. Dorfleute und Auswärtige in großer Zahl besuchten die drei Tage dauernde Festlichkeit. Sieben Kellnerinnen hatten zu tun, um den Ansturm der Kirchweihgäste zu bewältigen.

(1991)

Postkutsche Bissingen – Bhf. Möttingen, 1910–1915

Bahnstation Grosselfingen

Mit Beginn des Sommerfahrplanes wird kein Zug mehr an der Station Grosselfingen halten. Ein Stück Grosselfinger Geschichte geht damit zu Ende. Der Bahnhof war einst voller Leben. »Do hot se awel ebbes to of dem Bahhöfle, do sen viel Leit eigstiega«, heißt es. Von drei Gemeinden kamen die Reisenden: aus Grosselfingen, Enkingen und Balgheim. Sogar bis von Hohenaltheim kamen Leute, vor allem, wenn sie »nawarts« (in Richtung Donauwörth) fahren wollten.

Etwa 20 Minuten brauchten die Grosselfinger, wenn sie »of d Bah(n)« gingen. Manche benutzten auch »a Wiesewegle« als Abkürzung. Sie gingen »am zwoite Gmoidbronna« vorbei, überquerten »a Stiegele« und marschierten auf dem Fußweglein »bis zor mittlere Gwann« über »de Bachberg« an den Bahnhof. Wenn es naß war, bevorzugte man aber den normalen Weg über den Bachberg.

Aber auch hier bekam man bei schlechtem Wetter, besonders im Frühjahr, wenn die Wege aufgeweicht waren, »gscheit dreckne Schuah«. Bei der Ankunft auf dem Bahnhof »hot ma zeascht d Schuah aputza müaßa«, klagen die Frauen. Eine Grosselfingerin berichtet, daß sie einmal ein zweites Paar Schuhe mitnahm, als sie in die Stadt zu einer »Leicht« fuhr.

Eine Viertelstunde brauchten die Enkingener bis zum Grosselfinger Bahnhof, »wamma onta rom gloffa isch am Bach«. Einen etwas weiteren Weg hatten die Balgheimer. »Ma isch de Häweg nausgloffa« und gelangte nach etwa einer halben Stunde an den Bahnhof. Die Balgheimer Bauern ließen sich oft mit der Chaise abholen und ließen dann auch andere Reisende mitfahren. Wer Besuch hatte, trachtete danach, diesen beim Abschied auf den Bahnhof zu fahren. »I führ de of d Bah(n) na«, sagte der »Stolle Fritz« aus Grosselfingen, wenn seine Schwester bei ihm zu Besuch war.

Auf dem Heimweg vom Bahnhof ins Dorf gab es allerlei Gesprächsstoff unter den Reisenden, die in Grüppchen ihrem Ort zueilten.

Grosselfingener Bauern warten auf den Zug

Besonders zur Zeit der Nördlingener Messe wurden die Jahrmarktserlebnisse eifrig diskutiert. Eine Enkingenerin berichtet schmunzelnd, daß eine ältere Dorfgenossin bei dieser Gelegenheit einmal ihr Gebiß verloren habe.

Der Schalterraum war im Wartehäuslein untergebracht. Die Reisenden lösten sich hier ihr »Billettle«. »D Mannsbilder« steckten es sich auf den Hut. »Do isch awel a Gschäftle ganga«, erinnern sich die Grosselfingener. »Sapperment, do muasch glei rechna, daß dr dr Schädl brommt«, soll einmal der Bahnhofsvorstand ... gesagt haben.
Im Warteraum führte »rengsweisrom« ein Bänklein, wo die Wartenden Platz nahmen. »Em Wenter hots oin oft gscheit gfroara«, erzählen Leute die täglich mit dem ersten Zug »neiwärts« (Richtung Nördlingen) zur Arbeit fuhren. Langweilig wurde es den Reisenden im Wartehäuslein selten. Es gab immer etwas zum Erzählen und Schauen. »Ma hot se gfrät, wann die schöane Bäurenne vo Enke komma sen«, berichtet ein alter Balgheimer.

Stationsvorsteher Ludwig Beck (um 1946)

»S isch bal all Schtond a Zug gfahra«, heißt es. Besonders gut besetzt waren der »Siebne-Zug« morgens (Arbeiter, Schüler, Landwirtschaftsschüler im Winter), der »Mittagszug« um ein Uhr und der »Fe(n)fe-Zug«. Mit dem »Lompasammler« (Zug um elf Uhr nachts) fuhren die Bauern heim, die nach dem Viehmarkt im »Goldenen Ochsen« und in der »Fläsche verhockt sen«. Messebesucher, die das Vergnügen besonders auskosten wollten, benutzten ebenfalls diesen Spätzug. Am Sonntag abend fuhren die jungen Leute mit dem Zug ins Kino. Am Samstag »sen Baure of de Säumarkt gfahra«, so daß an diesem Tag lebhafter Betrieb auf der Grosselfinger Station herrschte.

Auf dem »Dorf-Bah(n)höfle« konnte man auch Expreßgut aufgeben. Das Deiningener »Oierweible« schickte von hier aus ihre Eierkisten an ihren Stuttgarter Eiergroßhändler. Gelegentlich wurde an städtische Verwandte »a Zentner Erbire« auf dem Bahnhof »expreß« aufgegeben. Schwere Pakete brachte man zum Bahnhof. Der »Stolle Fritz« erinnert sich, daß er einmal ein Schlachtkalb für die Metzgerei Hülsenbeck im Packwagen nach Nördlingen schickte. Auch Stückgut kam in Grosselfingen an: Molkereibedarf für die örtliche Molkerei, Futtermittel, »Ruabamühle« und »Erbirequetsche«, Schwarzbeeren in Körblein und sogar »Schlickerla« (Entenküken). Als Stückgut-Halle diente ein alter Eisenbahnwaggon ohne Räder. (1988)

Waldschenke Eisbrunn

»Ofm Eisbronn«

Die Waldschenke Eisbrunn, eine Stunde von Harburg entfernt, zwischen Mauren, Schaffhausen und Möggingen gelegen, lockt auch heute noch in den Sommermonaten viele Besucher an. Fast alle kommen sie mit dem Auto, sodaß der Parkplatz hinter dem Wirtschaftsgebäude an manchem Sonntagnachmittag überfüllt ist.

Früher war die Ankündigung »mir gangat of de Eisbronn« wörtlich zu nehmen. Von überall her führten »Fußwegle« dorthin. Die Harburger kamen »ds Badholz rei«, die Mögginger gingen »d Hirschhalde nauf«, die Großsorheimer »de Häglsberg durch«, die Schaffhausener »de Vogelherd nauf«. Die Deggingener marschierten »ofm Eisbronner Sträßle«, und die Maurener spazierten »ds Bodaloch hentre«. Die Weglein durch den Wald hatten ihr Gutes, wie ein alter Mögginger schmunzelnd meint: »Do hot ma se an de Bäm heba könna, wamma amol a Räuschle ghet hot.« Ab und zu passierte einem Zecher aber doch etwas, wie jenem Bauern aus Mauren, der auf dem Heimweg in ein Loch hineintappte und sich dabei den Fuß brach. »Dreißg Johr hab e mei Räuschle hoimtraga, ond nix isch passiert. Heit, wo mei Weib drbei isch, ond i nüechtern ben, brich i mir de Fuaß«, lautete der Kommentar des Verunglückten.

An Pfingsten herrschte jedes Jahr Hochbetrieb auf dem Eisbrunn. Dorfleute aus Mauren, Schaffhausen, Rohrbach, Großsorheim, Deggingen, ja sogar aus Ebermergen und »Stadtleit« aus Harburg und Donauwörth suchten an den Feiertagen die Waldschenke auf. Die jungen Mädchen aus den umliegenden Dörfern marschierten in Grüppchen auf den Eisbrunn, ohne allerdings etwas zu verzehren. »Os hont doch koi Geld ghet«, lautet die Erklärung.

»Maura hot de Eisbronn beherrscht«, meint ein Großsorheimer, der viel in der Waldschenke verkehrte. Daß es bei der Vielzahl der Besu-

Eisbrunn

cher aus verschiedenen Orten mitunter zu Streitereien kam, versteht sich. »Wann die Ebermergener ond Horburger do warat, isch awel dr Teifl loas gwest«, erinnern sich manche alten Stammgäste. »Do hots oft Schläg geba«, heißt es. Die Maurener waren dafür bekannt, daß sie ihre Gegner »en ds Holz neitrieba ond vrdroscha hont«. Streit soll es auch einmal um den »Bierpfennig« gegeben haben, den drei Gemeinden beanspruchten: Großsorheim, weil der Bierkeller des Eisbrunn auf seinem Gemeindegrund stand, Mauren, weil die Holzbänke und -tische auf Maurener Grund standen und Schaffhausen, weil das Blockhaus auf seiner Flur erbaut war.

Meistens war es aber auf dem Eisbrunn gemütlich; es wurde viel gesungen, sagen die Alten. Emilie Heuberger in Kleinsorheim, die über ein Jahrzehnt den Eisbrunn führte, erinnert sich noch lebhaft an diese Zeit. »Wann ds Weter guat gwest isch, isch dr Eisbronn scho am Karfreite aufganga«, sagt sie. An Himmelfahrt und Pfingsten »sen d Leit vo allne Seita herkomma«. »Dr Tuffentsamer vo Groaßsoare« und »dr Liebhäuser vo Appetshofa« (zwei alte Rieser Tanzkapellen) spielten am Pfingstmontag zum Tanz auf. An den Maisonntagen kamen die ersten Ausflügler, meistens Harburger, schon gegen fünf Uhr morgens. Unter der Woche war der Eisbrunn beliebtes Ausflugsziel von Schulklassen (und Kindergottesdienstgruppen). Mancher Betriebsausflug endete auf dem Eisbrunn. Albvereinsmitglieder, die auf dem Theodor-Weidner-Weg wanderten, legten in der Waldschenke eine Rast ein. Jeden Dienstag kehrten Lehrer und Pfarrer aus der Umgebung ein. In Mauren erzählt man sich noch die lustige Geschichte von einem trinkfesten Hoppingener Pfarrer, der an heißen Sommertagen gerne über Großsorheim auf den Eisbrunn spazierte und sich das Bier schmecken ließ. Auf seinen Ruf »zahlen« soll die Wirtin einmal an seinen Tisch getreten sein und gesagt haben: »Hochwürden haben 22 Halbe getrunken.« Dieser habe daraufhin mit der Hand wütend auf den Tisch geschlagen und gesagt: »Ich habe nicht gefragt, wieviel ich getrunken habe, sondern was ich schuldig bin.« Anfangs Mai feierten die »Jäger« (Forstleute) mit den Waldarbeiterinnen das Ende der Pflanzaktion. Diese Feiern waren stets lustig und endeten oft erst in den frühen Morgenstunden. Die Polizisten der nahegelegenen Gendarmeriestation Mönchsdeggingen waren häufige Gäste in der Waldschenke. Im Frühjahr suchten die Zimmermeister und Schreiner ihr Holz, das sie eingesteigert hatten, und kehrten bei dieser Gelegenheit ein.

Waldschenke Eisbrunn und Forsthaus

Bauern kamen »ge Holz gucka« und sagten zur Wirtin: »Sag mr nor, wo der Schlag isch.« Im November wurde die Hubertusjagd auf dem Eisbrunn bei »Krautefloisch« gefeiert. Die Schützenscheiben im Blockhaus wurden aus diesem Anlaß jedes Jahr geschmückt. Holzhacker, die in der Nähe arbeiteten, tranken mittags auf dem Eisbrunn eine Maß Bier und verzehrten ihr mitgebrachtes Essen. Zur Winterszeit, wenn der Eisbrunn geschlossen war, heizten die Holzhacker selber ein und verbrachten ihre Mittagspause im Blockhaus.

Emilie Heuberger, die von 1942-1955 den Eisbrunn bewirtschaftete, war in der Waldschenke an einfache Verhältnisse gewöhnt. Es gab weder Strom noch fließendes Wasser. Eine Petroleumfunzel sorgte für das nötige Licht, mit Eimer und Strick wurde aus dem Brunnen das

Möttingener Honoratioren unterwegs zum (vom) Eisbrunn

Wasser zum Krügewaschen heraufgezogen. »Abers war romantischer wie iatz«, meint die ehemalige Wirtin. Im Blockhaus saßen die Gäste an drei langen Tischen, »Tafla« genannt. Unter der großen Linde davor standen die vielen Holzbänke und -tische. In der »Baurahütte« unterhalb des Blockhauses drängten sich die Gäste, wenn sie plötzlich von schlechtem Wetter überrascht wurden.

Das Bier wurde unten in einer einfachen Bretterbude ausgeschenkt. Die Vesperkarte war nicht sehr reichhaltig. Es gab Brot, Butter, Schweizerkäse und »Schenkawuscht«. Mit dem Fahrrad wurden diese Dinge aus Harburg und Nördlingen herbeigeholt. Im Felsenkeller lagerten die Bierfäßlein, auch Käse und Wurst hielten sich hier herrlich frisch. Damals machte es auch nichts aus, wenn der Gast seine Brotzeit selber mitbrachte. Für die Kinder und »Weiberleit« gab es Limonade, für die »Mannsbilder« auch »a Schnäpsle« und »an Roch«: Zigarren, Stumpen und Virginia.

Ein Bericht über den Eisbrunn wäre unvollständig, würde man nicht auch über seine Geschichte berichten. In seinem Aufsatz »Die Waldidylle Eisbrunn« (DANIEL 1967/2) schreibt Forstmeister i.R. Arnulf Häffner Wissenswertes über den Eisbrunn. Der Name »Eisbrunn« oder »Urleißbrunn«, wie er in einem Fall überliefert ist, besagt soviel wie Auslaß oder Austrieb von Weidevieh aus den umliegenden Dörfern in die Waldungen. Zu dieser Weide gehörte auch als lebensnotwendige Ergänzung das Vorhandensein von Wasser, das als Viehtränke aus einer Quelle oder aus einem Ziehbrunnen gewährleistet sein mußte.

Die heutige Eisbrunnanlage ist mit dem Namen des fürstlichen Forstmeisters Johann Gottfried Mayer verbunden, dem Großvater des Rieser Wohltäters Oskar Mayer-Chikago. Er stand dem damaligen Forstamt Harburg von 1819-1865 vor. 1834 ließ Mayer eine Plantage oder Baumschule errichten und auf einem künstlichen Hügel ein kleines an Grimmsche Märchen gemahnendes strohgedecktes Blockhaus. 1863 erweiterte Mayer die Baumschule zu einem botanischen Garten von

rund zehn Hektar Fläche, in dem nicht nur alle einheimischen, sondern auch eine große Zahl ausländischer Laub- und Nadelholzbäume vertreten waren.
Im Osten, nahe dem Blockhaus, wurde eine weitere Zisterne nebst kleinem Teich ausgehoben und unmittelbar westlich von der Schutzhütte ein Alpinum in großer Form aufgebaut. Bierkeller, Gästehalle und Jagdschießstand mit zwei Schußbahnen von achtzig Metern Länge vervollständigten das Bild. Doch mit seinem 1865 erfolgten Tod begann der Stern über der von ihm geliebten Stätte zu verblassen. Die prächtigen Anlagen wurden vom nun hereinstrebenden Wildwuchs überwuchert. Douglasien, Hemlockstannen, Eiben, Platanen, groß- und kleinblättrige Eichen, Edelkastanien und nicht zuletzt der viel bewunderte Tulpenbaum (Liriodendron) erinnern auch heute noch neben vielen anderen Gewächsen an jene erste Blütezeit.
Dem guten Ruf des Eisbrunn konnte aber die fortschreitende »Bewaldung« keinen Abbruch tun. Dafür sorgte die auf den 28. April 1871 datierte Konzessionsurkunde für einen Wirtschaftsbetrieb zwecks Reichung von Speisen und Getränken.
Nach dem 1. Weltkrieg wurde 1929 das Blockhaus durch einen größeren Holzbau ersetzt, und von da an begann auch durch das Forstamt Mönchsdeggingen die Pflege der alten Parkanlagen in kleinerem Rahmen. Im Juni 1934 wurde unter Beteiligung von über 1500 Besuchern das hundertjährige Bestehen als ein Volksfest gefeiert. Heute lockt dieser idyllische Waldflecken immer mehr Menschen an, die »Ruhe und Geborgenheit« suchen. So ist es nicht verwunderlich, wenn die Wallersteinsche Verwaltung zu einem abermaligen Neubau des Unterkunftshauses schritt und ihm die Form einer an das Empire anklingenden Halle mit über dreihundert Sitzgelegenheiten gegeben hat.«

(1986)

Von den Heufuhren

»Guat lade, wie ds lang Hä«

»A gfurmta Fuhr muaß weit sei
Ond hent ond vorna drauß;
Wers net a so ka richta,
Den lacht ma bei os aus.

A Knecht, wo recht ka lada
Bild se o ebbes ei.
Er tuat se net weng schwenka,
Ond füahrts mit Knalla ei.«
                                    Gottfried Jakob (1839-1905)

»Dr Häat« war früher neben »dr Ähret« eine der wichtigsten Ernten. »Do isch a Leba of de Wiesa gwest«, sagen die alten Bauern und Bäuerinnen. Besondere Aufmerksamkeit riefen die beladenen Heuwägen hervor, wenn sie durchs Dorf fuhren. »Ma hot drof gschobt«, heißt es. War es eine stattliche Fuhre oder »nor a Goißafärtle (Färtle: soviel man auf einmal transportieren kann, Wagenladung) oder gar »a Bschießfuhr (hent ond vorna hoach ond en dr Mitt nix)«? War beim Laden ein Könner am Werk gewesen oder ein Pfuscher?
Ein alter Bauer aus Appetshofen, an dessen schön geladene Heufuhren man sich heute noch erinnert, gibt stolz den Ausspruch einer Dorfgenossin in Bezug auf seine Ladekunst wider: »Do brauch e net froga, wem die Fuhr ghöart«, und ein Nachbar meinte: »Hondert Mark dät e zahla, wenn e so lada könnt!«
»Ds Lada hot ma könna müaßa«, heißt es übereinstimmend. Im allgemeinen war es Männersache. Wo es einen Knecht gab, war das Laden seine Aufgabe. »Dr Bauer hot gabelt ond d Fuhra em weißa Schurz hoimgführt.«

Die Heuwagen waren eisenbereifte Leiterwagen. Zunächst wurden die Leitern mit Heu gefüllt und »en d Schogge« (Öffnung in den Leitern, mit zwei Stricken und einer Kette versehen) eine Menge Heu »neigschegt«. Das ergab dann den »Bauch« der Fuhr. »A Häfuhr ohne Bauch isch wie a Wei(b)sbild ohne Hearz (Brust)« hieß es früher. Der »Bauch« sollte allerdings nicht »en a Wamp« ausarten.
Waren die Leitern gefüllt, setzte der Lader zum ersten »Gleg« (eine Lage, Schicht von Heu, Grummet, Garben, die auf den Wagen über den Leitern gelegt wird; ein geladener Wagen hat bis zu acht, meist aber vier bis sechs Gleg) an. Die Lader sagten dazu: »I muaß frisch a(n)schlaga.« Dazu brauchten sie zwei schöne »Aschlagwisch« oder »Eckwisch« für das rechte und linke Eck. Diese Eckwische waren sehr wichtig, weil sie der Heufuhre Gestalt, Weite und Halt verliehen. Ein Könner im Laden hatte es im Gefühl, wo er diese Eckwische setzen mußte. Wer noch wenig Erfahrung darin besaß, dem gaben die anderen (Gabler, Recher) Anweisungen: »Du muasch no a weng besser raus vorna« oder »neba no besser raus«. Die vier Ladeprügel, die vorne und hinten befestigt waren, bedeuteten natürlich eine Orientierungshilfe (ganz früher wurde ohne Ladeprügel geladen).
Schon vom ersten »Gleg« an wurde mit dem »Dreilada« angefangen. Darunter verstand man die »Häwisch«, die in die Mitte der Fuhre kamen: Je mehr es in die Höhe ging, umso weiter wurde die Fuhre und umso mehr »hot ma dreilada müaßa«.
Zum Hinaufgeben, »zom Gabla« benutzten die Männer und Frauen dreizinkige Gabeln mit einem besonders langen Stiel. Im allgemeinen gabelten zwei Personen. »Schier zuadeckt hont s oin oft«, hört man klagen. Bei drei Gablern hielt es der auf der Fuhre nur aus, »wanns drei Langsame warat«. Drohte ein Gewitter, war doppelte Eile angesagt. »Do hosch Dreck gschwitzt. Do hosch net amol mit dr Hand übers Hira fahra könna«, erinnert sich ein ehemaliger »Fuderlader«. Ging es einmal mit dem Hinaufgeben zu langsam, konnte es schon vorkommen, daß von der Fuhre herunter das Kommando ertönte: »Hä her!«

»Wenzfuhr« (1933)

Eine Heufuhre sollte »an Furm« haben. Wer die Kunst des schönen Ladens beherrschte, war mit Recht stolz darauf. Ob der Lader eine ansehnliche Heufuhre zustande brachte, hing im wesentlichen auch von denjenigen ab, die ihm das Heu hinaufgaben. Ein sauberer Gabler stach das Heu mehrmals schön zusammen und lieferte kompakte Heuwische, »die net verfalla sen«. Schlechte Gabler schoben das Heu »of dr Schloh« nur zusammen, nachdem sie es einmal angestochen hatten. Ihre »Häwisch« taugten höchstens »zom Dreilada« und wurden vom Lader »neitrappt«. Der Lader »hot d Wisch a(b)gfangt«, das heißt, mit beiden Armen fest gepackt und an die richtige Stelle gesetzt. Schlecht war es, wenn der Gabler zu große Heuwische brachte, die der Lader nicht mehr umlangen konnte. Beim Abladen der Fuhre wurde das Heu in der Reihenfolge weggenommen, wie es beim Aufladen hingelegt worden war.

Der Lader mußte auch einen Blick für die richtige Einteilung haben. Ging es beim Aufladen dem Ende zu, mußte er rechtzeitig zum »Baumlade« ansetzen. Hinten und vorne wurde noch einmal angeschlagen. »En dr Mitt hots a weng a Deicht geba. S hot ausgschobt wie a Wieg«, sagen die alten Bauern. »Wanns guat gstanda isch« (es viel Gras gegeben hatte), ergab ein halber Morgen eine Fuhre Heu. Eine Stunde etwa brauchte man zum Aufladen eines Heufuders.

Fertig zum Heueinführen

An der Handseite (rechte Wagenseite in der Fahrrichtung) des Heuwagens hing der »Wiesbaum« mit Stricken an den unteren Wagenholmen. Der »Wiesbaum« (Stange, die über das beladene Fuder längs gespannt wurde) war eine schöne, ebene Fichtenstange von ca. fünf Metern Länge. Drei bis vier »Wiesbäume« gab es auf dem Bauernhof. Im Winter bewahrte sie der Bauer im Stadel auf.
Quer über die hinteren Wagenholme wurde »d Werr« (Spannholz des Wiesbaums) und »ds Werrasoil« (hinteres Wagenseil) befestigt. Beim »Bäume« (Festspannen des Fuders mit dem »Wiesbaum«) stellte sich ein Gabler »of d Deichselärm« und wickelte das vordere Wagenseil (Kopfseil) um das Vorderende des »Wiesbaums«, das ihm vom Lader entgegengehalten wurde. »Däffsch nomol rom«, meinte dieser, wenn das Seil zu locker war. Mit »Horuck«-Rufen wurde daraufhin das Vorderende des »Wiesbaums« ins Heu gestoßen, während der Lader die Holzstange langsam auf die Fuhre niederdrückte. »Nocht isch ma ofm Wiesbom hentre grattlt (»grattle« = mühsam, schwerfällig gehen) ond hot ds hentre Soil mit de Werralöffel ragwerrt« (so fest als möglich angezogen), erklären die ehemaligen Lader.

Während des Bäumens »hot dr Bauer ds Fuder azoga«, das heißt alles Heu, das lose um die Seiten hing, sodaß es unterwegs verloren werden konnte, mit dem Rechen abgezogen. Das Gröbere war schon vor dem Bäumen abgezogen worden. Dabei konnte es vorkommen, daß »ma a Luck neigrissa hot«, wenn ein Wisch falsch angeschlagen worden war. »Ds Azieha hot a schöana Fuhr gmacht« heißt es. Das abgerechte Heu schob der Lader unter den »Wiesbaum« oder verstaute es in der Mitte des Fuders. Jetzt ließ er sich am »Wiesbaum« herunter. Er ging um seine Fuhre herum »ond hot s gschobt« (angeschaut, betrachtet).
Wo die Fuhre einen Buckel machte, »hot r s mitm Recha no a weng gricht; a weng nochgfoimt« (»feimen«: etwas wegnehmen, etwa Rahm von der Milch, Schaum vom Fett, überschüssiges Heu von der Fuhre).

Waren Kinder dabei, durften sie auf der Heufuhre heimfahren. Sie wurden noch ermahnt: »Ui müaßat fei schöa en dr Mitt bleiba!« War man auf einer weiter entfernten Wörnitzwiese gewesen, »isch alles mit hoim ofm Waga«. Unterwegs wurde eingekehrt. Der Wirt hatte im Hof eine Leiter bereitgelegt. Sie wurde an die Heufuhre gelehnt und alle stiegen herunter.

Ab und zu kam es auch vor, »daß ma a Fuhr omgschmissa hot«. Beim Herausfahren von der Wiese auf den Weg »hot ma d Fuhr a(n)ghebt« (mit Gabeln das Umfallen verhindert). Diese Maßnahme war besonders an einer Bergwiese angebracht. Trotz aller Vorsicht konnte dabei einmal ein Fuder umfallen. Auch der Wind warf ab und zu eine hoch beladene Heufuhre um. Ursache für das Umstürzen konnten auch ungünstige Bodenverhältnisse (sehr feuchte Wiese) sein, wo die schmalen Radreife einsanken. In nassen Jahren wurde vorgebeugt, indem es hieß: »Os nemmat de broita Wage« (10-12 cm breite Radreife, anstelle von 7-8 cm). Bei der Heimfahrt auf den oft mit Löchern übersäten Kalkstraßen war besondere Vorsicht geboten. Bei einem sehr weiten Heimweg »hot ma onterwegs nochgwerrt« (nochmals das hintere Heuseil festgezogen).

Es kam auch vor, »daß a Fuhr verrutscht isch«. Glattes Heu von einer nassen Wiese (»a hoorigs Hä« oder »a bensigs Hä«) ließ sich schlecht laden. »Do hot scho amol a Eck nausrutscha könna« meint ein Lader. Passierte ihm ein solches Malheur, mußte er sich den Tadel gefallen lassen: »Hättsch halt aufpaßt!«

Heuzutage wird das Heu lose mit dem Ladewagen heimgefahren, zu Rollen oder Ballen gepreßt oder in Plastikfolie eingepackt. Ladekunst ist nicht mehr gefragt. (1993)

Vom Mähen

»Wanns schneidt, isch guat mähe«

Mähen mit der Sense ist wieder »in«. Urlauber auf Bauernhöfen in Franken können das Handmähen dort erlernen. Vor fünf Jahren bot sogar die Nördlingener Volkshochschule einen Kurs an »Mähen mit der Sense«. Das Echo war gut: über ein Dutzend Kursteilnehmer kamen zusammen.
Vor Erfindung der Mähmaschine mußte alles Gras und Getreide von Hand gemäht werden, früher mit der Sichel, später mit der Sense. Mähen war deshalb eine Fertigkeit, die jeder in der Landwirtschaft Tätige mehr oder weniger gut beherrschte. Von Mitte Mai bis Ende Oktober wurde früher Klee geholt, der mit der Sense gemäht wurde. Besonders viel zu mähen gab es »em Häat« (Heuernte) und »en dr Ähred« (Getreideernte).
Die Buben mußten schon frühzeitig das Mähen lernen. Mähen war im allgemeinen Männersache, aber es gab auch Frauen, »die gmäht hont wie Mannsbilder«. Das Mähen wurde erlernt, wenn man aus der Schule war. In Notzeiten (Krieg, Krankheit des Vaters) konnte es auch schon eher sein. »I hab scho em vierta Schuljohr mäha müaßa«, erinnert sich ein alter Bauer.
Erste Versuche mit der »Säges« (Sense) machten die Buben bei der Getreideernte. »Beim Schneida hot ma ds Mäha probiert«, heißt es. »Troidschneida« war nämlich leichter als Grasmähen. »En dr Ähred hots koin sotta Hoikl ghet mitm Mäha. Ds Gaukla (Mähen mit der »Gaukel« = Getreidesense) war a halba Arbet gega ds Wiesamäha« versichern die Alten. »D Gaukelsäges« war kürzer als »d Wiesasäges« (nur 52 cm gegenüber 70 cm). Sie war auch nicht so fein »dengelt« (geschärft). Könner nahmen allerdings auch zum »Troidschneida« die Wiesensense. Wer hinter einem solchen »Mahder« »hot wegmacha müaßa« (das gemähte Getreide aufsammeln) »isch schier draufganga«.

197

Auch Getreidemähen war eine Fertigkeit, die gekonnt sein wollte. Nach dem Abernten mußte der Acker sauber daliegen. »Ds Waisch« (Stoppeln) mußte kurz sein. Schöne, gleichmäßige »Sammlete« (eine »Sammlet« ist ein Armvoll Getreide, zwei S. eine Garbe) brachten die Frauen nur zusammen, wenn der Schnitter »koi Ghack gmacht hot«. Niemand wollte hinter einem »Mahder« das Getreide aufsammeln, der im Zickzack mähte. Einem solchen wurde geraten: »Mach nor dein Grrrrr Gruscht selber weg!« »A Säges« war nicht billig und sollte mehrere Jahre halten. Die Männer mußten darauf achten, daß sie nicht in die Steine hineinmähten, die auf dem Acker lagen. »Lucka« in der Sense mußte der Schmied wieder mühsam herausklopfen. Oftmals riet deshalb der Vater: »Bua, hör auf ond schlag mr mei Säges net zamm!«
Schön stehendes Getreide (Hafer, Gerste), Klee und »Kleageascht« (Kleegerste, Gerstenacker mit Klee als Untersaat) waren gut zu mähen. »Nix ausgricht beim Mäha« war dagegen bei »am vrdlegna Troid«. Bolzengerade stehende Weizen waren schlecht zum Schneiden, weil sie gerne nach vorne fielen. Aus diesem Grund mußte eine Person mit einer Stange das Getreide etwas zur Seite drücken.

»Spät mäha dongt d Wiesa. –
Bartholomä (24. Aug.), mäh oder sä!
Was dahinta isch, isch gmäht
(was hinter einem liegt, ist vorbei). –
Wer zeascht mäht, ka a Kalb meah füatra (eignet sich auch Mähgut des Nachbarn an).«

Bis zur Erfindung der Mähmaschine wurden alle Wiesen und Getreideäcker mit der Sense gemäht. Aber auch später mähten viele noch von Hand; zum einen, um den Kühen nicht zu weh zu tun (für sie war Mähen mit der Mähmaschine Schwerstarbeit), zum anderen um das Feld zu schonen (»daß ma koi Loisa neischendt«, besonders bei großer Nässe).

Mähen mit der »Gaukel«

»Grasmäha« war schwieriger als »Troidmäha«. Anfänger, die noch nicht viel Kraft hatten, bekamen »a kürzera Säges« (60 cm statt 70 cm). Je nach Geschick dauerte es mehr oder weniger lang, bis der Lernende die Technik beherrschte. Immer wieder wurde ihm geraten: »Nemm d Mahda net so groaß!« »Lang net so weit hentre!« »Bleib ds Boda mit dr Säges!« »Net mitm Spiitz, mitm Hama mäha!« Die Sensenspitze war nur zum Grasteilen ausersehen, während »mit m Hama« (»Hama« = Eisenteil, Bügel hinten an der Sensenklinge, mit dem diese an dem Stiel, Worb, befestigt ist) gemäht werden sollte. Gleichmäßige, zügige Schwünge waren richtig. Beim Zurückschwingen sollten die Spitzen des nächsten Schwadens gestreift werden. Von Zeit zu Zeit blickte sich der »Mahder« um, ob er alles abgemäht hatte, denn kein einziges »Hälmle« durfte mehr stehen.

Das Mähen war Erfahrungssache. »Des muaß dr jed selber rauskriega«, hieß es. Unter den Mähern gab es vielfach »Kraftmahder«. Es waren solche, »die recht vornweg gwüat hont ond nocht bald aus warat«. Sie wurden von den anderen »veräppelt«, indem sie gefragt wurden: »Hosch ebba Iltis gmacht?« (nicht mehr können, erschöpft sein). Zur Strafe mußten sie jetzt »Gras broita« (Frauenarbeit verrichten).

Das Mähen erforderte Kraft. Wer die Mähtechnik beherrschte und in ruhigen, gleichmäßigen Schwüngen die Sense führte, ohne sie wild über das Gras zu reißen, konnte den Kraftaufwand in Grenzen halten. »S isch a Vortlsach (Vorteil) gwest«, heißt es bei den Alten. Es galt sogar: »A guater Mahder plogt se net«, und »wer ds Mäha könnt hot, isch hentadrei gloffa«. Ein solcher »Mahder« war stolz auf sein Können. Friedrich Schneider aus Grosselfingen (»Stolla Fritz«) sagt: »An ra langa Gwand (Ackergrenze, wo umgewendet wird) hont die andre gschwitzt, daß tropft hont, aber i hab mei Blohemad net auszoga, weil i net gschwitzt hab.«

In der Zeit, als noch alle Wiesen von Hand gemäht wurden, gingen die Männer schon zeitig (morgens um zwei oder drei Uhr) »of ds Mahd«. Drei bis vier (bisweilen auch mehr, je nach Größe der Wiese) »Mahder« mähten im Takt hintereinander. Der beste mähte oft als letzter, um die anderen anzutreiben. »Hot oim schier d Füaß weggmäht«, erinnern sich die ehemaligen Mäher. Nach etlichen Stunden hieß es dann: »Iatz wurds trucka. Ma gspüarts am Wetza. S git koi(n) Tob (Tau) meah.« In nassen Sommern mußte auf den Wörnitz- und

Egerwiesen das Heu oft im Wasser gemäht werden. In trockenen Jahren fehlte »ds Bodagras«, sodaß »s schlecht gschnieta hot«. In den ersten Tagen des Mähens »hot oim alles weah to«. Kreuz und Füße schmerzten, Arme und vor allem die Ellbogen taten so weh, »daß ma schier nemme hot wetza könna«, jammern die alten Bauern. Nach

»Sägeswetza« (Johann Hager, Lierheim)

Beim Wetzen

etlicher Zeit verschwanden aber diese Beschwerden; »ma isch ds Mäha gwoht woara« (hat sich daran gewöhnt).

Das wichtigste Handgerät beim Mähen war früher die Sense, mundartlich als »Säges« bezeichnet.

Sie bestand aus mehreren Teilen. Die Sense im engeren Sinn, das schneidende Blatt, war 60-70 cm lang (starke Mäher nahmen eine 80 cm lange Sense), am Ende etwa handbreit, in der Länge mäßig gebogen, gewölbt und hatte einen zur Schiene aufgebogenen Rücken.
Wer eine Sense brauchte, kaufte sie meistens beim Schmied. Dieser wiederum bezog sie aus einer Eisenwarenhandlung (zum Beispiel von der Firma Hochapfel in Nördlingen) oder bestellte sie bei einem Reisenden. Michael Hochradel, der alte Wörnitzostheimer Schmied, erinnert sich: »Wamma Haber gmäht hot, isch awel dr Reisende ausm Ruhrgebiet (Sensenschmiede Sielbach) komma ond hot Sägesa vrstellt. Em Friahle sens nocht gliefert woara.« Bekannt waren auch die Erzeugnisse der Steierischen Sensenschmiede. Eine Markensense wie »Edelweiß« oder »Alpengruß« oder »Ochsensense« kostete in den 20er-Jahren 9-12 Mark (heute 50 Mark und mehr).
Die Lebensdauer einer Sense hing von ihrer Behandlung ab. »A Säges hot lang ghebt, wann nix passiert isch«, heißt es. Brach sie einmal ab, konnte sie wieder geschweißt werden. Fortan war sie nur noch als »Klea-Säges« (Sense »zweiter Ordnung«) zu benutzen.
»D Wiesasäges« war die beste Sense auf dem Hof. »Sie hot gschnieta wie a Rasiermesser«, loben sie die Mäher. Sie wurde nur zum Grasmähen und »zom Reimäha« (abmähen dessen, was die Mähmaschine nicht erreichte) genommen, wurde geschont und nur vom Schmied gedengelt. Klee durfte mit ihr nicht gemäht werden. Der Bauer ermahnte den Knecht oder den Sohn: »Descht d Wiesasäges, die bleibt fei hanga. Mit deare hackt ma net em Klea rom!«
Der Sensenstiel, der Worb, war ein schlanker, vierkantiger Schaft aus Eschenholz, etwa eineinhalb Meter lang und mit zwei durchgehend eingezapften Handhaben (die kürzere für die linke Hand, die längere für die rechte Hand). Die Herstellung oblag dem Wanger. Beim Anschrauben des Sensenblattes mußte »dr Sägesspitz« in Augenhöhe des Mähers sein. »Mit m Sägesschlüssel« (den fabrikmäßig gefertigten waren die vom Schmied aus Gabelzinken hergestellten Schlüssel vor-

zuziehen) wurde der »Sägesreng« um Worb und Sensenende gespannt. Als Faustregel galt dabei: »D Säges muaß zwoi bis drei Fenger reistanda«, das heißt der Winkel, den das Sensenstielende mit der Querebene des Sensenblattes bildete, sollte ca. 15-20 Grad betragen. Es war sehr wichtig, daß die Sense auf die Körpergestalt des Mähers abgestimmt war. Wer die Sense auf dem Fahrrad beförderte, »hot an Kittel oder an Schurz rombonda« (um das Sensenblatt) oder den Sensenschutz angelegt.

Ließ beim Mähen »d Schneid« nach, mußte der Mäher die Sense wetzen. Er fuhr mit der Sensenspitze »en an Mahda« und warf »a Wischle« Gras in die Höhe, womit er »d Säges putzt hot, daß net gschmiert hot«. Gute »Mahder« konnten im allgemeinen auch gut wetzen. »Am Wetza kennt ma d Baura«, hieß es. Es galt etliche Regeln zu beachten:

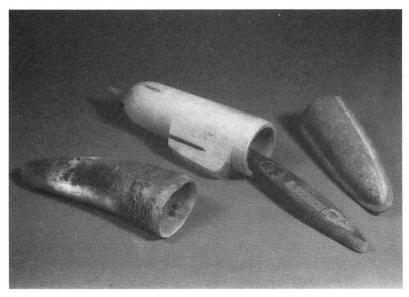

Kumpfe aus Horn, Holz und Blech

»D Säges muaß eba standa.« »Ausm Handglenk wetza.« »Net draufdrucka, soscht wurd d Säges dick.« »Of zwoimol muaß durchgwetzt sei.« »Lauter lange Züg, wies d Baura machat, wenn s saufat« (riet der »billige Jakob« auf der Nördlingener Messe beim Verkauf seiner Wetzsteine). Das Wetzen mußte jeder Mäher »selber rauskriega«. Mägde oder Jüngere ließen sich ihre Sense gerne von älteren, erfahrenen Mähern wetzen. Es soll aber auch Frauen gegeben haben, die ihren Männern die Sense wetzten! Wer sich beim Wetzen geschnitten hatte, sagte: »I hab me gwetzt.«

Wer gut wetzen konnte und »a Schneid nabrocht hot«, konnte damit ein großes Stück mähen, so daß die Redensart verständlich wird: »Ds Wetza hält de Mahder net auf.« Mancher bemühte sich umsonst, »hot sei Säges z Toad gwetzt ond d Schneid weggrissa«. Über ihn wurde gespottet:

> Dr Wetz isch nix, dr Wetz isch nix,
> ond der wo wetzt, isch zwoimol nix.«

Den Wetzstein trug der Mäher rechts hinten am Mähgürtel (manche hängten ihn auch vorne hin) in einem eigens dafür geschaffenen Behälter, dem Wetzsteinfaß oder Kumpf. Er war bis zur halben Höhe mit Wasser gefüllt. Eine Handvoll Gras im Kumpf verhinderte das Herausfallen des Wetzsteins. Das Wasser zum Auffüllen »hot ma oifach en am Graba gholt«. Gerne schüttete der Mäher einen Schuß Essig in den Kumpf, »daß s besser apackt hot«. Manche schütteten an Stelle von Wasser auch Most in den Kumpf. »Iatz isch ds Wetza besser ganga«, erinnern sich die alten »Mahder«.

Der Kumpf war meistens aus Holz gefertigt. Er hatte unten eine Spitze, damit man ihn auch in die Erde stecken konnte. An der abgeflachten Rückseite befand sich ein angeschnitzter Traghaken. Fast immer war das Wetzsteinfaß aus dem vollen Holzblock geschnitzt oder

Mähen mit der Mähmaschine

gedrechselt (Höhe 25 bis 30 Zentimeter, Durchmesser acht Zentimeter). Zur besseren Haltbarkeit war der Rand des Gefäßes mit einem Eisenband gefaßt. Neben »hülzige« Wetzsteinbehältern gab es auch solche aus Rinderhorn oder verzinktem Blech. Letztere wurden gerne getragen, weil sie nicht so schwer waren.

»Guate Mahder hont naß gwetzt«, heißt es. Das Naßwetzen »hot dr Säges net so weah to«, sagen die Alten. Dazu verwendeten sie »an Mailänder« (einen Naturstein). Das ergab eine feine »Schneid« und der »Dangel« (Schärfe) hielt sich länger als beim Trockenwetzen mit dem Silicar (Kunststein). »Mitm Silicar hot ma geara de Dangel weggrissa«, erinnern sich die Mäher. Wetzsteine kauften die Bauern oft auf der Meß. Ein Wetzstein hielt lang, »isch alt woara«. Der Vater mahnte: »Nemmat fei mein Wetzstoi en acht.« Im Herbst, wenn es mit dem Mähen vorbei war, wurde der Wetzstein an einem besonderen Ort aufbewahrt. (1991)

Grasmähen mit der Mähmaschine, ca. 1925

Vom Dengeln

»Wer beim Dengla schloft, vrwacht gwieß beim Mäha«

Früher verging vom Frühjahr bis zum Spätherbst kein Tag, an dem auf dem Bauernhof nicht die Sense geschwungen wurde. Klee, Gras, Luzerne, Wicken, Erbsen, Getreide, Ackerbohnen, Kartoffelkräuter gab es zu mähen. Kein Wunder, daß auf eine gut geschärfte Sense Wert gelegt wurde, wenn der »Mahder« oder Schnitter etwas ausrichten sollte. Das galt besonders in der Saison des »Häat« und der »Ähret«. In dieser Zeit wurde »d Säges« täglich frisch gedengelt. Unter dengeln versteht man das Schärfen der Sense durch Klopfen oder Hämmern mit dem Dengelhammer (»tengeln« bedeutete im Mittelhochdeutschen »hämmern, klopfen«).
Am ersten und zweiten Tag der Heuernte, wenn es noch kein Heu abzuladen gab, hatten die Bauern Zeit zum Selberdengeln ihrer Sensen. Ein alter Lierheimer Bauer sagt: »I hab alle Sägasa selber denglt, i hab a sichera Hand ghet zom Dengla.« Er saß im Stadel auf einem Melkschemel vor dem Dengelstock und hämmerte mit dem Dengelhammer. Von seinem Bruder weiß er noch: »Der hot an ds Dengla nagschlofa.«
Von den ehemaligen Schmieden erfährt man aber, daß nur wenige Bauern richtig zu dengeln verstanden. Gar mancher, der selber dengelte, »hot sei Säges so verschlaga«, daß er sie am Ende doch zum Schmied trug. Der konnte nun sehen, wie er sie wieder in Ordnung brachte. Auf dem Heimweg vom Feld gab der Bauer oder der Knecht seine Sense in der Schmiede ab (nur während der Heu- und Getreideernte). Sie hängten sie einfach an die Dachrinne vor dem Eingang zur Werkstatt oder an eine eigens dafür angebrachte Stange vor der Schmiede. Auf dem »Säges«-Worb (Sensenstiel) waren die Initialen des Besitzers eingebrannt.
Oft gab der Bauer auch Anweisungen, wie der Schmied die Sense dengeln sollte. »Gell, machs fei (fein), i gang an d Wenz na zom Mäha (auf

»Beim Dengla«

eine Wörnitzwiese, wo feines Gras wuchs, das eine besondere Schärfe verlangte). War das Mähen auf einer steinigen Wiese vorgesehen, hieß es: »Machs net so fei, i hab a Feldwies« (hier bestand nämlich die Gefahr, daß die Sense leicht ausbrach). »D Gaukelsäges« (Sense zum Getreideschneiden) wurde nur grob gedengelt.

»Beim Dengla«

Auch neue Sensen mußten vor dem ersten Gebrauch gedengelt werden. »A(n)dengla« hieß dieses erste Schärfen. Hatte der Bauer die Sense beim Dorfschmied gekauft, handelte er sich dieses erste Dengeln stets ein: »Aber gell, adengla muaschs fei!«. Wer eine neue Sense brachte, die bei einem Reisenden oder in einer Eisenhandlung gekauft worden war, mußte fürs »Adengla« bezahlen.

Während der Heu- und Getreideernte saßen die Schmiede stundenlang am Dengelamboß. Wenn »Ähret ond Ohmad zammkomma sen«, hingen oft 50-60 Sensen vor der Werkstatt, erinnert sich der Alerheimer Schmied Friedrich Lettenmeier, die er und der Vater dengeln mußten. »D Gaukelsäges« (Getreidesense) mußte täglich zweimal frisch geschärft werden, vor allem beim »Geaschtaschneide«.
Dengeln war in der Hauptsache Nachtarbeit. »Vo obads sechse bis nachts om zwölfa hots oft dauert, gar manches Mol bis en dr Früah om zwoi«, erinnert sich Schmied Probst aus Ziswingen. Wenn es noch länger dauerte, ging er gar nicht mehr ins Bett, sondern zum Mähen auf seine Wiese. Der Appetshofener Schmied Staufer sah von seiner Werkstatt aus ins Gasthaus »Zum Adler« hinunter. Brannte dort gegen elf Uhr nachts noch Licht, unterbrach er das Dengeln und ging ins Wirtshaus zum Brotzeitmachen. Frisch gestärkt setzte er dann seine Arbeit fort bis in den frühen Morgen.
Während der Getreideernte hatten die Schmiede keinen Mittag. Die Bauern wollten nämlich nach dem Essen mit frisch geschärften Sensen wieder auf den Acker.
Schmiede dengelten auf ihrem Dengelamboß (ca. 40 cm lang), »weils do besser zoga hot«. Wichtigstes Werkzeug war der Dengelhammer. Es gab einen schweren (800-1000 Gramm) zum Grobdengeln und einen leichteren (500-600 Gramm) zum Feindengeln. Der Hammer war aus einem Spezialstahl gefertigt. Er durfte nicht zu hart, aber auch nicht zu weich sein. Viele Schmiede machten sich ihren Dengelhammer selbst. Matthias Schön, Schmied in Kleinsorheim, weiß noch, daß der Vater jedes Frühjahr sagte: »I brauch wieder an gscheita Dengelhammer.« Der Grosselfinger Bauer Friedrich Schneider, der seine Sensen selber dengelte, trug seinen Dengelhammer von Zeit zu Zeit nach Nördlingen in die Schmieden Lachenmeyer am Baldinger Tor oder Mack am Plätzle, um ihn wieder richten zu lassen. Die Finne, die zugespitzte Seite des Hammers, sollte nicht breiter als drei Millimeter sein und mußte öfters abgeschliffen werden. Daheim versteckte der

Grosselfingener seinen Dengelhammer, damit niemand in Versuchung kam, Nägel damit einzuschlagen.
Zum Dengeln, d.h. zum kalten Dünnschmieden der Sensenschneide, wurde das Sensenblatt vom Worb gelöst. »Do hot ma d Säges ganz andersch füahra könna«, sagen die alten Schmiede. Freilich war das An- und Abschrauben zeitraubend, sodaß es gut war, wenn Vater und Sohn zusammenarbeiteten. »Dr Vater hot dengelt ond i hab weggschraubt ond wieder a(n)gschraubt«, sagt Friedrich Lettenmeier in Alerheim.
Zuerst wurde die Sense von hinten her grob durchgedengelt, »daß s fei woara isch«, danach zweimal von vorne »d Schneid durchdengelt«. »Ds Dengla hot ma em Gfühl ghet«, sagt Heinrich Meyer aus Möttingen. Kenner hörten es bereits am Klang, ob jemand gut dengelte. Es erforderte größte Sorgfalt, vor allem gleichmäßige Schlagstärke, eine sichere Hand und gute Augen. Einige wenige zu viel oder zu schwer geführte Schläge an ein und derselben Stelle genügten, um das dadurch zu sehr gestreckte Blatt nach unten auszubeulen. »S hot Blottra geba, wann mas net gleichmäße naustrieba hot«, hieß es. Nach dem Dengeln mußten die Bauern mit dem Wetzen sparen, »soscht war die feina Schneid glei weg.« Der etwa 5-7 mm breite Dangel war jetzt so scharf, daß er in die Höhe ging, wenn man mit dem Fingernagel dagegendrückte. »Iatz hot d Säges gschnieta wie a Rasiermesser«, meint Schmied Götz aus Maihingen.
Je nachdem, in welchem Zustand sich die Sense befand, dauerte es 10 bis 20 Minuten, bis sie mit neuer Schärfe versehen war. »Der hätt sei Säges o bälder brenga könna«, schimpfte der Schmied, wenn sie ganz »dick« war oder voller »Scharta ond Luka«. Beim Mähen auf steinigen Äckern brachen oft Ecken heraus, die der Schmied dann herausschleifen mußte. Manche, die das Mähen nicht gut beherrschten, schlugen in den Boden hinein anstatt die Sense in schönem Schwung über das Mähgut gleiten zu lassen. Es gab Bauern, die brachten ihre »Säges« nur jeden zweiten Tag zum Dengeln, um Geld zu sparen. An

solchen war natürlich der »Dangel« weggewetzt. Kostete zum Beispiel das Dengeln einer »normalen« Sense 60 Pfennig, mußte für eine »dicke« 80 Pfennig und für eine »ganz dicke« eine Mark bezahlt werden. »Am Sägesdengla war nix vrdeat«, versichern die alten Schmiede übereinstimmend.

Das Dengeln war eine anstrengende Arbeit. »En de easchte Täg hont oim d Ärm ond d Handglenker andersch weah to«, gesteht Schmied Schön in Kleinsorheim. Beim stundenlangen genauen Hinsehen bei künstlichem, meist schwachem Licht schmerzten die Augen. Danach wurde aber nicht gefragt. »Ds Sägesdengla« gehörte einfach zu den Arbeiten, für die der Schmied zuständig war. (1992)

Alte Schmiede in Oettingen

Wörnitzwiesen

»Ma goht of d Wenz«

Die im Wörnitztal gelegenen Wiesen, »d Wenzwiesa«, waren früher begehrte und bevorzugte Wiesen. Auf diesen »Wasserwiesen«, wie sie im Gegensatz zu den »Feldwiesen« genannt wurden, wuchs sehr gutes Futter. Manches Mädchen und mancher Bursche bekam »a Wenzwies« als Heiratsgut mit in die Ehe, wenn sie oder er in ein auswärtiges Dorf heiratete. Daraus erklärt sich, warum viele »Onterriaser« (Bauern aus den südlichen Riesdörfern wie Appetshofen, Lierheim, Balgheim, Groß- und Kleinsorheim) Wörnitzwiesen zwischen Rudelstetten und Heroldingen besaßen. Mancher erwarb sich aber eine solche Wiese auch durch Kauf.
Viele dieser Wiesen waren »drimähde«, konnten dreimal gemäht werden, während alle anderen Wiesen zweimal abgemäht wurden (»Hä« und »Ohmad«). Mit dem Düngen der »Wasserwiesen« konnte man sparsam sein. »Die dongt ds Wasser«, hieß es. War sonst kein Platz frei, wurde »Mischtlach« aber auch auf diese Wiesen(!) gefahren; die auswärtigen Besitzer brachten vielleicht einmal eine Fuhre Mist. Um den Schäfer zu vertreiben, wurde auch bisweilen Hennen- und Taubenmist ausgebreitet.

Wörnitzwiesen waren häufig Wechselwiesen, in deren Nutzung sich mehrere Bauern teilten. Der Modus, nach dem die Wiese genutzt wurde, wechselte mehrjährlich. Die Gemeinde Appetshofen hatte zum Beispiel »mitm Grofabauer« von Ziswingen eine Wechselwiese an der Egermühle. Der »Obere Müller« von Möttingen besaß eine Wörnitzwiese in Holzkirchen, von der er nur das Heu ernten durfte, während die Gemeinde Holzkirchen den zweiten Grasschnitt, also »ds Ohmad«, bekam. Wechselwiesen verschwanden schon vor Beginn des Krieges.

Wörnitzwiesen waren gute Wiesen, auf denen feines Futter wuchs. »Des hont d Viecher am liabschta gfressa«, heißt es. »Ds Wenzhä hot viele Blätla ghet«, lautete die Erklärung dafür. Im Heustock wurde es oft gesondert gelagert, es war »ebbes vom Beschta«. Vom »Wenzhä« bekamen »d Gäul ond d Möggala«. Auch »ds Wenzohmad« war begehrt, »s hot koi Stengl ghet«.

»Beim Bäuma«

Es gab Jahre, in denen »ds ganz Hä ond Ohmad vrsuffa isch«. 1924 habe es die Wörnitzwiesen sechsmal überschwemmt, erinnern sich die Alten. Die Bauern ernteten in diesem Jahr weder Heu noch Grummet. Weiß blühende Wiesen, hervorgerufen durch »d Weterbloama« (Wiesenschaumkraut), sah man deshalb nicht so gerne, sie verkündeten nämlich ein nasses Jahr. »Di gelbe Wiesa (mit »Hahnafüaß«) warat oim liaber«, heißt es; sie deuteten auf einen trockenen »Häat«. »A vrsuffns Hä« konnte nicht verfüttert werden, ja selbst beim Einstreuen mußte man vorsichtig sein. »Do hättet d Küah d Egelseich (Krankheit), kriagt«, sagen die alten Bauern. Verwendung fand solches minderes Heu beim Abdecken von Misthäufen auf dem Feld oder zur Kompostbereitung. – Zuletzt wurde es kurzerhand angezündet, leider.

Das Mähen, vor allem mit der Hand, ging auf den Wörnitzwiesen leichter als anderswo. Die alten Bauern sagen darüber: »Of de Wenza hot oier ds Mähe learna könna. Des hot dr jed könnt. Do hot ma nor henter dr Säges drei loffa brauche. Gschnieta hots wia Butter.« Es gab keine »Modwerferhäufa« (Maulwurfshäufen), die den Mähern sonst zu schaffen machten, weil sie beim Hineinmähen der Sense »d Schneid« nahmen.
Das Gras dörrte leicht, weil es recht fein war. Schon am zweiten Tag nach dem Mähen war es oft dürr, während es auf anderen Wiesen drei Tage dauerte.
Das Laden der »Hä- ond Ohmadfuahra« bereitete Schwierigkeiten. »D Wenzfuahra sen geara verrutscht«, sagen die Alten. Man mußte gut laden können, damit die Heufuhren den langen Weg »über Feld« gut überstanden. Auswärtige Bauern bemühten sich um besonders schön geladene Fuhren, die den kritischen Blicken beim Durchfahren der fremden Dörfer standhalten konnten. Es hieß nämlich: »Of d Wenzfuahra hot ma gschobt.«
Ein Wörnitzostheimer Bauer meint: »A ra Wenzwies däff ma net traua. Die muaß weg, bevor ds Wasser kommt.« Die Auswärtigen mähten

ihre »Wenza« aber erst dann, wenn sie mit ihren Wiesen fertig waren. »Of d Wenz isch ma zletscht ganga«, heißt es.

Ein Appetshofener Bauer erinnert sich, daß sein Vater schon gegen vier Uhr morgens mit den Kühen zum Mähen der bei Rudelstetten gelegenen Wiese aufbrach. Nachts war er aufgestanden und hatte den Kühen einen großen »Wisch Hä« vorgesetzt, damit das Füttern morgens schneller ging.

»Ma goht of d Wenz« bedeutete für die ganze Familie etwas Besonderes. Männer und Frauen zogen sich sorgfältig an. Den Balgheimern wird nachgesagt, daß sie mit gewichsten Schuhen gekommen seien. Die Bäuerin brachte zum Mittagessen besonders gute Rohrnudeln mit. »Wenznudl« hieß dieses Backwerk, bei dem weder Schmalz noch Eier gespart worden waren.

An dem Tag, an dem das Heu bzw. Grummet eingeführt wurde, waren die auswärtigen Bauern vom frühen Vormittag bis zum späten Nachmittag auf ihrer Wörnitzwiese. Auf dem Heimweg wurde im Wirtshaus eingekehrt. Ob in Rudelstetten, Fessenheim, Holzkirchen, Bühl oder Alerheim gerastet wurde, hing von der Lage der Wiese ab. Die ehemalige Platzwirtin in Fessenheim erinnert sich, daß in ihrem Gasthaus Baldingener einkehrten, die eine »Wenzwies« bei Fessenheim hatten. Einen ganzen Tisch füllten die »Wenzwiesler« jedesmal in der Wirtsstube. »Do isch awel di ganz Verwandtschaft mitkomma«, meint sie schmunzelnd. Bei Bier und Schweizerkäse ruhten sich die Leute aus. »Fascht jedsmol hots an deam Tag a Gwitter geba«, erzählt die Wirtin. Aus diesem Grund wurden schon beizeiten die Stadeltore geöffnet, damit die Baldinger ihre Heufuhren ins Trockne stellen konnten. Eine Leiter lag bereit, die an die Fuhre gelehnt wurde, »daß d Wei(b)sbilder hont rasteiga könna«.

Waren Kinder beim Heuen dabei, schnitten sie sich am Ufer der Wörnitz Binsen. Daheim wurden diese zu einem langen Strick »a(n)gschläft« (aufgereiht, ineinander gesteckt). Damit gingen nun die Buben »zom Bensa ziaga« auf die Straße. Sie rannten hin und her, indem sie den Binsenstrick, an dessen Ende sie »an Häbuschl« (Heubüschelein) gebunden hatten, hinter sich herzogen, »daß nor so gstobbt hot«. Kameraden, bei denen es keine »Wenzwies« gab, brachte man Binsen mit, damit auch sie sich am »Bensa ziage« beteiligen konnten.

Was über die Wasserwiesen an der Wörnitz gesagt wurde, galt auch für die an der Eger gelegenen Wiesen. Auch auf ihnen wuchs gutes, kräftiges Futter, das allerdings um einiges saurer war, als das »Wenzwiesafuater«. (1990)

Abrechen der Heufuhre

»Ohmed macha«

Der zweite Schnitt des Grases, in manchen Gegenden »Grummet« genannt, heißt im Ries »Ohmed«. Melchior Meyr schreibt dazu in seiner Rieser Erzählung »Regine«: »Dann geht es ans »Ohmed«; und wenn dieses auch nicht so reichlich ausfällt wie das Heu, so ist es umso feiner und zarter, ein wahrer Leckerbissen für die Tiere, welche schön herauszufüttern eine Ehrensache des Bauern ist.«
Früher wurden die Wiesen erst Ende August/Anfang September ein zweites Mal gemäht. Die Heuernte war allerdings auch später (»Johanne mäht ma«, 24. Juni). Am Ende der »Ähred« (Getreideernte) begann meistens »d Ohmed-Mahd«. Die Alten erinnern sich: »Wamma Haber gsammelt hot, hot ma moischtns o Ohmed gmäht.« Damit das Gras nach der Heuernte gut nachschob, wurden die Wiesen mit »Mischtlach«, soweit der Vorrat reichte, kräftig gedüngt.
Vor Erfindung der Mähmaschine wurden alle Wiesen »em Häat« und »em Ohmed« von Hand mit der »Säges« (Sense) gemäht. Während die Männer »em Häat« schon gegen zwei oder drei Uhr morgens »of ds Mahd« gingen, war es bei der »Ohmedmahd« schon etliche Zeit später, ehe es tagte. Jetzt jammerten »d Mahder« über die vielen »Wuramoisahäufa« (Ameisenhaufen) auf den Wiesen: »Wamma do drenn nei mäht, isch d Schneid beim Teifl.« Selbst beim Mähen mit der Mähmaschine »hots d Fenger gschobbt« (Mähmesser und -balken verstopft).
Die Frauen, denen in der Hauptsache die weitere Bearbeitung des Grases oblag, sagten: »Ds Ohmedmacha war a schöana Arbet.« Das Gras war nur halb so lang wie im Heuet, mengenmäßig nur etwa ein Drittel und von der Beschaffenheit her »gschleechter« (gschlacht: fein, gelinde, glatt). »Ds Romschlaga isch no so leicht ganga wie em Hä«, heißt es übereinstimmend. Das Dörren dauerte allerdings einen Tag länger, und Regen vertrug »ds Ohmed« schlechter als das Heu.

»Ohmedfährtla«

Das Aufladen war schwierig, vor allem, wenn das Grummet sehr dürr war. »Ma hot Gatter mitnemme müaßa, weil soscht alles verfalla ond verrutscht wär«, heißt es. Beim Hinaufgeben waren »d Wisch« nicht so groß wie beim Heu, weil »ds Ohmed geara vrpludert isch«. Bei windigem Wetter war das Aufladen »a Gfrett« und es galt: »Do hot ma se oft andersch plogt!« »Ds Ohmed« von einem Morgen gab eine Fuhre, die kleiner und kürzer als eine Heufuhre war. Der Heustock war im allgemeinen doppelt so groß wie der Grummetstock.

Die Lagerung »war a weng a hoikla Sach«. »Ds Ohmed« war empfindlich und schimmelte leicht. Die Städel waren nicht dicht, so daß es oft hereinwehte, »daß ma hätt schneaballa könna«. Auf schlechtes Ohmed wurde gerne Gerstenstroh gegeben, das die Feuchtigkeit anzog. »Ds Ohmed goht mitm Weter«, sagten die Bauern und meinten damit, daß es bei feuchtem, nebeligem Wetter zäh wurde, während es bei kalter, trockener Witterung knusprig und gut zum Füttern war.

»Ds Ohmed« wurde nie rein gefüttert, sondern immer zusammen mit Heu und Stroh in der »Gsodmasche« (Futterschneidmaschine) geschnitten. Das Mischungsverhältnis betrug zwei Drittel Heu und ein Drittel Ohmed. Letzteres verlieh dem Futter eine dunkle Farbe, »hot ds Fuader schwarz gmacht«. Pferde und »Möggala« (Rinder unter einem halben Jahr) bekamen überhaupt kein »Ohmed«. »D Gäul hättet drvo ds Grimma kriagt ond d Möggala d Scheißerei«, sagen die Alten. Die Gäule erhielten nur bestes Heu gefüttert und »gmandelta Luzerner« aufgesteckt. »Ds Möggalehä« war gutes »Ranka- oder Wenzhä« (stammte von einem Abhang oder von einer Wörnitzwiese).

»Ds Ohmed« wurde von den Kühen gerne gefressen. Es war weicher als Heu und fraß sich verglichen mit menschlicher Nahrung angeblich »wie a nuibachns Broat«. Eine Bäuerin meint: »Do honts de Baara sauber ausgschleckt.« Wurde gutes »Ohmed« gefüttert, gaben die Kühe mehr Milch. Allerdings sollte es bis Februar verbraucht sein, weil es dann »koi Kraft meah hot«.

Heu war kräftiger im Geschmack, besaß mehr Rohfasern (mehr Stengel und weniger »Bläätla«) und war somit nahrhafter und besser zum Verdauen. War im Frühjahr auf manchem Hof »ausgfuadert« (die Futtervorräte aufgebraucht), wurde Heu gekauft, kein »Ohmed«. »Z Wende (Wemding) hots viel Hä geba, aber koi so guats, a saurs.« Außer dem Rindvieh bekamen auch Schweine und »Gussala« (kleine Gänse) vom »Ohmed«. Mit heißem Wasser angebrühter »Bollstob« (Heublumen und »Ohmedbläätla«) wurde »de Loasa« (den Mutterschweinen) zum Fressen gereicht. In den ersten Wochen, wenn die Gänslein noch in der Stube gehalten wurden, baumelte von der Decke herab ein »Bündele« aus blättrigem »Ohmed«, an dem die »Husserla« (Gänslein) »romzwägert hont« (herumzupften). Übrigens haben Äpfel sich im »Ohmed« besonders gut lagern lassen. (1989)

Warten auf Futter

Feldwege

In seiner Erzählung »Verlorenes Kirwawegle« beschreibt der Heimatdichter Friedrich Völklein (1880-1960) einen Pfad, den er als Kind mit dem Vater und den Brüdern jedes Jahr an einem bestimmen Maisonntag wanderte, um an einen etwa zwei Stunden entfernten Ort zu gelangen, wo beim Vetter und »Bäsle« Kirchweih gefeiert wurde. »Zuerst gingen sie eine kurze Strecke auf der Straße und dann auf einem krummen Feldweg, wo man keinen Schritt mehr hören konnte und die Bauernschuhe im Sand versanken. Und dann durfte auch der Vater achtgeben, daß er das Fußwegle nicht übersah, den Pfad, der über ein paar Ackerbeete hinweg in eine weite Wiese hinein und dem nahen Wald entgegenführt ...« Als Friedrich Völklein 50 Jahre später dieses Wiesenweglein wieder aufsuchen wollte, war es verschwunden. Dieses Schicksal ereilte auch alle anderen Fußweglein, die es früher in Hülle und Fülle auf den Fluren gab. Mit der Flurbereinigung sind sie endgültig verschwunden.
Als man noch fast alle Wege zu Fuß zurücklegte, gab es viele dieser schmalen Pfade, die gerade so breit waren, daß eine Person darauf gehen konnte. Oftmals mußte vor dem Betreten »a Stigale« (»Stigel« = stufenförmig aufgebauter Übergang eines Zauns) überwunden werden, weil das Weglein nur zum Gehen (und nicht zum Fahren) benutzt werden durfte. Diese Pfade führten mitten durch Wiesen und Äcker. »Ma hot a Wegle überzwerch nüber gschegt« (»schege« = schief, krumm gehen). Dabei nahm man sich aber »en obacht«, daß ma »net neba naus gschegt isch«. Im Herbst wurden diese Pfade wieder überäckert (»veräckert«), von den Benützern aber bald wieder »trappt«. Die Grundstückseigentümer mußten diese Weglein dulden.
Daneben gab es die etwas breiteren Wege, die der Gemeinde gehörten und nicht »veräckert« werden durften. Sie waren auch im Flurplan eingetragen. »Ausgstoite Weg« wurden sie genannt, weil ihr Verlauf durch Grenzsteine festgelegt war.

In jeder Gemeindeflur gab es diese Gehweglein, die auch ihre bestimmten Namen hatten. In Appetshofen erinnert man sich noch an das »Bach-« und das »Hoahwegle«. Wer nach Alerheim »zom Schloßdoktor« (Arzt auf Schloß Alerheim) wollte, sagte: »I gang d Stookwiesa.« Dieses Wiesenweglein benutzten sogar (verbotenerweise) Bauern, die ihre Stute zum Hengst ritten (in Alerheim war »beim Schuler« Beschälstation). Wenn die Kesseltaler ihre Waren auf den Nördlingener Markt trugen, benutzten sie bestimmte Weglein. Die Zoltingener zum Beispiel gingen durchs Bruckholz und Mangtal nach Niederaltheim, »henta nom« durchs Schönefeld und gelangten über Reimlingen nach Nördlingen. Bekannt war der »Oierweg« zwischen Schweindorf und Nördlingen, auf dem die Schweindorfer Bäuerinnen ihre Eier in die Stadt brachten. Die alten Lauber erinnern sich noch gut an ihr Wiesenweglein, auf dem sie »an d Bah(n)« gingen: »De broata Roa nauf, ds Oachholz durch, de Scheel-Anger nüber Richtong Speckbrode noch Muttenau.«

Solche Pfade waren in jedem Fall Abkürzungen. Sie verliefen meist ganz anders als die Straße. Am meisten wurden sie benutzt, um zur Arbeit aufs Feld zu gelangen. Auf diesen Wiesenweglein bewegten sich oft »ganze Schloaha« von Personen, wenn es in ein anderes Dorf »en a Leicht« (Begräbnis) ging oder zum sonntäglichen Gottesdienst ins Kirchdorf (Fußweglein von Deiningen nach Klosterzimmern zur dortigen evangelischen Kirche). Auch junge Burschen, die »of Karress« (nächtlicher Besuch am Fenster der Geliebten) gingen, wandelten auf diesen Wegen.

Manchen nächtlichen Spätheimkehrern sollen auf diesen Weglein Spukgestalten begegnet sein. Zechern, die vom Karlshof »en ds Weiler« (Niederaltheim) unterwegs waren, soll auf dem Waldweglein »dr Gsendschneider« oftmals begegnet sein, eine Gestalt, die ihren Kopf unter dem Arm trug. Auch an der »Schenderheck« (oder am »Schendereck«?) zwischen Rudelstetten und der Wennenmühle soll es nicht ganz geheuer gewesen sein. Vorübergehenden wurde deshalb geraten, an dieser Stelle ein Vaterunser zu beten. Einem Mühlstangenreiter der Wennenmühle, der sich auf dem Heimweg von der Tour nach Löpsingen verspätet hatte und sich um Mitternacht am Wegkreuz zwischen Deiningen und Alerheim mit seinem Fuhrwerk befand, soll es trotz Aufbietens seiner ganzen Fuhrmannskunst nicht gelungen sein, die Pferde auch nur einen Schritt weiter vorwärts zu bringen. Erst, als es vom Deininger Kirchturm ein Uhr schlug, sollen die Pferde ihren Weg fortgesetzt haben. (1990)

Feldweg

»Wasaweg«

»Die Wege, die ins Feld hinausführen,
die Feldwege
mit ihren Rasen und Ranken,
wo die Gänseblume steht,
die Hauhechel, Wegerich und Wegwarte,
sind noch stiller als das Dörflein.«
                              Aus Friedrich Völklein »In unserem Dorf«

»Fuaßwegla« hießen die eingeschlichenen, geduldeten Weglein, die sich gleich Trampfelpfaden quer durch Wiesen und Äcker zogen. Die breiteren Wege, auf denen auch gefahren wurde, hießen »d Wasaweg«. Die Wagenräder hatten oft tiefe »Loisa« (»Leis/Lois« = Geleis des Wagens) hinterlassen. Waren sie zu tief, »sens eighackt woara«. Der Flur mußte dazu auf Weisung des Bürgermeisters »Leit schaffa«, die dies besorgten. Mit der Hacke wurden die tiefen Fahrrinnen etwas eingeebnet. Die beim »Stoiklauba« auf den Kleeäckern angefallenen Lesesteine wurden oft »entsorgt«, indem man sie »en d Loisa neigschmissa hot«. Auch die herausgerissenen »Stroifa« (großer Ampfer) wurden »en d Flotscha« (Wasserlöcher) auf den Wegen geworfen. Bei nasser Witterung waren die Feldwege schmierig und bisweilen sogar unpassierbar. »Schier vrsonka isch ma«, heißt es. Bei einem Gewitterregen »hot s oft ds ganz Zuig (Steine, Erde, Sand) mitgnomma«, Sand wurde angeschwemmt, so daß die Pferde beim Durchfahren fast waten mußten.
Zwischen den Fahrrinnen erhob sich ein »Grashuppel« (»Huppel« = kleine Erhöhung auf einer Fläche). »Of de Wasaweg« trieben die Schäfer ihre Herden. Daß sie rechts und links vom Weg «a weng Gwanda neighüat hont« wurde geduldet, wenn diese nicht gar zu groß waren.

Auf diesen Feldwegen »hot ma oft amol an Waga omgschmissa«. Besonders gefährlich war dabei die Stelle, wo es von der »Gwand« (Ackergrenze) auf den Weg ging. Heu- und Getreidefuhren mußte man mit der Gabel »a(n)heba«. Die alten Bauern sagen: »All ander Johr isch halt a Luix (Wagbaum) brocha.«

Das Gras, das auf den Wegen im Sommer- und Winterfeld wuchs, versteigerte die Gemeinde. Besonders begehrt waren die Wege im Winterfeld (Roggen, Weizen), weil auf ihnen nicht viel gefahren wurde. »S hot fascht koi Loisa geba«, heißt es. Bei der Versteigerung trieben die Interessenten die Preise recht in die Höhe. Gesteigert wurde »vo de kloine Leut«, Bauern gaben sich mit solchen Bagatellsachen nicht ab. Zwischen »Häat ond Ährat« (Heu- und Getreideernte) wurden die Wege gemäht. »S war a rechta Arbet, weil ma alles hot vo Ha(n)d mähe müaßa«, weiß man noch. Die Mühe wurde aber durch die Qualität des Heus aufgewogen: »S isch a recht guats Häle gwest; s war a weng a Klea dren«, erinnert man sich.

Bestimmte Wege durfte der Flur abmähen. Dieses Recht gehörte mancherorts zu seinem Lohn. So war zum Beispiel dem Appetshofener Flur gestattet, »de Tiergarteweg« (Flurname) abzumähen.

Die breiten Wege, auf denen am meisten gefahren wurde, hießen »die ausbaute Weg«. Vor der Getreideernte wurden sie jedes Jahr in einem anderen Teil der Gemeindeflur gerichtet. »Ma hot a weng an Kies neigführt, den ma vorher hot klopfa müaßa.« Zum Auffüllen verwendeten die Bauern auch »d Kleastoi«, das waren die Steine, die auf dem Kleeacker abgeklaubt worden waren.

An den Wegrändern und Rainen blühten Wegwarte, Wegerich, »Göggala« (kriechender Günzel), Hauhechel und Habichtskraut, Rainfarn und Rittersporn. »Dr Gäulkämich« (Kümmel) wurde gesammelt und daheim zum Trocknen am Zaun aufgehängt oder »en dr obra Stub« aufgelegt. Die ehemaligen Gänsehirten, die auf den Feldwegen ihre Herden ins »Waisch« (Stoppelfeld) trieben, erinnern sich an die Wespennester und Grillen an den Wegrändern, an Wildbienen und Hummeln. »Übr d Wasaweg« eilten Laufkäfer, Schmetterlinge gaukelten entlang der Wege, um an Blumen Nektar zu naschen oder zur Eiablage die Futterpflanzen für ihre Raupen zu suchen. Immer wieder flogen vor den Gänsehirten Rebhühner auf, deren Revierflächen (Verstecke, Brut- und Futterplätze) im Acker entlang der Wege waren.

(1990)

»Neben Wasaweg«

Vom »Unkrautjäten«

»Ds O(n)kraut wächst vorm Woiza«

Sogenannte Unkrautbekämpfung erfolgt heute in der Landwirtschaft leider fast ausschließlich mit chemischen Mitteln. Früher ging man wochenlang »ge Grase« und zog die Unkräuter mit der Hand aus dem Boden. »Ds Grase« war in erster Linie »a Weiberarbet«. Eine alte Bäuerin meint schmunzelnd: »D Mannsbilder hont se net bucka könna, die hont a Boi em Bauch.« Sie fuhren in dieser Zeit lieber ins Kies und holten Steine zum Straßenausbessern. Wurden die Frauen dem Unkraut einmal gar nicht mehr Herr, halfen auch die Männer mit. Die Kinder mußten am Mittag nach der Schule auf dem Feld beim Unkrautjäten helfen. »Do hot ma net romläfla däffa«, heißt es, »denn a kloina Hilf tuat guat«. Beim Herausziehen der Disteln jammerten die Kinder. Die Mutter gab den Rat: »Die muasch nor fescht alanga, nocht stechat s net«.

Die Frauen banden sich beim Grasen einen »Putzschurz« um, in dem sie die ausgerupften Unkräuter sammelten. Viele knüpften sich auch das Grastuch um den Bauch und stopften das Gras dort hinein. Das Grastuch, ein quadratisches Tuch von etwa einem Meter Seitenlänge mit einem Bändel an jedem Zipfel, war aus grobem Leinen (Zwilch) geschnitten und gehörte zur Aussteuer eines Mädchens (wie das Sätuch).

Im April, manchmal auch erst im Mai, wurde das Winterfeld ausgegrast. »Descht a weng of ds Weter akomma«, heißt es. In den Roggenäckern hatte sich »dr Klepper« (Klappertopf) breit gemacht. Er war ein gefürchtetes Unkraut, weil er als Halbschmarotzer die Getreidewurzeln anzapfte und dadurch den Ernteertrag minderte. »Wo s Klepper geba hot, hot ma nix droscha«, sagen die alten Bauern. Ja, es hieß sogar: »D Klepper fressat ds Koara no em Stock« (auf dem Scheunenboden). Den »Spitzaberg« (Steinberg) bei Appetshofen zum Beispiel

mit seinen steinigen, mageren Abhängen verwandelten »d Koarafresser«, wie man »d Klepper« auch nannte, in ein gelbes Blütenmeer. »Iatz gschoabat nor dene Appetshöfer ihre Klepper a«, hieß es bei vorbeifahrenden auswärtigen Bauern.
»Stoffel« (blaue Kornblume) und »Rada« (Kornrade) wuchsen ebenfalls im Roggenfeld. Die blühende Kornrade war im Volksmund auch ein hoffnungsvolles Gewächs:

»Rada, Rada, roat,
En vier Wucha git s a nuis Broat«.

In den Weizenäckern mußten »Sara« (Klebkraut) und »Gnatzastöck« (Klatschmohn) entfernt werden. Die Kinder falteten die großen Blütenblätter zu einer »Blase« und zerknallten sie an der Stirn, daher der Name »Hieraklatscher« für diese Pflanze.
Gefürchtet war der Ackerhohlzahn, im Ries »Braandnessl« genannt. Beim Sammeln, Zusammenbinden und Aufstellen des Weizens bohrten sich die glasharten Kelchzähne in die Finger, so daß es zu Eiterungen (= rieserisch: Braand) kommen konnte.
Im Sommerfeld (Gerste, Hafer) waren »Dilla« (Hedrich, Ackersenf) zu Hause. »Dr Dillasoma hält se 40 Johr em Boda«, sagten die Alten. Das am meisten verbreitete Unkraut im Sommerfeld waren aber die Disteln. Man rückte ihnen mit dem Messer und später mit dem Distelstecher zu Leibe. Vor Pfingsten sollte man nicht »ge Dischla« gehen, weil sie gerne wieder nachwuchsen. »Ds Dischla« war gefürchtet, weil man sich die Hände voller Löchlein stach. Nach dem Waschtag wurden in der aufgeweichten Haut große Löcher daraus.
»Vor dr Ähred« wurde im »Erbirefeld« (Kartoffelacker) gegrast, wo sich »Dischl, Benda (Ackerwinde) ond Molda (Melde)« in großer Zahl fanden. »Wuchalang hot ma oft en ds Erbiregras gmüaßt«, erinnern sich die alten Bäuerinnen. »Flughaber, Windhalm und Fuchsschwänz« nisteten sich auf allen Äckern ein »ond hont oft recht wilde Stöck

gmacht«. Brombeerranken »hot ma gforchta«. Beim Sammeln des Getreides zerkratzten sie den Frauen die nackten Arme. Mit Vorliebe wuchsen die »Bromkräuter« an den Marksteinen, weil man an diesen Stellen nur schlecht ackern konnte.

»Schnür« (Quecken) waren ein weitverbreitetes »Übel«. Auf schlampig geackerten Böden, besonders »an de Gwanda« (Ränder), verdrängten sie alle anderen Pflanzen. Tagelang mußte man mit der Gabel zum »Schnürschüttla«. Von solchen Äckern hieß es: »Die ka ma an de Schnür ahänga ond wegzieha«.

»Ds Bodagras« bildeten die harmloseren Ackerunkräuter. Dazu zählten »d Katzaschwänz« (Zinnkraut, Ackerschachtelhalm) auf nassen Äckern, der Frauenspiegel (»des bloe Bleamle däff ma standa lossa«), »d Heardärm« (Sternmiere), »Männertreu« (Ehrenpreis) und »d Wura-

Disteln gehörten zu den gefüchtetsten Unkräutern

231

stengl« (Adonisröschen). Von letzteren hieß es: »Die dürre Denger standat vo alloi a.«

Wenn man zum Unkrautjäten ging, galt die Regel: »Om zwölfe muaß ma en ds Gras, daß ma ebbes ferte brengt.« Auf dem Acker gingen die Frauen dicht nebeneinander und rissen alles Unkraut aus, das sie sahen. Das Festtreten schadete den Getreidepflänzlein nicht. Beim Flachsgrasen hieß es sogar: »De Lei (Flachs) muaß ma recht vrwargla, nocht grot r.« Je nachdem, wie verunkrautet der Acker war, ging es mehr oder weniger schnell vorwärts. »Wamma a weng vom Oart komma isch, war s schöa, vorhe wann Kender drbei warat«, meint eine alte Rieserin. Vom vielen Bücken »hot oim ds Kreiz astände weah do«. Die Hände steckten voller »Doara«. Trotz aller Mühe konnte man immer nur einen Teil des Unkrautes ausraufen und bezwingen. Das Flachsfeld wurde stets ganz sauber ausgegrast. »Do hot ma jeds Hälmle Gras rauszoga«, wird bestätigt. »Lei« wurde allerdings auch nur auf einer kleinen Fläche angebaut.

Das gefüllte Grastuch leerten die Sammlerinnen »an de Gwanda« aus und schichteten in den Furchen Haufen mit Feldgras auf. Vor dem Heimgehen stopften die Frauen das Unkraut ins Grastuch (»do isch a Haufa neiganga«), banden die vier Zipfl zusammen und trugen den »Bonkl« (»Bünkel« = zusammengebundene Traglast) auf dem Kopf nach Hause. »Des hot oim schier de Hals adrückt« erinnern sich die ehemaligen Mägde. Disteln steckte man in Säcke – »die hont em Grastuach net ghebt« – und klappte sie z.T. zum Heimtransport auf den Fahrradständer. Auch die Kinder mußten ihre »Tragat Gras hoimschloifa«. War die Menge einmal zum Tragen zu viel, holte sie der Knecht mit dem »Somakärrale« (kleiner Wagen zum Hinausfahren des Pfluges und des Saatgutes aufs Feld) oder mit dem Bruckwägelein. Oftmals baten dann andere Grasweiber den Fuhrmann: »Nemmsch mei Gras o mit.« Das Feldgras diente als Viehfutter. »Bei de Baura hots koin Ausschlag geba, aber die kloine Leit sen drauf aus gwest«, heißt es. Gerade im spä-

Chemische Unkrautbekämpfung (30er-Jahre)

ten Frühjahr gingen bei den »Kloihäusler« die Futtervorräte zu Ende, sodaß Stroh, mit Unkrautgewächsen vermengt, als Heuersatz dienen mußte. Melchior Meyr schreibt (»Ethnographie des Rieses«): »Da der Ertrag der Wiese zur Fütterung nicht ausreicht, so legt sich der weibliche Theil aufs Grasen«. Begehrtes Futter für Schweine, größere Gänse und selbst Kühe waren die jungen Ackerdisteln. Den Kühen warf man sie einfach vor die Füße, nachdem man die Disteln im Brunnentrog gewaschen hatte, den Gänsen und Schweinen zerhackte man sie mit dem Weller. Der Volksmund hat in lächelnder Selbstironie aus dieser Notlage weniger eine Tugend als vielmehr einen Wohlstand gemacht: »Dischl ond Dilla helfat d Milchhäfa (Schmalzhäfa) fülla«.

Mägde mit gefülltem Grastuch (Festzug in Alerheim, 1933)

Als einmal eine alte Deiningenerin starb, die unzählig viele Disteln für ihre Gänse heimgeschleppt hatte, hieß es im Dorf: »Wann deara ihre Dischl ihr en d Leicht ganga dätet, gäbs an Zug vo dr obre bis zor ontra Mühl«.
Weil das Feldgras auf den eigenen Äckerlein nicht ausreichte, grasten »di kloine Leit« auch auf den Äckern der Bauern. »Däfft i of deim Erbireacker grasa?« fragten sie an, oder es hieß einfach: »I hab en deim Geaschtaacker a weng dischlt«. Die Deininger Frauen grasten »em Kloaschterfeld« (Klosterzimmern), wo es »ganze Platta vol Dischl« gab. Aus Schwörsheim, wo die meisten Junggänse im Ries aufgezogen wurden, kamen die Bewohner mit ihren »Wächala« nach (Kloster)-»Zemmer« zum Distelstechen. Von den alten Imkern aber kann man hören, daß die Acker-»Unkräuter« die beste Bienenweide abgaben.
In der Landwirtschaft von heute werden die Unkräuter zumeist einfach und wirksam – wenn auch ziemlich kostspielig – mit Mitteln der Chemie-Industrie »totgespritzt«. Die grundsätzliche Umweltschädlichkeit solcher Pesitzide ist inzwischen allgemein bekannt. Den Ruf, Mitschuld am fortschreitenden Aussterben zahlloser Pflanzen- und Tierarten (und damit zum Teil am Verlust unersetzlicher Genreserven) zu tragen, zog sich die modern-konventionelle Landwirtschaft nicht zuletzt wegen des selbstverständlich üblichen Pestizidgebrauches zu.

(1986)

Luzerne

»Ebbes vom Beschta«

Neben Rotklee zählte Luzerne früher zum wichtigsten und besten Ackerfutter. Das Anbauverhältnis war etwa drei Viertel Rotklee zu einem Viertel Luzerne. Vor allem »Gäulbaura« brauchten die Luzerne für ihre Rösser. Der Anbau ist stark zurückgegangen und nimmt weiter in dem Maße ab, wie die Milchviehhaltung aufgegeben wird.
Die Luzerne (der Rieser Bauer sagt »der Luzerner«) gedeiht auf tiefgründigem, lockerem, kalkhaltigem Boden ohne stauende Nässe. Die sehr lange, kräftige Pfahlwurzel erlaubt es der Pflanze, längere Trockenheit relativ unbeschadet zu überstehen. Die Luzerne stellt geringe Ansprüche an das Klima, wächst aber nicht in kühlen, feuchten Lagen. Im Frühjahr wird sie unter einer Deckfrucht (z. B. Hafer) ausgesät. Sie ist eine schnellwüchsige Pflanze mit Trauben von blauen oder violetten Blüten.
Früher achtete der Bauer darauf, daß sie richtig ausgebildete Stengel hatte, ehe er zum ersten Mal mähte. »Wamma n z jong gmäht hot, hotr se verbluat«, heißt es. Am besten war es zu warten, »bis r Blüatla ofm Kopf ghet hot«. Jetzt war auch der Wurzelstock kräftig ausgebildet. Während früher die Luzerne dreimal jährlich gemäht wurde, wird heute zu oft gemäht, wie die alten Bauern es beklagen. »Iatz mäht s n z Toad«, kann man hören.
Der Luzerneacker nahm es übel, wenn auf ihm zu viel herumgefahren wurde. Der Einsatz von schweren Maschinen, wie er heutzutage allenthalben in der Landwirtschaft erfolgt, ist deshalb dem Luzerneacker nicht bekömmlich.
Fünf bis sieben Jahre Lebensdauer waren früher die Regel, dann wurde umgerissen. Sehr geschätzt wurde die günstige Wirkung der Luzerne als Vorfrucht (Stickstoffsammler). Weil Unkräuter wenig aufkommen konnten, hinterließ die Luzerne obendrein einen sauberen Acker.

Luzerne

Ackerfutter (z. B. Rotklee und Luzerne) war um die Hälfte besser als Wiesenfutter. Während Rotklee in der Hauptsache grün verfüttert wurde, geschah dies bei der Luzerne nur zu einem ganz geringen Teil. Beim Genuß von junger Luzerne blähte es die Tiere leicht. Luzerne wurde fast ausschließlich gedörrt und wie Heu verfüttert.
Selbst jetzt konnte sie noch, wenn sie zäh war, bei Pferden eine Kolik auslösen.
»Über Nacht isch dr Luzerner oft wieder lewende woara«, heißt es, »weil r em Stadel dren recht mitm Weter ganga isch (Feuchtigkeit anzog)«. Aus diesem Grunde legte der Bauer eine Lage Stroh darauf.

Luzerne ist ein besonders eiweißreiches Futter. Den Pferden wurde gedörrte Luzerne »aufgesteckt« (in die Raufe gesteckt). »Ma hot s de Gäul a(n)gseaha, wann s Luzerner kriagt hont. Do hont se se gmacht«, sagen die Alten. »Gmandelta Luzerner« (zum Dörren über aufgerichtete Holzprügel, eine Art Heinzen, gehängt) fraßen auch »d Möggale« (Kälber) und »d Kalbla« (sollten davon leichter trächtig werden). »Wenzhä« (Heu von den Wörnitzwiesen) und »gmandelter Luzerner« waren »ebbes vom Beschta«, erfüllten die Anforderungen an ein Idealfutter. Ihr Duft verbreitete sich im ganzen Stadel: »Alles hot noch Wenzhä ond Luzerner gschmeckt.«

Die Luzerne, einst begehrtes Ackerfutter, wurde früher fast ausschließlich gedörrt verfüttert. Die Luzernetrocknung war allerdings komplizierter als die beim Heu. Die Luzerne wurde »gmandelt«, weil man sie anders nicht hätte »verdörra könna«. Es heißt: »Do wärat d Blätla wegbrocha und d Stengel übreblieba« – und gerade die Blättchen machten das schmackhafte, nährstoffreiche Kraftfutter aus. Zwischen »Häat ond Ähret« (Heu- und Getreideernte) wurde die Luzerne zum ersten Mal gemäht und getrocknet. Die alten Bäuerinnen meinen seufzend: »Nochm Häat hot ma gmoit, ma häb iatz a weng a Ruah, drweil isch mitm Mandla loasganga.«
In der Holzhütte oder an einem besonderen Platz im Stadel lehnten die »Mand(e)lprüg(e)l«. Je nach Größe des Hofes waren es 100 bis 150 Stück. Es waren Fichtenstangen von zweieinhalb bis drei Metern Länge. »D Mand(e)lprüg(e)l hot ma se selber gricht«, heißt es. Sie stammten aus einem »Stängleshaufa«, den der Bauer gekauft hatte. Wer sie in acht nahm, »hot lang dra ghet«. Ab und zu »hot se oier de Fuaß brocha«, dann mußte der Vorrat ergänzt werden. Die Prügel blieben solange auf dem Feld stehen, bis der letzte Schnitt getrocknet war, dann wurden sie heimgefahren und unter Dach gebracht.
Die Holzstangen waren am oberen Ende durchbohrt. Mit Draht wurden jeweils drei Prügel zusammengehalten. Beim Aufstellen standen

zwei Prügel in SW-Richtung. Etwa einen halben Meter vom Boden entfernt waren Querstecken mit Strohbändern an die »Mand(e)lprüg(e)l« gebunden. Auf sie wurde das Dörrgut gelegt. Zum Schluß kam »en d Mitt nei no a Stecka, daß ds Fuader net of de Boda ghangt isch«.

Nach dem Mähen blieb die Luzerne zwei Tage liegen, bis sie »richte a(b)gwelkt« war. Sie mußte, bevor sie »aufgmandelt« wurde, trocken (nicht dürr) sein. War Feuchtes darunter, konnte es sein, »daß oier sei ganz Fuader he gmacht hot, weil alles vergrot isch«.

Die trockene Luzerne war auf »Schloha« (niedrige, schmale Reihen dürren Heus, Ohmats udgl.) gerecht worden. Zwei Personen »hont rengs om de Mandel reitraga«. Sie behängten nun das Holzgerüst. Zuerst kamen große »Wisch Luzerner« an die drei Ecken, danach in die Mitte. Diese Reihenfolge wurde beibehalten: »Awel de gleicha Weg em Reng rom«. Soweit »ma hot langa könna«, geschah die Arbeit mit den Armen; »fr oba nauf« hatte man zwei verschieden lange Gabeln dabei. Sorgfältiges Arbeiten war Voraussetzung. »Do hot oier net schlampa däffa, soscht hot r nix Guats kriagt«, hieß es. Manche waren recht »aparte« (eigen, besonders bedacht auf sauberes Arbeiten). Von den Prügeln durfte nichts mehr sichtbar sein. »soscht hot s reigregnet«. Zum Abschluß bekam das Luzernemännlein »a Dächle« oder »an Huat« oder »a Kapp«.Meistens war es der Bauer selbst, der oba zuagmacht hot«. »D Kapp« mußte schön rund sein und die richtige Breite haben, damit das Wasser ablief. Ehe der nächste »Mandl« in Angriff genommen wurde, rechten die Frauen sauber ab, auch unter dem Holzgerüst hervor und »rengsweisrom«. Jetzt konnte die Luft durchstreichen und die Luzerne »verira« (gären).

»Ds Mandla war a Sauarbet«, klagen die Alten. »Zo 30 Mand(e)l hont vier Leit de ganza Nommetag schaffa müaßa«, heißt es. Allerdings war das Dörrgut nun »aus dr Arbet«. Regen konnte der Luzerne nichts mehr anhaben. Viel Ärger bereiteten aber oft Wind und Sturm, welche die »Luzernermand(e)l« umwarfen. Das Behängen ging jetzt viel

»Luzernermandl«

schwerer als beim ersten Mal. »Gar oft hot ma s drei ond viermol aufstella müaßa«, klagen die alten Bauern. »Greina hätt e oft könna«, gesteht eine ehemalige Magd. Beim Anblick eines Luzernefeldes, auf dem der Sturm alle »Mandl« umgeworfen hatte, forderte der Bauer seinen ein Stück weit entfernt stehenden Sohn auf: »Gang her ond hilf mr helfa fluacha!«

Nach etwa 14 Tagen war die Luzerne gedörrt und konnte heimgefahren werden. Hatte es viel geregnet, wurde sie vorher noch aufgebreitet, »daß d Sonn no a weng dren nei ka«. Bei gut »gmandlter« Luzerne war vielleicht »a rechta Gabel vol« verwittert, das übrige zeigte eine schöne blaugrüne Farbe.
Auf die gleiche Art und Weise wurden auch Klee (»Somklea« = Klee zur Samengewinnung), Erbsen und Wicken gedörrt, selten Gras bzw. Heu (im Gegensatz zum regenreicheren, rauheren Allgäu). »Ds Mandla« gehört der bäuerlichen Vergangenheit an. Die Prügel sind ins Feuer gewandert oder dämmern unter Vordächern und in Städeln dahin. Luzerne wird nur noch selten angebaut. Verschwunden sind auch die Ackergäule, die den Leckerbissen »gmandlter Luzerner« genüßlich aus der Raufe zogen. (1992)

Roggen

»Juli bringt Sichel für Hans und Michel«

Heute ist die erste Frucht, die geschnitten wird, die Wintergerste. Früher, als fast niemand Wintergerste baute, war es der Roggen. »An Jakobe (25. Juli) schneid ma, ond wann ds Koare net zeite isch, nocht sen s d Leit«, hieß es.
Der Roggen wollte einen leichten, eher sandigen und steinigen, »kifrige« Boden. »So ging die Ernte an; der Triebacker kam zuerst an die Reihe. Er hatte Sand in seiner Krume, da zeitigte die Frucht früher« (Friedrich Völklein in »Bauer Martin«). »Em Hahneberg«, »em Tiergarte« ond »em Spitzaberg« bauten die Appetshofener Bauern deshalb ihr »Koara«.
Im Herbst »hot ma beizeite säe müaßa«, erzählen die alten Bauern. Die Roggen-Saat ging rasch auf. Fehlte es danach an der nötigen Feuchtigkeit, »isch r geare vrdämmlt« (»Dämmel« = Schimmel). »An Michaeli (29. Sept.) soll der Roggen ins Dorf scheinen«,hieß es. Für manche sollte das schon an »Maria Geburt« (8. Sept.) der Fall sein und sie hielten sich deshalb an die Regel: »Vor Ägid (1. Sept.) a Rogga, noch Ägid a Röggale.« Auf jeden Fall sollte die Aussaat des Roggens so früh vorgenommen werden, »daß r guat en Wenter komma isch«. Die Saattiefe betrug höchstens zwei Zentimeter, denn »dr Rogga will de Hemel seha«. Da der Roggen schnell abbaute, wurde die Sorte öfters gewechselt.
Der Roggen konnte nach allen Früchten angebaut werden, auch nach ihm selbst, aber besser gedieh er nach »Säubohna« (Ackerbohne); nach »Erbira« (Kartoffeln) gab es sogar sehr gute Erträge.
Auf dem Roggenacker wuchsen allerlei Unkräuter. »Stoffel« (blaue Kornblume) und »roate Rada« (Kornrade) gediehen hier prächtig. »Dr Klepper« (Klappertopf) verwandelte ganze Roggenäcker in ein gelbes Blütenmeer. Er war ein gefürchtetes Unkraut, weil er als Halbschmarotzer die Getreidewurzeln anzapfte und dadurch den Ernteer-

Roggenähren

trag verminderte. »Gnatzastöck« (roter Klatschmohn), »Sara« (Klebkraut) und »Bende« (Windeln) waren in großen Mengen im Roggenfeld daheim. »Vogelwicka« sah der Bauer nicht ungern auf dem Acker, sie ergaben ein gutes »Dreschgsod«.

In den Ähren fand sich bisweilen ein Mutterkorn: ein schwarzvioletter, harter, bis zwei Zentimeter langer Pilz-Körper, der sich statt jeweils eines Getreidekorns in den Ähren ausgebildet hatte. »Des hot ma en d Apothäak brenga däffa«, erinnert sich ein alter Appetshofener. In der Medizin (Gynäkologie) wurde das Mutterkorn angewandt.

Manche Ähren zeigten etliche leere Spelzen. »Die sen zah(n)luckat«, hieß es dann. Derartige Ausfälle gab es, wenn es während der nur wenige Stunden dauernden Roggenblüte viel regnete, und die Wind-Bestäubung nicht richtig vor sich gehen konnte.

Die Ernte kann beginnen (Forheim, 1912)

»Margareta (13. Juli) beißt em Koara d Wurzl a«, sagte der Bauer. »Nach dem Magdalenentag (22. Juli) reift das Korn Tag und Nacht« und um Jakobi (25. Juli) und Anna (26. Juli) war es dann soweit, daß sich das Korn über den Nagel biegen ließ. Ein Warten bis zur Vollreife hätte einen starken Kornausfall bedeutet.
An den Roggenhalmen waren häufig »Benda drübernaus gwachsa«, so daß sich die Frauen »beim Wegmacha« (Aufsammeln) arg plagen mußten. Damit die Garben gut durchtrockneten, legten die Frauen nur eine »Sammlet« ins Band. Die Garben wurden mit Roggenstroh zugebunden und sofort aufgestellt. Der Roggen reifte in den Mandeln (eigentlich 15 Garben) nach und wurde heimgefahren, wenn das Korn hart geworden war. Neun Garben ergaben eine(n) Mandel. Drei Garben wurden als Hut zum Schutz darüber gestülpt, damit der Regen

»Ähret« um 1935

»D Ähret« macht durstig

keinen großen Schaden anrichten konnte. Trotzdem wuchs bei längerer Regenperiode das Getreide aus »ond s hot sott lange Kehrwisch geba«. Bis zum Dreschen im Winter konnte der Roggen noch etliche Monate im Stock ausschwitzen.

Früher machte der Roggen ein Drittel des Wintergetreides im Ries aus. Heute wird in unserer Gegend nur noch wenig Roggen angebaut. Das Roggenstroh war »a Strähstroah«, das mit dem Strohabschneider durchgeschnitten wurde, ehe es die Tiere als Einstreu erhielten. Das Roggenstroh schnitt der Bauer nicht ans Fressen fürs Vieh, dafür nahm er Gersten- und Haferstroh. Begehrt war das lange Roggenstroh zum Anfertigen von allerlei nützlichen Dingen, die auf dem Bauernhof gebraucht wurden. Dafür verwendete man flegelgedroschenes Roggenstroh. In den Wintermonaten fertigten die Männer »Broat-, Emma-, Gees- ond Heherkirb« (Brot-, Bienen-, Gänse- und Kükenkörbe) aus Stroh, flochten »Stroah-Sogga« (Strohschuhe) und Teppiche, drehten Bänder zum Zubinden der Getreidegarben und »Fegwisch« zum Feueranzünden. Der Strohsack im Bett wurde zweimal im Jahr mit frischem Roggenstroh aufgefüllt. Ein in Roggenstroh gehüllter Bursche wurde an Fasnacht mit der Geißel durchs Dorf getrieben. Dieser Brauch war ein Überbleibsel des heidnischen Winteraustreibens. Alle Strohdächer waren aus Roggenstroh.

Beim Brotbacken verwendete die Hausfrau in der Hauptsache Roggenmehl. Es lagerte in der Mehlkammer, wo die Mehltruhe mit den drei Fächern »Schöamehl« (Weizen), »rigges Mehl« (Schwarzmehl, Roggen) und »Nochmehl« stand. Roggenmehl war das Brotmehl schlechthin.

Aus geröstetem, gemahlenem Roggen konnte Kaffee bereitet werden. Um dessen Geschmack zu verbessern »hot ma an koffta dra na gmischt«,

Der Bauer unterschied zwischen dem »groaßa Rogga« (schöne Körner) und dem »kleina Rogga« (Abfall). Ihn bekamen die Tiere zu fressen. Bei den Kälberkühen hieß es: »Vom Rogga gebat s viel Milch.« Auch Stuten mit einem Füllen bekamen Roggen. Es galt: »Em Füllesgaul ghöart a Schaff vol Rogge.« Die Stechsau wurde mit gequollenem Roggen gemästet. Dazu nahm die Bäuerin einen alten »Rutscher« (irdener Topf), den sie mit Roggen und Wasser füllte und beim eisernen Ofen

»en d Katzehöll« (ebenes Plätzchen zwischen dem Ofengehäuse und der Feuerwand) stellte.

»An Georgi (23. April) soll sich ein Rabe im Roggen verstecken können.
Dr Moi isch a Roggeflicker (bessert die Schäden im Roggenfeld aus).
A blende Henn fend o amol a Köarele.
Descht a andrs Koara, hot dr Müller gsagt, wie r en Mausdreck bissa hot.
Wo du drosche hosch, suach i koi Koara (ist nichts zu holen).
Der woiß net, wo s ds Koara git (ist nicht auf dem Laufenden).
Der hockt na wie d Baure, wann s ds Koara vrkofft hont (so breit).
Em Koare isch so wohl onterm Schnea, wie am alte Ma onter dr Decke.
Wamma Koare eggt, muaß dr Bode staube.
Dezember kalt mit Schnee, gibt Korn auf jeder Höh.
Ma schneidt de Haber net vorm Koara (verheiratet die jüngere Tochter nicht vor der älteren)«. (1988)

Festtagsbrote

»Kirbebroat ond Läfel«

Neben dem »täglichen Brot« gab es früher auch die Fest(tags)brote. Es waren nicht in erster Linie vermehrte Zutaten, sondern oft die besondere Form und vor allem der Anlaß, zu dem solche Brote gebacken wurden, die sie als »ebbes Bsonders« erscheinen ließen.
Beim Hochzeitsmahl fand jeder Gast auf seinem Teller »ds Hoagsatloible«. Es war ein Brotlaiblein von etwa einem Pfund. Die Wirtin hatte dem Dorfbäcker die Anzahl der Hochzeitsgäste mitgeteilt. Am Morgen des Hochzeitstages hatte der »Bäckabua« mit dem Leiterwagen das Brot gebracht. Auswärtige Wirte holten alles Backwerk (Hochzeitsbrot, »süaße Bretzga«, Semmeln, »dicke Torta« = Biskuittorten) mit dem Bruckwägelein ab.
»Ds Hoagsatloible« wurde meist nur versucht und dann »en d Salväat« (weißes Tuch) eingewickelt und »mit hoim gnomma«. Zum Mahl kaufte man sich dann eine Semmel. »Of ds Hoagsatloible isch ma drauf aus gwest«, heißt es. Es schmeckte eben anders als das eigene Brot, das man tagtäglich aß.
Wenn der »Bräutl-« oder »Ei(n)zugswaga« in den Hof einfuhr, wurde aus einem Körbchen heraus an die herumstehenden Neugierigen (vor allem Kinder)»Eizugsbroat« verteilt. Daß dieses Brot, das man geschenkt bekam, besonders gut schmeckte, versteht sich.
Eine Magd, die an Lichtmeß an einem neuen Platz »a(n)stand«, wurde meistens von der Mutter begleitet. Die Bäuerin lud zu einer »Schal Kaffa« ein und überreichte der Mutter zum Abschied einen Laib Brot, »de A(n)führloib«. Es sollte damit wohl zum Ausdruck gebracht werden, daß es im Haus genug zu essen gäbe, und die Mutter gewiß sein könne, daß ihre Tochter nicht hungern müsse.
An der Kirchweih kamen auch »ogladne Kirbegäscht« (ungeladene Kirchweihgäste, Bettler). Sie wünschten »viel Glück zor Kirbe«. Mei-

Brotbacken (Goldburghausen)

stens bekamen sie ein Stück »Kirbebroat« (manchmal auch »an Reng« oder »a Kiachle«). Die Hausfrau hatte dieses Brot anstatt mit Wasser mit Bier angemacht. Sie hatte auch »a Händle vol« mehr weißes Mehl genommen als zum »gwöhniglicha Broat« und das Gewürz nicht gespart.

»Zom Nußmärte« (11. November) gab es das erste Hutzelbrot. Die Hauptzutaten »Hutzl ond dörrte Zwetschga« hatte die Hausfrau den Sommer über selber bereitet, für die restlichen Zutaten (Nüsse, »Zibäba«, »Pommeranzaschal«) galt: »Man nehme, so man hat.« Am Zucker

»Hoagsatloible«

wurde nicht gespart, so daß dieses süße Brot für die Kinder zum Festbrot schlechthin wurde.

An einem guten Platz erhielten Knecht und Magd zum »Nußmärtel« ein Hutzelbrotlaiblein. Wenn die Nachbarin »zom Christbaumgschoba« kam, reichte ihr die Hausfrau den Hutzelbrotlaib »zom Raschneida« und schenkte ein Gläslein selbstangesetzten (Nuß)likör ein.

Ein ganz besonderes Brot wurde auf Neujahr gebacken. Es hatte die Form, die man allgemein als Kipf bezeichnet, und wog etwa 100 – 150 Gramm. Dieses Brot hieß im Ries »Läfel«. Es gehörte »de Läflschreier«, die an den Tagen um Neujahr durch die Dörfer zogen. Es waren Kinder von Hirtenhäuslern und anderen armen Leuten. Der »Läfelspruch« hieß:

»Läfl raus, Läfl raus,
Ma wescht a glückseligs nuis Johr en ds Haus!«

(1990)

Sommergerste

»D Geascht muaß en 100 Tag wieder em Sack sei«

»Dr Augusti macht d Baura lusti« – so heißt eine alte Bauernregel. In diesem Jahr scheint aber eher das Gegenteil zuzutreffen. Der ständige Regen macht einen Beginn der Ernte unmöglich. Die Wintergerste ist bereits überfällig. Früher wurde im Ries fast ausschließlich Sommergerste gebaut. »Nor hongrige Baure bauet a Wentergeascht«, wurde gespottet. Sie war nämlich früher reif, und wer mit seinen Futtervorräten am Ende war, hatte wieder Nachschub. Heute wird fast nur noch die ertragreichere Wintergerste bevorzugt. Die Sommergerste machte früher drei Viertel des Sommergetreides aus, der Hafer ein Viertel. Auf milden, sandigen Lehm- oder lehmigen Sandböden gedieh die Sommergerste bei ausreichend Wasser und Kalk.

Im Rahmen der Dreifelderwirtschaft waren Wintergetreide (ausgenommen Wintergerste) oder gedüngte Hackfrüchte die Vorfrucht für das Sommergetreide. »Of da Woizaacker isch em Friahle d Geascht nakomma«, heißt es. Im Herbst wurde dafür der Acker seicht »gäckert«, also die Stoppeln gestürzt, »gwaischt«, wie man im Ries dazu sagte. Ein zweites Mal, beim »Falcha« oder »Aäckre«, wurde der Acker etwas tiefer »gäckert«. In diesem Zustand blieb der Acker bis zum Frühjahr liegen. Jetzt bereitete der Bauer das Saatbeet für die Gerste, indem er die Schollen mit der Egge einebnete und das Erdreich fein machte. Die Gerste »sagte« nämlich: »Fahr mi recht und egg mi wohl, nocht lieg i de ganza Somer wohl«. Ausgangs März wurde gesät. »Die Alte hont an d Märzageaschta an rechta Globa ghet«, weiß man. Etwa zwei bis drei Zentimeter tief wurden die Gerstenkörnlein »neigeggt«. Als Untersaat kam oft Rotklee ins Sommerfeld. Jetzt wurde der Acker noch mit der Walze überfahren. Dies geschah ein zweites Mal nach dem »Auflaufen«, wenn die Gerste das zweite oder dritte Blatt hatte.

Im Gerstenfeld machten sich vor allem »Dischl« (Disteln), »Dilla« (Hederich), »Benda« (Winden) und »Flughaber« breit. Wochenlang mußten die Frauen »zom Grasa« und die Unkräuter mit der Hand herausreißen. Mit dem Distelstecher rückten sie den Disteln zu Leibe, gegen den Hederich wurde später z. T. auch mit Eisenvitriol gespritzt. Beim »Wegmacha« (Aufsammeln des gemähten Getreides hinter dem Schnitter) zerstachen sich die »Weiberleit« Arme und Hände an den »Dischldoara«. Zum Schutz der nackten Arme zog man sich »Bendärmel« an. Oftmals war es fast nicht möglich, die »Sammlet« (Armvoll Getreide) aus dem Wirrwarr der »Benda« wegzuziehen. »Ganget nor her ond schägat a weng drauf«, befahl die Mutter den Kindern in einem solchen Fall. Eine »Sammlet« nach der anderen wurde auf den Boden gelegt. Bei gutem Wetter reichte es, wenn die Gerste einmal

Mädchen mit Feldblumenstrauß (Goldburghausen)

umgedreht wurde. Bei Regenwetter allerdings konnte es passieren, daß man bis zu zehnmal »hot omkehra müaßa«. Besonders heikel war »d Kleageascht« (Gerste mit Klee als Untersaat). Damit sie gut trocknete, wurden die »Sammleta« klein gemacht und beim Umdrehen gut aufgeschüttelt. Regnete es viel, jammerte man: »D Kleageascht isch wieder oi Lonza« (Dreck, Kot).

Beim »Sammla« (Zusammentragen von etwa vier »Sammleta« zu einer Garbe) und Binden in Strohbändern halfen auch die »Mannsbilder«. Auf größeren Höfen besorgten die Schnitter das Binden, Knecht und Magd luden auf, und der Bauer in seiner weißen Leinenschürze fuhr die Gerstenfuhren nach Hause.

Früher ließ man die Gerste im Stock gut ausschwitzen, ehe sie gedroschen wurde. Das Gerstendreschen war gefürchtet. »Des agat Handwerk hot ma kante ghet«, meinen die alten Bauern. »Ganz krank woara isch ma do«, heißt es, und manche behaupten sogar, daß sie dabei »schier gstorba« seien. Der Einlasser auf der Dreschmaschine schlüpfte in einen Zwilchsack, den er sich um den Bauch band, um vor den Grannen, »de Aga«, sicher zu sein. »D Aga hont oin kratzt ond bissa, daß schier net zom Aushalta gwest isch«, jammern die Alten. Man schlüpfte barfuß in die Schuhe, weil sich die Grannen in den Strümpfen so festsetzten, daß sie daraus nicht mehr zu entfernen waren. Zum Gerstendreschen »hot ma ebbes Extrigs a(n)zoga«, das man hinterher »en de Lompa-Sack gschmissa hot«.

Das Gerstenstroh wurde ans »Hä« (Heu) oder ans »Waischklea« (Klee, der im Herbst auf dem Gerstenstoppelfeld wuchs) geschnitten, wurde also verfüttert. Besonders »ds Kleageaschta-Stroh« war begehrt. »Des war so guet wie ds Hä«, versichern die alten Bauern. »Ds Gehm«, das kurze Stroh, das beim Dreschen durchs Gatter fiel, wurde zu »Gehmbüschela« zusammengebunden. Der Bauer schnitt das »Gehm« ans Futter, insbesondere ans »drimähdige Ohmed« (3. Grasschnitt) oder warf es den Kühen einfach zum »Ausstuttere« (»stuttere« = stochern, suchen nach etwas) »vor de Bara na«. »Ds Geaschta-Dreschgsod«

(Getreideabfälle), besonders wenn es viele Distelblättlein enthielt, wurde verfüttert und »gsträht« (eingestreut).
»Geaschta-Bruch« (geschrotete Gerste) bekamen Schweine und Kühe. Den besten Schrot ergab freilich ein Gemisch von Hafer und Gerste. »Do hont s a feina Decke kriegt« (feines Haarkleid) heißt es. Von ihren Hennen sagte die Bäuerin: »De Haber mögat se, aber vo dr Geascht legat se.« Ihnen schüttete sie die Gerstenkörnlein zum Herauspicken in den Futtertopf. In Notzeiten dörrte die Hausfrau Gerste, um daraus Malzkaffee zu bereiten.
Die Rieser Gerste war als Braugerste begehrt, und die Nachfrage stets lebhaft. Die Brauer wünschten sich eine dickbauchige, goldgelbe, feinspelzige Gerste mit strohartigem Geruch, bei gutem Wetter geerntet und mit niedrigem Wasser- und Eiweißgehalt. Solch »hagere« Gerste soll es eher an den Ries-Rändern (Schmähingen, Hürnheim, Hohenaltheim) als in der Ries-Mitte gegeben haben. Für Braugerste war geringe Stickstoffdüngung angezeigt, damit der Eiweißgehalt niedrig war. (Aus diesem Grunde ist auch Wintergerste mit ihrem höheren Eiweißgehalt als Braugerste nicht geeignet; ihre dickeren Spelzen würden zudem den Geschmack des Bieres negativ beeinflussen). Die Braugerste wurde von den Bauern nicht in der Nördlinger Schranne verhandelt, sondern ab Hof an die Brauereien verkauft. Die »Zäpfer« (Zapfenwirte) bekamen von ihren Bräuern beim Verkauf der Braugerste ein paar Mark mehr für den Doppelzentner. (1987)

Weizen

»Gedeiht das Korn im Ries...«

Im Volksmund spiegelte sich lange Zeit die überregionale Bedeutung des Rieser Getreideanbaues in Form von Dinkel, Weizen und Roggen: »Gedeiht das Korn im Ries, spürt man s bis Paris«. Nördlingens und Oettingens Schrannen spielten im Getreidehandel eine wichtige Rolle. Die guten Rieser Böden waren von jeher bevorzugtes Anbaugebiet für den Weizen. Schon zur Zeit der römischen Eroberung und Besiedlung (90 – ca. 260 u. Z.) war der Weizenanbau von besonderer Bedeutung. So soll jeder Legionär der am Limes stationierten Truppen täglich zwei Pfund Weizen als Grundnahrung erhalten haben, woraus er sich einfache Mehlgerichte selbst bereiten konnte.

Der Weizen will einen guten, schweren bis mittelschweren Boden. »Ond dean git s ja em Rias fascht iberall«, wissen die Bauern zu berichten. Weizen wurde fast ausschließlich als Wintergetreide angebaut. Sommerweizen war selten. War der Winterweizen recht »ausgwintert« (schlecht gekommen), »hot ma em Friahle an Somerwoiza drenn nei gsät«. Auch mancher, der im Herbst »nemme z Schuß komma isch«, baute Sommerweizen auf einem Acker. An Äckern, die von Hecken und Bäumen umsäumt waren, wurde gerne »Bartwoiza« (Weizen mit Grannen) gesät, weil ihn die Vögel, die hier vermehrt auftraten, nicht auspicken konnten.

Der Weizen kam aufs Brachfeld, das heißt Vorfrüchte waren Rüben, Kartoffeln, Ackerbohnen, Klee oder Wicken. Er wollte einen gut gedüngten Boden. Fast ohne Dung kam man aus, wenn vorher »Säubohna« (Stickstoffsammler) angebaut waren.

Die beste Zeit für die Weizenaussaat war »acht Tag vor Michele (29. September) ond acht Tag noch Michele«. Eine saubere, etwas tiefere Pflugfurche war die hauptsächliche Vorarbeit für die Saat. Das Saatbeet sollte nicht zu fein hergerichtet sein, weil größere Erdklumpen

»Schnittersleit« (Ziswingen, 1945)

(»Scholla«) die Weizenpflänzlein gegen die kalten Winde schützen und damit Auswinterungsschäden hintanhalten konnten. Gesät wurde der Weizen von Hand und dann »nagäckert« (hinuntergeackert).
Folgende Sorten hatten früher im Ries einen guten Ruf: »Ackermanns Bayernkönig«, eine frühreife, anspruchslose Sorte. (Die Müller schätzten ihn wegen des hohen Klebergehaltes. Das Stroh war allerdings übermäßig lang, so daß ihn die Bauern nicht so gerne hatten.) – »(Langs) Tassilo«, weit verbreitet wegen seiner guten Bestandsdichte, seiner weitgehenden Widerstandsfähigkeit gegen Rost und seines guten Ausreifungsvermögens. – »Mauerner begrannter Dickkopf«, mit-

telfrüh, kurzstrohig, genügend winterfest. (Er wurde dort bevorzugt, wo auf die Standhaftigkeit besonders großer Wert gelegt wurde). – Sehr guter Boden war Voraussetzung für den »Traublinger Dickkopf«, der sich durch Standfestigkeit, mittelfrühe Reifung und gute Winterfestigkeit auszeichnete.

Das Saatgut wurde aus dem eigenen Anbau genommen. »Früher hots net so viel Schererei drom geba«, sagen die alten Bauern. Oft wurde vier bis sechs Jahre dieselbe Sorte angebaut. Man tauschte frisches Saatgut von anderen Bauern ein. Wer einen Zentner Saatgetreide im Lagerhaus gekauft, einen Morgen damit gesät und dann gedroschen hatte, wurde von den anderen angegangen: »Tausch mr an Zentner weg«. Ende der 20er Jahre wurde mit dem Naßbeizen des Saatgutes (zum Schutz gegen Krankheiten) begonnen.

Der Weizen, der große Ansprüche an Klima und Boden stellt, machte von jeher einen erheblichen Teil des im Ries angebauten Getreides aus. Im zeitigen Frühjahr wurden die gefrorenen Pflänzlein angewalzt und der Boden mit der eisernen Egge aufgerissen und wiederholt gehackt. »An saubra Acker hot dr Woiza gwöllt«, heißt es. Im Weizenfeld machten sich allerlei Unkräuter breit: Windhalm, »Dischl« (Disteln), »Heherdärm« (Vogelmiere), »Gnatzastöck« (Klatschmohn), »Klepper« (Klappertopf), »Sara« (Klebkraut), »Braandnessl« (Ackerhohlzahn) und »Benda« (Ackerwinde). Die Frauen mußten wochenlang zum Grasen und die Unkräuter mit der Hand herausziehen.

Nach dem Roggen kam meistens der Weizen zum Schneiden an die Reihe. Der Bauer ging aufs Feld und prüfte, ob der Weizen reif war. »Zeitig« mußte er sein, sonst war das Mähen »a Sünd«. Allerdings durfte er auch nicht zu reif sein, weil er dann gerne ausfiel. »Ds Woizaschneida« war (fast) immer eine anstrengende Arbeit. Die hohen Sorten (Strohweizen) »sen geara vrdlega«. Sturm und Regen warfen das Getreide oft kreuz und quer auf den Boden, so daß die Schnitter gar nicht mehr wußten, wo sie sich beim Mähen hinstellen sollten. Die

Frauen jammerten, wenn sie »beim Wegmacha« (aufsammeln) dieses »neigschmißne Troid« in die Höhe ziehen mußten. »Ausm Kreizweah isch ma do nemme nauskomma«, erinnern sich die ehemaligen Mägde. Solch »vrdlegns Troid« bereitete zweimal soviel Arbeit wie ein schön stehendes Feld. »Bolzgrade Woiza« waren aber auch schlecht zum Mähen. Die Halme sollten etwas hängen.

»Wegmacha«

Erntewagen (Brachstadt, 20er-Jahre)

Zwei »Sammleta« Weizen ergaben eine Garbe. Zum Trocknen wurden die Weizengarben aufgestellt. Bei sehr reifem Weizen mußte damit allerdings gewartet werden, »bis a Tob (Tau) ghet hot«, weil sonst die Körnlein zu sehr ausgefallen wären.
Sieben bis neun Garben wurden zu einem »Troidmand(e)l« zusammengestellt. Bei sieben Garben war die Durchlüftung besser, neun Garben blieben aber besser stehen. Bei starkem Wind konnte es nämlich passieren, daß alle Mandel eines Feldes umstürzten. Bei gutem Wetter blieb der Weizen drei – vier Tage auf Mandeln stehen, bei schlechtem Wetter oft sehr lange.

Sobald der Weizen geschnitten war, sagte die Mutter: »Kender gont naus ond teant Ähra klauba«! Nicht nur auf dem eigenen Acker, sondern auch auf den Äckern der größeren Bauern, die sich nicht mit Ährenlesen abgaben, wurde gesammelt. Nach dem Krieg waren es oft Flüchtlinge und Vertriebene, die sich durch Ährenlesen manches Pfund Mehl in der Mühle eintauschen konnten.

Mehlspeisen nahmen in der Rieser Küche einen besonderen Platz ein. Melchior Meyr zählt in seiner »Ethnographie des Rieses« einige auf: »Nudeln (Dampf-, Rohrnudeln), Spatzen, Schupfnudeln, Rohrmus, Eierplatz«. Das Mehl mußte keine Hausfrau sparen, gab es doch Weizen in Hülle und Fülle.

Das neue Korn sollte im »Viertel« (Abteilung im Stadel) nicht anziehen, nicht feucht und zäh werden. Auf dem Boden-Etter ließ man deshalb »a weng an Gruscht lega« (altes Stroh). Beim Abladen wurden die Weizen-Garben der ersten Reihe so geschichtet, daß »d Stoaßla« auf den Boden zu stehen kamen und die Ähren in die Höhe ragten, damit die Körner nicht ausfielen.

Mit dem Flegel sei der Weizen schlecht zu dreschen gewesen, erinnern sich die alten Rieser, deren Großväter noch keine Dreschmaschine besaßen. Beim Dreschen mit der Maschine »hot dr Woiza recht gstobbt, wann r schlecht reikomma isch«. Der durchschnittliche Ertrag pro Morgen lag bei 15 – 20 Zentnern (heute ca. 50 Zentner).

Das Weizenstroh war »habhaft«, das heißt lang und hart. »D Gäulbaura« fütterten ihren Pferden gutes Weizenstroh. Es wurde sehr kurz geschnitten, zu sog. »Helm«. Im Sommer wurde es »an ds Klea nagschnieta« und jetzt auch von den Kühen gefressen. »Minderes« Stroh diente als Einstreu. »Ds Woizagehm « (kurzes, zusammengerissenes Stroh, das beim Dreschen unter dem Gatter durchfiel) war begehrt. »Woizagehmbüschala« wurden den Pferden aufgesteckt oder beim »Gsodschneida« zusammen mit Heu und Ohmed geschnitten.

»Ds Dreschgsod« (Getreideabfälle) wurde entweder verfüttert (»ma hot s an ds Greane nagmischt«) oder eingestreut (»de Bibberla ond Husserla gsträht« = den Küken und Gänslein eingestreut).

»Aputz« oder »kloiner Woiza« (Abfallweizen) war für Hühner und Ferkel bestimmt. Erstere erhielten ihn hart oder gequollen, letztere geschrotet. Guten Weizen getraute sich niemand zu verfüttern. »Do hätt ma se soscht Senda gfürcht,« gestehen die Alten.

Von gequollenem Weizen und »Lei« (Leinsamen) gaben die Kühe viel Milch. Wer recht schöne Kühe hatte, von dem sagten die anderen: »Der füatert Woiza, nor zuageba tuat r s net«.

Weizenkleie mit »dämpfte Ärbira« wurde von der Bäuerin »fr d Henna a(n)gmacht«. Waren im Frühjahr die Futtervorräte für das Vieh auf-

Ährenleserinnen (Gemäde von Jean François Millet, 1857)

gebraucht, wurde ihm auf kurzgeschnittenes Stroh Weizenkleie »aufgsät«. In der Tierheilkunde war Weizenkleie bei Durchfall angezeigt. Alle paar Wochen lud der Mühlstangenreiter etliche Säcke Weizen auf und brachte dafür »Schöamehl«, Kleie, »Woizanochmehl« und Grieß zurück. Ab und zu wurde »a Wag vol zammgmacht« und in die Schranne gefahren. Ein Großteil der Bareinnahmen auf dem Bauernhof stammte aus dem Getreideverkauf.

»Ausm leara Stroah loßt se koi Woiza drescha.
Dem sei Woiza blüaht (es geht ihm gut).
Ds Okraut wurzlt tiefer als dr Woiza.
Ds Okraut wechst vorm Woiza.
Ds Koara neigstaubt, de Woiza neigsäut.
De Woiza soll ma säe, wann d Hölzer buntschecke wäeret ond d Oichala afallat.« (1989)

Dinkel

»Weibersterba, Denkelgerba...«

Der Dinkel, eine alte Kulturform des Weizens, feiert eine Wiederkehr – allerdings nur bei den Biobauern. In der Vollwerternährung wird das Dinkelmehl wegen des feinen, nußartigen Geschmacks geschätzt, den es dem Backwerk verleiht.
Die alten Rieser Bäuerinnen verwendeten das »Kearamehl« wegen des hohen Klebergehaltes als »Kiachlesbachmehl«. Es war »ds Schöamehl«, von dem für Festtagsbackwerk genommen wurde.
In der konventionellen Landwirtschaft ist der Dinkel in Vergessenheit geraten. »Dr Denkl isch net so rentabl wia dr Woiza. D Woizaähr hot meahner Kearala«, heißt es. In der Tat sind die Erträge beim Dinkel um zwei Drittel geringer als beim Weizen. Ein weiterer Grund für die Vernachlässigung des Dinkels ist der, daß der Veesen (wie der Dinkel auch genannt wird) vor dem Mahlen erst entspelzt werden muß.
Die noch lebenden achtzigjährigen und älteren Bauern erinnern sich, daß zu ihrer Zeit im Ries Dinkel angebaut wurde. Vier Fünftel machte der Weizen aus, ein Fünftel der Dinkel. Er war eine wenig anspruchsvolle Ackerfrucht. Ausgesät wurde der Dinkel (in den Spelzen) ziemlich spät, manchmal erst im Dezember. Das Saatbeet brauchte nicht besonders fein zu sein, im Gegenteil: »Da Denkel en Scholla (= Erdklumpen), dann ka ma Wäga vol hola«. Als Vorfrucht kamen Klee, Rüben oder Ackerbohnen in Betracht.
Der Dinkel wurde wie Hafer und Gerste nach dem Schneiden aufs »Weisch« gelegt, umgedreht und aufgesammelt. Weil die Ähren sehr leicht abbrachen, mußte dies alles morgens beim Tau geschehen. Sachte mußten die Schnitter und Schnitterinnen ans Werk gehen. »Passat auf ond schmeißat n net so rom«, mahnte der Bauer. Ein alter Deiningener Bauer erinnert sich, daß im elterlichen Hof ein Knecht beim Einfahren einmal zwei Fuhren Dinkel umwarf: »Dr Vater hot entsetz-

Dinkelähren

le gläschtert«. – »Iatz war dr Denkl halb droscha. Mit de Wanna hot ma n ofm Weg eifassa könna«.

Der Dinkel ließ sich gut mit dem Flegel dreschen. Das Stroh war ideal zum Futterschneiden. Es wurde vor allem den Gäulen ans Futter gemischt. Dinkelschrot war sehr gut. Für die Mastschweine wurde Dinkel in großen eisernen Häfen zusammen mit Wasser zum Quellen aufgestellt.

Nach dem Dreschen steckte das Getreidekörnlein noch in einer Hülse. Vor dem Mahlen mußte diese Hülse entfernt, der Dinkel »gegerbt« werden (gerben = enthülsen). Dies geschah in der Mühle. Jede Mühle hatte neben den üblichen Mahlgängen auch einen »Gerbgang«. Der entspelzte Dinkel hieß »Keara«. Der Bauer fragte beim Müller an, wann er zum Gerben seines Dinkels kommen dürfe. Meist war der Freitag »Gerbtag«. Der Mühlstangenreiter holte mit dem Mühlwagen die Dinkelsäcke, der Bauer ging zu Fuß in die Mühle oder fuhr mit dem Rad. Oft fand das Dinkelgerben nachts statt. Es war Sitte, daß der Bauer dabei selbst anwesend war. Er mußte »auftragen«, das heißt, den Dinkel in Wannen fassen und in die »Kaue« schütten. Die Mahlsteine waren so eingestellt, daß »dr Keara« aus den Spelzen herausgerieben wurde. »D Spruier«, wie man die Dinkelspelzen nannte, sammelten sich zu einem Haufen. »Dr Keara« lief auf ein Sieb »zom Räda« (»räda« = sieben). Nichtentspelzte Körner wurden wiederum in den Goß geschüttet. Das zuletzt übriggebliebene Häuflein Dinkel, »d Nochgerbe«, leerte der Bauer in ein Säcklein und brachte sie heim. »D Nochgerbe« fraßen die Hühner.

»Dr Keara« wurde mit »Viertel« (Getreidemaß) in Säcke geleert. Ein Fünftel des Ertrages wurde »gmitzt« (»Mitz« = der Teil des Getreides, den der Müller als Mahllohn behält).

Der Dinkel war mitunter »brandig« (von einer Pilzkrankheit befallen). »Beim Gerba war nocht die ganz Mühl schwarz«, erinnern sich die alten Müller. Die Müllerskinder malten sich mit den brandigen Ähren »an Schnurrbart«. Nach dem »Gerben« wurde solcher »Keara« gewaschen und auf einer Blahe im Freien zum Trocknen aufgeschüttet. Damit die Gänse, Enten und Hühner des Müllers keinen Schaden anrichten konnten, mußten die Bauern ihren Dinkel »hüata« (bewachen).

»Ds Denkelgerba war a Feschtle fr d Baura«, heißt es. Nach dem »Gerben« so und so viele Metzen Korn »aufzuheben« (in Säcke zu füllen), ließ die Brust des Eigentümers freudig schwellen, gehörte doch der »Keara« zum bestbezahlten Getreide: »Hot awel a Mark meahner koscht wie dr Woiza«.

Der Großteil wurde »en dr Schrannt z Näarle vrkofft« (in der Nördlinger Schranne). Wer es sich leisten konnte, wartete mit dem Verkauf. Belief sich der Zentnerpreis nach der Ernte zum Beispiel auf sieben Mark, stieg er bis zur neuen Ernte auf sechzehn Mark.

Auf diesem Hintergrund ist auch die Redensart entstanden: »Der liegt na wie Baura, wann s Keara vrkofft hont«, also breit, behäbig und zufrieden. Auch der andere bekannte, frauenfeindlich-derbe Spruch erklärt sich daraus: »Denkelgerba, Weibersterba loßt de Baura net verderba« bzw. »Ds Weibersterba isch über ds Fesagerba – wann se sauber ausziahat ond koi Spruier (= Kinder) henterlossat« (wenn einem ein Weib oder mehrere Weiber starben, so gewann er an Weibergut = Heiratsgut).

Nach dem »Gerben« sagte der Müller zum Bauern: »Gosch no a weng en d Stub nei.« Dort wurde er von der Müllerin mit einem (oder mehreren) Gläslein Schnaps und »Dekkelzelta« bewirtet. Manche Bauern brachten eine Brotzeit mit und bekamen von der Müllerin eine Maß Bier dazu.

Beim Dinkelgerben erhielt der Mahlknecht vom Bauern ein Trinkgeld. Wer keines gab, überließ dem Mahlknecht dafür einen Teil der angefallenen »Spruier« (Spelzen). Der Müller löste sie seinem Knecht gegen Geld ab und fütterte sie seinen Pferden.

Die restlichen »Spruier« wurden in Säcke gefaßt und mitgenommen. Zuvor hatte es meist geheißen: »Reiß mr s nomol zamm« (»reißen« = schroten, nochmals durch die Gerbmühle lassen). »Grissne Spruier« wurden den Pferden an den Hafer gemischt. »Iatz hont s ebbes zom Beißa ghet«, sagen die Alten. Der Hafer mußte dabei natürlich überwiegen, denn sonst hieß es geringschätzig: »Der füatert de Gäul Spruier statt Haber« (wenn jemand magere Pferde hatte). Mit Brennesseln, Kleie und »Schotta« (Topfen) zusammen bekamen die jungen Gänse »Spruier«. »Des hot schöane Gees geba«, erklären die einstigen Gänsezüchterinnen.

»Spruier« dienten auch zum Einstreuen für Küken und Gänslein. Beim Hausbau wurden sie als Isoliermaterial in den Zimmerdecken zwischen dem Gebälk verwendet. Wer Äpfel bis Ostern frisch halten wollte, legte sie »en a Heherkirb mit Denkelspruier«. Allerdings schmeckten so gelagerte Früchte »a weng noch Stroah«. Damit sie »a feschta Boschtur« (Postur = Leibsgestalt, Wuchs) bekamen, stopften sich die Bäuerinnen den Wulst an ihrem »Leible« mit »Spruier« aus. Zum Tragen von Lasten auf dem Kopf legten sich »d Wei(b)sbilder« einen mit »Denkelspruier« gefüllten »Bauscht« (kleines, rundes Tragekissen) auf. »Butzala« (Säuglinge) schliefen auf dem »Spruisäckle«. Wer nicht gerne flach ruhte, füllte sich einen Kopfkeil mit »Spruier«. Damit es winters nicht zum Fenster hereinziehen konnte, legte die Hausfrau einen mit Dinkelspelzen gefüllten Stoffwulst zwischen Außen- und Innenfenster. Auf dem »Spruiersack« saßen die Frauen, die am Samstag mit dem Botenfuhrwerk »ge Näarle« auf den Markt fuhren. »Dreschgsod« oder »Denkelspruier« verwendete die Bäuerin, wenn sie Eier stoßsicher verpacken wollte.

Hatte eine Braut oder ein Bräutigam vor der Hochzeit ein anderes »Verhältnis« gehabt, das durch die Heirat zunichte wurde, so wurden zum Spott zwischen dem Haus des/r Sitzengebliebenen und dem des/r Heiratenden »Spruier gsät« oder »Spruier gsträht«, was bei den Betroffenen meist Ärger hervorrief. (Heutzutage wird oft eine Kalkspur gezogen).

Ein Dummer
»hot Spruier em Hira«.
Etwas ganz Leichtes ist
»leicht wie Spruier«.

»Stroah ond Spruier
nemmat de Küah d Milch.«

(1990)

Hefekranz

»An Reng an de Zeita«

In den Wochen der Konfirmation und Kommunion bricht bei vielen Familien in den Rieser Dörfern wieder das »Backfieber« aus. Noch immer gehört es zum überkommenen Brauch, Backwerk »auszutragen«, das heißt demjenigen Kuchen ins Haus zu schicken, der das Festtagskind mit einem Geschenk bedenkt.
Während heutzutage eher »feine« Kuchen (Sahne- und Cremetorten, Obst- und Backpulverkuchen) gebacken werden, gab es früher in erster Linie Hefebackwerk. Einen festen Platz hatte in der Liste des Backwerks »dr Reng« oder »dr Kranz«, z.T. auch »Nudel«, wie der Hefezopf im Ries genannt wird. Er war einst ein Festtagsgebäck. Es gab ihn fast nur »an de Zeita« (Festzeiten).

Stand ein »Palmtag« (Konfirmation) ins Haus, wurden von vielen »Mäßle« Mehl (1 Mäßle = 2 Pfund) Kränze gebacken. »Do ka ma austoila«, hieß es. Jedem Konfirmationsgast überreichte die Hausfrau beim Heimgang »an Pack«, der neben etlichen Küchlein stets »a Stück Reng« enthielt. Die Daheimgebliebenen warteten bereits sehnlich auf dieses Mitbringsel. Beim Austragen in die Häuser am Samstag vor dem Fest lag auf dem Austragbrett neben »Küechla, Bauratort ond Goglopf« stets ein ansehnliches Stück »Kranz«.

Beim »Eizugschenka« (Polterabend) wurde den anwesenden Burschen und Mädchen zum Kaffee »a Reng« aufgewartet. Selbst an der Hochzeit taten sich die Gäste »em Hoagsathaus« an Gugelhupf und Hefekranz beim Kaffee gütlich (im Gasthaus wurde nur dem »Bräutltisch« Kaffee serviert).

»D Kirbe – ond d Nuijohrsbachet« (Backwerk für Kirchweih und Neujahr) bestand zum großen Teil aus »Kranz«, von dem die Hirten, der Flur(er) und der Nachtwächter ein Stück bekamen.

In manchen Häusern gab es an Stelle von Weihnachtsplätzchen »an guata Reng«.

Traditionelles Gebäck war der Hefekranz beim »Leichtronk« (Leichenschmaus). »Bei ra groaße Leicht« wurden 20 – 30 Stangen »Kranz« aufgeschnitten. Die Zutaten dafür hatte die Bäuerin zum Bäcker gebracht, denn im Totenhaus wurde nichts gebacken.

»An de Leichtreng isch a weng meahner nahkomma«, deswegen schmeckte er besser.

Das Rezept für einen guten »Kranz« lautet(e):

> Ein Pfund Mehl, 2 Eigelb, 100 Gramm Zucker, 100 Gramm Butter, 1/8 Liter Milch, Hefe, Salz, abgeriebene Schale einer Zitrone, »Zwiweben« (Sultaninen).

Vor dem Backen wird der Hefe-Zopf mit Eigelb bestrichen. Man kann zwischen die Teigstränge Zucker streuen, dann reißt das Backwerk schön auf. Mit Streusel verzierte Kränze sehen besonders festlich aus.

Zum Einbrocken in den Kaffee gab es früher einfaches Weißbrot, im Ries »Zelta« genannt. Nur wenn die Näherin beim »Ausnäha« (Stör) da war, buk die Hausfrau einen Hefezopf. Auch der Kaffee war an diesen Tagen etwas besser. In den »Näharekaffä« hatten sich etliche Bohnen »verirrt«.

Aus dem einstigen Festtagsgebäck »Reng« ist heute ein Alltagsgebäck geworden, das in vielen Familien tagtäglich als »Kaffeebrot« verzehrt wird. (1993)

Hefekranz zum Kaffee

Schneckennudeln

»Bacht mir mei Muater Nüdala«

Zu den alten Rieser Backwerken gehören »d Schneckanudla«. Sie galten als »ebbes Bsonders« und »send net oft bacha woara«. Bei bestimmten Anlässen waren aber »Schneckanudla« das traditionelle Gebäck. Melchior Meyr erwähnt Schneckennudeln in seiner Erzählung »Gleich und Gleich« anläßlich der »Sichelhenke« (Fest zum Abschluß der Getreide-Ernte): »Die Schüssel ging in die Küche zurück, kam, von einem großen Teller Schneckennudeln begleitet, küchlegefüllt wieder...« Die ehemaligen, alten Knechte und Mägde erinnern sich, daß die Bäuerin zur »Flegelhenke« (nach dem Ausdreschen) dieses Backwerk auch auftischte. Melchior Meyr meint wohl auch diese Nudeln, wenn er in »Regine« schreibt: »Die Hausfrau sorgt an diesem Tage (Flegelhenke) für ein besonders gutes Mittagsmahl und extra geschmalzenes Backwerk«.
Neben »Kiachla, Kopfakissala, Löffelkiachla, Schneiderfleck, Hasaöhrla und Eisekiachla« waren »Schneckanudla« das traditionelle Fasnachtsgebäck. Mit dem Schlachtruf »Gaggala, Kreizerla, Schnekkanüdala« schwärmten die »Fasnachtshansl« in die Häuser aus zum Betteln. Eier, Geld und Schmalzgebackenes wurden ihnen meistens geschenkt. Selbst am Palmtag wurden die Gäste – wiederum laut Melchior Meyr – mit Schneckennudeln verwöhnt. »Der Kaffee war vortrefflich. Die Tunke bestand aus Schneckennudeln vom »Rauszug«, dem feinsten, weißen Mehl. Das Backwerk glänzte ordentlich von Schmalz und war reichlich mit »Mucken«, das heißt mit schwarzbraunen Weinbeeren versehen, die zum Teil sich loslösend auf den Boden der Schale fallen und schließlich einen kleinen Nachtisch gewähren...« (aus »Regine«).
Wenn es »em Häat« (bei der Heuernte) »of d Wenz« ging (auf eine weiter entfernte Wiese an der Wörnitz bei Wörnitzostheim, Bühl oder

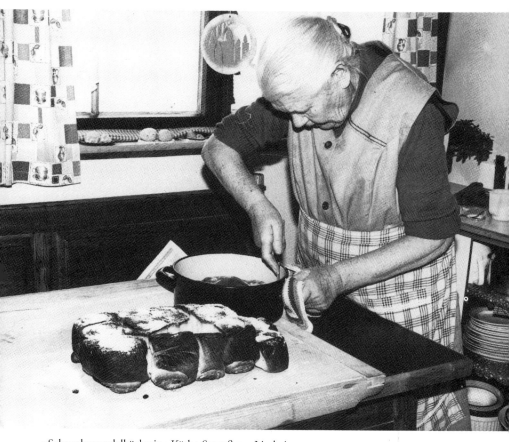

»Schneckennudelbäckerin« Käthe Strauß aus Lierheim

Rudelstetten) wurde zum Beispiel bei den Bauern in Möttingen »d Wenznudl« gebacken. Das waren besonders gute Rohrnudeln, bei deren Zubereitung Eier und Schmalz nicht gespart worden waren. Manche Bäuerin mag sich bei dieser Gelegenheit sogar zu Schnecken-

Schneckennudeln

nudeln verstiegen haben. »D Wenznudla« wurden auf die Wiese gebracht und mit Bier zusammen als Mittagsmahl verzehrt.
Die wohl besten Schneckennudeln weit und breit bäckt Käthe Strauß in Lierheim. Gelernt hat sie es noch in Kleinsorheim bei der Mutter. Bei ihr gab es dieses besondere Backwerk auch, wenn die Kinder einen Schulausflug machten. »Daß r ebbes Gscheits zom Mitnemma hont«, meinte sie dann, wie sich die Tochter noch erinnert. Das Rezept, nach dem Käthe Strauß ihre Nudeln bäckt, ist das ganz normale, das in jedem (schwäbischen) Kochbuch nachgelesen werden kann. Ihr Erfolgsgeheimnis liegt wohl eher in den Erfahrungen, die sie beim Backen der sicher schon in die Tausende gehenden Exemplare gewonnen hat.

Kar mit Schneckennudeln

Gebacken werden die Schneckennudeln traditionsgemäß im »Nudelkärle«. Damit aber jede Nudel eine schöne »Schärre« (»Scherrete, Schärre« = eigentlich das in der Pfanne Gebliebene und Herausgescharrte von Brei, Nudeln udgl.) bekommt, bäckt sie die Lierheimerin »em Goglopfa-Modl« (in der Gugelhupf-Form). Nach dem Backen werden die Schneckennudeln aus der Form gestürzt, mit zerlassener Butter von allen Seiten bestrichen und mit (Puder-)Zucker bestreut. Diese Hülle aus Butter und Zucker hält das Gebäck saftig, verhindert das Austrocknen. (1990)

Gugelhopf

»An vrhebeta Goglopfa bacha«

»Die Wirtin brachte eine ›Maß‹ Kaffee mit ›gerührtem Goglopfen‹, ihrem feinsten Gebäck«. So äußert sich Melchior Meyr in »Gleich und Gleich«
Zum Festgebäck gehörte einst der Gugelhopf, im Ries kurz »Goglopf« genannt. Es war ein Hefebackwerk (oft mit Rosinen und »Zibäba«) und wurde in einem besonderen Model gebacken. In dem handgeschriebenen Kochbuch der Balgheimerin Margareta Welzer, um die Jahrhundertwende aufgezeichnet, finden sich drei Rezepte dafür:

»Gugelopf

    10 Loth Schmalz oder Butter (1 L = 17,5 g)
    5 Eier
    1 Pfund Mehl
    1 Schoppen Milch
    2 Löffel Hefe
    2 Loth Zucker
    etwas abgeriebene Zitrone
    salzen

Halbfeiner Gugelopf

    1 Maß Mehl
    2 Löffel Hefe
    2 Kaffeelöffel Rahm
    6 Loth Schmalz
    2 Eier und 2 Dotter hinein
    2 Eßlöffel Zucker
    2 Kaffeelöffel Salz

etwas geriebene bittere Mandeln
4 Loth Schmalz zum »Schart« streichen
(Kuchenform, Model)
»Schart« mit Brosamen streuen

Festtafel

Feiner Gugelopf

3 Becher Mehl
2 Kaffeelöffel Rahm
3 Eßlöffel Hefe
$1/2$ Pfund Butter abgerührt
8 Eier
2 Eßlöffel Zucker
$1/4$ Zitrone abgerieben
2 Kaffeelöffel Salz
bei fetten Teigen läßt man ihn gern über Nacht stehen«

Das Vorteiglein (mit lauwarmer Milch angerührte Hefe und Zucker) wurde allgemein als »Verhebe« (»heba« = in die Höhe gehen) bezeichnet und der Hefegugelhupf somit als »verhebter Goglopf«.
Bereitete die Hausfrau einen Backpulverteig (was früher selten geschah) und füllte diesen »en a Goglopfa-Schart«, sprach man von einem »Pulver«- oder »Gsondheitskuacha«. »Puff« (wohl so benannt nach der lockeren, bauschigen Form, ähnlich »Puffärmel«) hieß ein Kuchen, wenn er aus Bisquitteig gebacken war.
In Appetshofen ist noch das »Puff«-Rezept der »Frau Pfarrer« (Rosenbauer) bekannt:
8 Eier schaumig rühren, von 3 das Eiweiß zu Schnee, $3/4$ Pfund Zucker, 1 $1/2$ Vierling (ca. 210 Gramm) Mehl, $1/3$ Backpulver.
Dieser lockere Kuchen wurde gerne Kranken und Wöchnerinnen gereicht, daher auch die Bezeichnung »Kedbettkuacha«.
In jedem Haushalt gab es mehrere »Goglopfa-Model« (Backformen). In ihrem Aussehen erinnerten sie an eine »Gugel«, die runde, spitzzulaufende Kopfbedeckung des Mittelalters. »Goglopfa-Model« bekam das Mädchen »zor Hoagsatschenk« (als Hochzeitsgeschenk). Bis in unser Jahrhundert herein wurde der Gugelhopf in (glasierten und unglasierten) Tonmodellen gebacken. »Türkabo(n)d« (Türkenbund, wohl wegen der Ähnlichkeit mit einem Turban; »Bo(n)d« = Kopftuch)

wurde ein in solcher Form gebackener Kuchen genannt. »Die Magd (trug) einen großen ›türkischen Bund‹ (feines Gebäck) auf breitem Teller (nach)...«, lesen wir in Melchior Meyrs Erzählung »Georg«.
Die charakteristischen Kupferformen für den Gugelhupf tauchen im 17. Jahrhundert auf. Als Materialien dienten seit dem 19. Jahrhundert auch emailliertes Blech und Aluminiumblech.
Bei allen Festen wurden selbstverständlich die Gäste mit feinem Hefegugelhupf verwöhnt. Außerhalb der großen Feste wurde nur bei einer »bsondra Eikehr« (Besuch) dieses Backwerk aufgewartet. Beim »Palmtaglada« gab es immer »an Goglopfa«, in manchen Häusern überdies, wenn Hausbewohner (auch Dienstboten) am »Nachtmohl« (Abendmahl) teilgenommen hatten. (1990)

Verschiedene Gugelhopfformen

Hafer

»Ond auf am Büschele Haberstroh...«

Als es auf den Rieser Bauernhöfen noch Pferde gab, wurde sehr viel Hafer angebaut. Wer mit dem Hafer nicht sparte, der brauchte für vier Gäule fünf Morgen Hafer. An den Boden stellte dieses Sommergetreide keine besonderen Ansprüche. »Ma hot de Haber an die hentre (minderen, batzigen) Äcker na«, sagen die alten Bauern. »Do kan r wachsa«, hieß es. Auf Umbruch wurde er gerne als erste Frucht gebaut. An die Wasserversorgung stellte der Hafer größere Ansprüche als die übrigen Getreidearten. »Dr Haber isch a Lomp, er hot geara naß«, sagte man.

Den Haferacker behandelte man recht stiefmütterlich. Oft wurde der Acker, auf dem der Hafer im Frühjahr gesät werden sollte, im Herbst nicht geackert. »Do kommt nor a Haber na, dean braucht ma net waischa« (die Stoppeln stürzen). Im Herbst und vor der Aussaat wurde kräftig mit Mistlache gedüngt, dann »gsät ond nagäckert«. »Dischl ond Dilla« (Disteln und Hederich, Ackersenf) rissen die Frauen heraus. Im Grastuch trugen sie diese Unkräuter heim, zerhackten sie grob mit dem »Weller« und verfütterten sie an Schweine und Gänse. Dem »Flughaber« (Unkraut), der sich im Sommerfeld gerne breit machte, konnte man oft nicht Herr werden.

Die Haferernte war ziemlich spät. »Bartholomä (24. August), hast Korn, so sä, hast Hafer, so mäh«, riet die Bauernregel. Sobald der Hafer gemäht war, begann die »Ohmed«-Ernte (2. Grasschnitt). Der Hafer wurde zum Trocknen nicht aufgestellt, sondern blieb am Boden liegen. Mit der Sichel oder einem sichelförmigen eisernen Haken drehte man die »Sammleta« um, je nach Witterung öfter (bis zu zehnmal).

War das Getreide dann trocken, wurde es gesammelt und in Garben zusammengebunden. »Dr Haber hot an Hoikl ghet«; wenn er noch etwas zäh in den Stadel kam, »isch r geara vrgroot« (geschimmelt). Sol-

cher Hafer wickelte sich beim Dreschen um die Trommel, so daß man nur ganz kleine Mengen »einlassen« durfte. »Händ hot ma do ghet, wie wann ma en dr Mischtlach grührt hätt«, erinnern sich ehemalige Mägde.
War der Hafer gut hereingekommen, »war ds Drescha a Fräd«. Ein alter Bauer erinnert sich, daß es beim Haferdreschen »so guet gschmeckt hot«.
Das »Dreschgsod« (Getreideabfälle) und das Stroh von solch gutem Hafer waren zum Verfüttern begehrt. »Des hont s so geara gfressa wie

Hafermandel bei Raustetten

ds Hä«, versichern die Rieser Bauern. Fürs Haferstroh allerdings galt: »Vor Lichtmeß wie Hä, noch Lichtmeß wie Sträh.«
Der Hafer war die »vornehmste Speis« für das Pferd. »Do hont s a Leba kriegt«, sagen die alten »Stangareiter« (der erste Knecht). Ohne ausreichende Menge an Hafer »warat d Gäul tob« (taub, saft- und kraftlos). War der Bauer zu sparsam mit dem Hafer, mußte der Knecht Mittel und Wege finden, um seinen Schützlingen genügend Getreide füttern zu können. »Noch isch ma halt zom Stehla ganga«, gestehen die »Stangareiter« freimütig ein. Man reichte den Pferden den reinen Hafer entweder ganz oder gequetscht, meist aber mit Dinkel gestreckt oder mit Gerstenschrot vermischt. Hafer erhielten auch »d Loasa« (Säue), »d Gmoidhomml« (Zuchtstiere) und »d Häkl« (Zuchteber).
Damit die Hennen auch im Winter gut legten, weichte ihnen die Bäuerin einen Eimer voll Hafer ein. Nach dem Quellen schüttete sie den Hafer in ein »Troidsieb« und stellte es in den Kuhstall. In der warmen, feuchten Stall-Luft fingen die Haferkörner rasch zu keimen an, erhielten »Fransale«. »Wann s amol Schwänz kriegt hont, hont ses am liebschta gfressa«, sagen die alten Hausfrauen. »Noch dr Ähred« trieben die Gänsehirten ihre Herden ins »Waisch« (Stoppelfeld). Die Gänse holten aus den am Boden liegenden Ähren die Körner heraus. Am begehrtesten waren bei den Tieren »d Haddla« (Haferähren). Waren die Gänse gut »ghäbert«, wurden sie übermütig und begannen zu fliegen.
Als Hausmittel zur Behandlung eines kranken Kuheuters bereitete die Bäuerin »Haberschmalz«. Sie schnitt ein kleines Stück vom »Schmerlaib« ab, spickte es mit Haferkörnern und erwärmte das Ganze in einem Pfännlein. Dann seihte sie ab und schmierte mit dem so gewonnenen Haberschmalz das kranke Euter ein.
Zum Frühstück »a häberns Mues« (Haferbrei) war früher im Schwabenland und wohl auch im Ries weit verbreitet. Man ließ Hafermehl in der Pfanne etwas bräunen, löschte es mit Wasser ab, gab Salz hinein und buk den sämig flüssigen Teig in der eisernen Pfanne mit Schmalz unter stetem Zerstückeln heraus.

Schöne Gäule brauchen Hafer (Appetshofen)

Der Eierhaber ist im Ries unter dem Nanen »Rum e num« bekannt.
»Schwarzer Haber« ist keine Sortenbezeichnung, sondern ein Rieser Ausdruck für Rauchfleisch.
Warmer Haber wurde, in Strümpfe gefüllt, zum Trocken nasser Schuhe benutzt.

»Ds Haberstroh wurd lewende em Stock.
Wann s koi roats Hä git, nocht grot dr Haber net (der Hafer will naß).
Git s koi Hä-Fäule, git s koi Habergäule.
Wann a Wag Hä vrdirbt, kriegt ma an Wag Haber meh(r).
Wann s of de Haber regnt, nocht goht r lieber (aus den Hülsen beim Dreschen).

Sie haben Hafer im Leib (Hengste der Alerheimer Beschälstation)

(Bei der Aussaat gilt:) De Rogge nei stäube, de Haber nei kleibe, de Dinkel nei scholle – nocht ka ma Garba hola.
D Geascht nei brenna, da Wicka nei schwemma, de Haber nei salba – nocht grotets allethalba.
Dr Dinkel sagt: Sä mi, wann s klingt (sehr trocken ist); – dr Haber sagt: Sä mi, wann s schwimmt (naß ist).
Dr Haber mueß gweckt weara (übereggt).
Sä mi dünn ond egg mi wohl, so git s a ganza Scheuer voll.
Vor Johanne (24. Juni) a Häberle, noch Johanne a Haber.
An Georgi (23. April) soll dr Haber en ds Dorf scheina.
Dr Haber in dr Risp wird no so lang als er ischt.

Solang dr Haber net dengla höart, wächst r net.
Dr Haber isch a Gauch, er wächst, bis man haut.
Wann dr Haber se perlt, jeder sei Kirbemädle bstellt.
Es isch so still, ma könnt Haber säe. – Jetzt wär s guet Haber säe (bei rasch eintretender Stille in einer Gesellschaft).
Ma schneidt de Haber net vorm Koara (man verheiratet die jüngere Tochter nicht vor der älteren).
Den sticht dr Haber (wird übermütigt).
Der Gaul, der de Haber vrdeat, kriegt n net.
Er fuatert sein Gaul mit Steckahäber (schlägt ihn).
Er kofft de Haber beim Soiler (prügelt seinen Gaul).
A guata Goißl isch besser wie a Metza Haber.
Wann ma em Esel Haber git, schlegt r d Steara vom Hemel ra.
Oiner, der zwölf Johr Geeshirt isch, wurd doch wissa, wo ds Haberfeld isch (hat Erfahrung).
De Haber vo dr Ga(n)s koffa (unvorteilhaft kaufen).
Vom Haber springet se, von dr Geascht singet se, vom Broat legat se (die Hennen). (1984)

Ernte – ABC

Die Getreideernte (»d Ähred«) wurde früher im Ries und anderswo ausschließlich in Handarbeit bewältigt. Etliche Wochen lang wurden die körperlichen Kräfte bis aufs Äußerste angestrengt. »Da mußten die Bauern am Vormittag schneiden und am Mittag und Nachmittag sammeln und einfahren. Sie hatten kaum Zeit zum Hinlegen, zum Grüßen und zum Essen, so groß war die ›Unmuß‹. Es gab nur noch eingelaufene Suppen und Geräuchertes und Salat...
Und die Bauern wurden immer magerer und kleiner und verschwanden schier im Feld zwischen den hohen Kornmandeln und den reichen Gerstenhaufen und den aufgestellten Weizengarben. Müd und froh zugleich, beladen und glücklich gingen sie hinter den hohen Fuhren mit den vier Legen ins Dorf hinein« (Friedrich Völklein).
Heute ist alles anders. »D Ähred« wird vom Mähdrescher erledigt. Überflüssig geworden sind alle Handfertigkeiten (schneiden, sammeln, binden, flegeldreschen) und Geräte (Sichel, Säges, Gaugel, Erntewagen), die einst nötig waren, um die Ernte zu bergen. Bald wird man sogar die Namen der Tätigkeiten und Werkzeuge vergessen haben. In einem kleinen »Ernte-ABC« soll versucht werden, das aufzuschreiben, was zur Ernte in Bezug stand:
»**ablada**«: Die Garben vom Wagen auf den Getreidestock im Stadel laden.
»**Age**«: Grannen, Ährenspitzen von Getreidearten, besonders der Gerste.
»**Ähraklauba**«: Kinder mußten, ärmere Leute durften auf den abgeernteten Äckern liegengebliebene Ähren auflesen.
»**Ähred**«: Getreideernte.
»**Aschneide**«: Die »Ehalta« (Dienstboten) erhielten zum Abschluß der Ernte ein Geschenk für die argen Mühen, die sie während der vergangenen Wochen ertragen mußten. Knechte bekamen Geld und Stoff für ein Blauhemd, die Mägde Kleiderstoff oder eine Bänderhaube oder Bettwäsche.

»Bänder strecka«: Beim Aufsammeln von Hafer und Gerste mußten die Kinder Garbenstricke auf den Boden legen, in welche die Garben gebunden wurden.
»Bendärmel«: Beim Zubinden der Garben zogen die Frauen »Bendärmel« an, damit ihnen Brombeerranken und Disteln die Arme nicht zerkratzten.
Bier: Vor Erntebeginn kam ein Fäßlein leichteres Bier ins Haus, sogenanntes Erntebier oder Weißbier.
binden: »Am schwierigsten war das Binden. Anfangs, bis es ein paar Fuhren zum Aufladen gab, banden der Bauer und der Oberknecht. Dann luden diese auf und fuhren ein. Nun mußte der zweite Knecht allein binden, die Bäuerin, die Magd und die Taglöhnerin trugen soviel Garben an das Band, daß der Binder Mühe hatte, nachzukommen« (Kaspar Wiedemann, Kleinsorheim, in »Erinnerungen eines Rieser Bauern«).
»Brema«: Bei drohendem Gewitter peinigten »d Brema« Mensch und Tier »bis of ds Bluat«. Kinder mußten »Brema (abwehra)«, das heißt, sich vor Pferde und Kühe stellen und die Bremsen vertreiben.
»Brotsäckle«: »Zom Brotzeitmacha« auf dem Feld nahm die Bäuerin ein weißes Leinensäcklein mit, gefüllt mit Brot, Käse, Rauchfleisch, Rettich, Salz und »Streiche« (Marmelade).
»Bstandschnitter«: »Zur Ernte hatten die größeren Bauern ihre ›Bestandschnitter‹ die auf eine Postkarte hin, aus Württemberg und Mittelfranken alljährlich zu ihren Bauern kamen. Sie schnitten das Tagwerk um fünf Mark bei freier Kost und Wohnung. Früh um halb fünf Uhr gingen sie aus dem Hof, blieben bis zur Nacht draußen. Das Mittagessen sowie Getränke holte einer von ihnen. Sie schnitten im Durchschnitt pro Tag ein Tagwerk und waren jeweils nach Bedarf und Witterung acht bis zehn Tage da. Zu anderen Arbeiten wie Sammeln und Abladen ließen sie sich nicht gerne verwenden.« (Kaspar Wiedemann)
»dängla«: Die Sense oder Sichel durch Klopfen schärfen. »Guat dänglt isch halb gmäht.«

»En dr Ähret«

Däumling: Überzug aus Leder für einen kranken Finger. »Die Mutter legte die weißgebleichten Schürzen zurecht und das leinene Brotsäcklein und den Däubling für einen ungeschickten Schnitter, der jedes Jahr mit der Hand in die Sichel fuhr.« (Friedrich Völklein).
»Eibrenne«: Weil es in der Ernte wenig Zeit zum Kochen gab, bereitete die Hausfrau einen Vorrat an »Eibrenne«, den sie in einem irdenen Hafen aufbewahrte.
Essen: Wegen mangelnder Zeit gab es oft Schnellgerichte wie zum Beispiel »Bier(e)brot«: braunes Bier mit Zucker und eingebrocktem Zelten (Weißbrot).

First: Oberste Abteilung im Stadel.
»Gabert«: erstes Stockwerk im Stadel; Ort, wo das Getreide bis zum Dreschen aufbewahrt wurde.
»Garbestrickla«: Garbenstricke aus Hanf, rot und grün eingefärbt, hergestellt in der Nördlingener Fabrik »Meyer & Weigand«. Täglich holten Frauen mit dem Leiterwagen Garbenbänder, um in Heimarbeit die Holzklötzlein daran zu befestigen.
Garbe: Ährengarben. Der Flur bekam Flurgarben, der Mesner Läutgarben.
»Gaugl«: Getreidesense mit hölzernem Bogen zum Ablegen des Getreides.
»Gebetläute«: beim Gebetläuten gingen die Schnittersleute vom Acker weg, machten Feierabend.
»Gleg«: Eine Lage Garben, die auf den Leiterwagen über den Leitern gelegt wird. Ein Erntewagen hatte meistens vier bis sechs »Gleg«.
Grußformeln: Wer an einem Getreidefeld vorüberging, auf dem gearbeitet wurde, gebrauchte besondere Grußformeln. »So, tuat ma schneida?« – »Nemm fei net gar so groaße Mahda!« – »Tuat ma wegmacha?« – »Tuat ma sammla?« – »Teant fei gmach!« (gemächlich).
»Gsod«: »Ähredgsod« (Futter für Pferde und Kühe) wurde auf Vorrat geschnitten.
»Gutterkrug«: Steinerner Krug, mit dem Most aufs Feld getragen wurde.
Hut: Zum Schutz gegen Regen wurden dem Roggenmandel eine zehnte Garbe (mit den Ähren nach unten) als Hut übergestülpt.
»Keara«: Dinkel, früher im Ries viel angebaut, vom Weizen verdrängt. Dinkelmehl war sehr gut, wies viel Kleber auf, war ideal zum Küchleinbacken.
Kleider: Ähredkloider waren ältere Kleidungsstücke, die man aufs Feld anzog. In der Getreideernte machte man sich schmutzig, im Gegensatz zur Heuernte. »Em Häat wie a Taub, en dr Ähred wie a Sau«.
»Koara«: Roggen.
Kornpredigt: Kurze Zeit vor der Ernte wird an einem Donnerstag vormittag in Nördlingen in der St. Georgskirche die »Kornpredigt«

gehalten. Das Feldgericht schlägt dem Dekan den Zeitpunkt dieses Erntebittgottesdienstes vor. Gottesdienstbesucher sind außer den Nördlingener und Herkheimer Bauern auch viele »Stadtleit«. Nach der »Kornpredigt« treffen sich die Bauern zu einem gemütlichen Beisammensein in einem Gasthaus. Dieses Beisammensein dehnte sich früher, als man noch mehr Zeit hatte, oft bis in die Nachmittagsstunden aus. Der Treffpunkt für die Feldgeschworenen war das Gasthaus »Zur blauen Glocke« in der Herrengasse. Die Wirtin, »d Glocka-Marl«, wie sie bei ihren Gästen hieß, spendierte zum Schluß jedesmal Kaffee und Johannisbeerkuchen. Abends traf man sich nochmals, meist in »Meyers Bierkeller«.

Kreuzweh: »Ds Wegmacha« (Aufsammeln des Getreides hinter dem Schnitter) ging den Frauen arg ins Kreuz. »Ma hot sei Kreiz oft nemme gspürt«.

Schnitter und Schnitterinnen

Kumpf: Kleiner Behälter für den Wetzstein, aus Holz, Blech oder Horn, mit Wasser gefüllt, am Mähgurt befestigt. Ein »Händlevoll« Gras hielt den Wetzstein im Kumpf fest.
Leinenschurz: Beim Heimfahren der Getreidefuhren trug der Bauer eine weiße Leinenschürze.
Lindenblütenmost: Vor der Ernte setzte die Hausfrau einen Bottich voll Lindenblütenmost an.
Mandel: Roggen- und Weizengarben wurden zu Mandeln zusammengestellt (beim Roggen neun Garben, beim Weizen sieben).
Netzen: Um die Zugfestigkeit der Strohbänder zu erhöhen, wurden sie »gnetzt«. Man warf den ganzen Schober in den Bach oder in den Brunnentrog.
»Nochegga«: Mit den »Egrecha« liegengebliebene Ähren zusammenrechen.
»Omdreha«: Geschnittenes Sommergetreide (Gerste und Hafer) mußte (vor allem bei schlechtem Wetter) öfters gewendet, »omdreht« werden.
Putzschurz: Am Morgen war das geschnittene Getreide noch feucht. Die Frauen trugen deshalb beim »Sammlet macha« einen festen Putzschurz.
Rettich: Zur Brotzeit auf dem Feld gab es zum Butterbrot einen »Ähredrettich«. Es hieß: »Wer am beschta tanza ka, muaß de Rettich schneida.«
Ries: Kleine Kornkammer Bayerns: »Gedeiht das Korn im Ries, spürt man's bis Paris.«
Schnittermarkt: An zwei Sonntagen im Juli fand in Nördlingen Schnittermarkt statt, wo sich die Rieser Bauern Saisonarbeiter vornehmlich aus dem Mittelfränkischen zur Ernte dingten.
Schnaps: Einen Schluck Schnaps aus dem »Schnapsbudele« durften sich alle genehmigen, die bei der Ernte halfen. »Wamma a weng an Schnaps trenkt, noch diescht (dürstet) s oin net so«, hieß es.
»Streiche«: Eine Tasse voll Johannis- oder Stachelbeermarmelade nahm die Bäuerin zum Vesper mit.

»**Sommertroid**«: Gerste und Hafer.
»**Sichelhenke**«: Kleine Feier zum Abschluß der Ernte. Melchior Meyr beschreibt sie in seiner Erzählung »Gleich und Gleich«.
»**Säges**«: Sense.
»**Sammlet**«: Armvoll Getreide, zwei »Sammelta« ergeben eine Garbe.
Schober: 60 Strohbänder wurden zu einem Schober zusammengebunden.
Schnitter, -in: Männer und Frauen, die das Getreide mit der Sichel, später mit der Sense schnitten.
»**Schneida**«: Getreide mähen. »Ma goht ge Schneida.«
»**Sammla**«: Das Aufsammeln des Sommergetreides (Hafer und Gerste), um daraus Garben zu binden.
»**Troid**«: Getreide.
»**Viertel**«: Besonderer Teil des Stadels hinter dem Stadeltennen für die Garbenaufbewahrung.
»**Weisch**«: Stoppelfeld. »Wann dr Fuchs über ds Haberwaisch goht, isch Herbscht.«
»**Wegmacha**«: Das Aufnehmen des geschnittenen Getreides mit der Sichel (meistens Frauenarbeit).
»**Werr, Werralöffel**«: Spannholz des Wiesbaums, wurde mit »de Werralöffel« gedreht.
Wetterglas: Barometer.
Wetzstein: Die besten Wetzsteine habe es auf der »Mess« gegeben, behaupten die alten Bauern.
Wiesbaum: Stange, die über den (mit Garben Heu) beladenen Wagen mit Heuseilen an die Leiterbäume fest angespannt war.
»**Wentertroid**«: Weizen, Roggen.
Worb: Sensenstiel.
Zwetschgen: Dörrzwetschgen waren in der Schurztasche von Magd und Bäuerin. Man aß sie »ge onter« (so nebenbei). (1986)

Vom Schwarzbeerpflücken

»Kommsch hoim aus de Schwarzbeer, kennt ma s am Maul«

Im Oberries gehörte es zur Tradition, daß die Frauen im Sommer »en d Schwarzbeer« (Heidelbeeren) gingen. Die Wechingener fuhren einfach »en ds obre Holz« (Laub zu) oder »en ds ontre Holz« (Speckbrodi zu), wo man sich »a Känn(d)la voll zopfte«. Wer aber »om Recht en d Schwarzbeer« ging, der fuhr mit dem Fahrrad in die »Königshofener Heide« oder »Dennloher Heide«, wie dieses Waldgebiet in der Nähe von Wassertrüdingen heißt, das eines der größten zusammenhängenden Waldstücke Mittelfrankens darstellt.

Im Juli war die Zeit des Schwarzbeerpflückens. Anfang Juli wurde »d Hoid aufgmacht«, d. h. erst von diesem Zeitpunkt an durfte man zum »Beerenbrocken« kommen. Weil die Pflückerinnen, die scharenweise kamen, Unruhe in den Wald brachten, war diese Maßnahme von Seiten der Forstverwaltung notwendig.

»Wann ds Ruabahacka vrbei gwest isch«, fragten die Frauen, die im vergangenen Jahr zusammen gepflückt hatten, untereinander: »Gosch o wieder mit en d Schwarzbeer?« Dann wurde ein bestimmter Tag ausgemacht, oft war es ein Sonntag, an dem es losgehen sollte. Meistens fuhren drei oder vier Frauen und Mädchen miteinander ins Fränkische. Männer waren nicht dabei. »Dene hot doch glei ds Kreiz weh to«, spotteten die Frauen. »Gessa habbet ses scho, aber zopft habbes koa«, heißt es weiter.

Am Abend vor der Abfahrt richtete man sich »a Veschper ond a Trenka« (gekochte Eier, Hartwurst, Rauchfleisch, Brot, Tee oder Kaffee in einer Thermosflasche oder eine Flasche Sprudel). Zum Fahren wurde »a weng ebbes Bessers« angezogen, zum Pflücken tat es »a alts Häs«, das man in einer Tasche mitnahm. Ein Wassereimer, in einem Karton auf dem Fahrradständer, ein »Mikdekrätza« (Korb) oder ein Spankorb dienten zur Aufnahme der Beeren. Nicht vergessen durfte man ein

Henkelbecherlein zum Hineinpflücken, ein Honigeimerlein oder ein Marmeladenkübelein.
Gegen vier Uhr morgens war die Abfahrt mit dem Fahrrad. Nach zwei bis drei Stunden gelangten die Frauen über Oettingen, Auhausen und Wassertrüdingen »en dr Hoid« an. Sie wußten »ihre Plätz«. Nachdem sie in die alten Kleider geschlüpft waren, und sich einen Gürtel oder Strick mit dem »Zopfkübele« umgebunden hatten, ging's ans »Brocka«. War es ein gutes Schwarzbeerjahr, und zeigte eine Geschick beim Pflücken, brachte sie in einer Stunde einen Liter zusammen. Am Vormittag hatte man meist noch »an groäßere Luscht zom Zopfa«. Mit dem Essen von Beeren hielten sich die Frauen zurück. »Wann ma mitm Essa agfanga hot, isch ma mitm Brocka nemme fleiße gwest«, heißt es. Fing es während des Sammelns zu regnen an, bestand die Gefahr, mit den nassen Händen leicht die Beeren zu zerdrücken. Gegen Abend, wenn die Pflückerinnen schon müde waren, rollten ihnen die Beeren gern aus den Fingern. In einem »schlechten Jahr« brachten auch Fleißige oft nicht mehr als zwei Tassen voll Beeren zusammen. Unter lichten Kiefern gediehen die glänzend schwarzen, blaubereiften Früchte am besten. Die erfahrenen Pflückerinnen suchten »en dr Sträh«, wo die schönsten Beeren wuchsen. Von den Einheimischen wurde den Rieserinnen geraten, »em Koaraschnitt« (Anfang August) zu kommen. In dieser Zeit gab es die größten Beeren.
Wer zehn Liter bis zur Heimfahrt gepflückt haben wollte, »hot gscheit zopfa müaßa«. Gegen Spätnachmittag wurden die Pflückerinnen von »Brem(s)a ond Schnoka bis of ds Bluat plogt«. Um sich gegen die Stiche der Plagegeister etwas zu schützen, schmierten sich die »Wei(b)sbilder« Hände und Füße mit Kernseife ein. Trotzdem gab es oft »ganze Bückl of de Ärm«. Das Läuten der Kirchenglocken der umliegenden Dörfer verriet den Frauen die Zeit, wann sie Feierabend machen durften. Meistens kamen sie spät nach Wechingen zurück, weil sie unterwegs in Unterschwaningen im Wirtshaus noch eingekehrt waren. Oftmals übernachteten sie in Dennenlohe im Wirtshaus. »Zwea Täg isch

ma viel blieba«, heißt es. Die Wirtin hatte auf dem Tanzboden Stroh ausgebreitet und Decken bereitgestellt.
Die gepflückten Beeren wurden im Wirtshauskeller kühl gestellt. Am anderen Tag konnte man mit der stattlichen Menge von 15 bis 18 Litern heimkehren. Wen das Geld nicht reute, der kaufte vielleicht noch einen oder zwei Liter von den »Butta«, einheimischen Pflückerinnen, die sich durch den Verkauf von Schwarzbeeren ein kleines Zubrot verdienten (sie brachten ihre Beeren auch in die umliegenden Kleinstädte Oettingen und Wassertrüdingen zum Verkauf).

Reiche Ernte

Auf dem Heimweg konnte sich noch manches Mißgeschick ereignen. Gar oft »isch ma soichnaaß woara«, wenn einen ein Gewitter überraschte, »ond die schwarza Brüah isch zom Krätza natropft«. Einmal fiel ein gefüllter Eimer vom Fahrrad, so daß die Beeren am Boden in alle Richtungen auseinanderrollten. Auf der Heimfahrt versuchte man, Schlaglöchern auszuweichen, damit es die Früchte nicht zu sehr schüttelte.
War es auf der Hinfahrt lustig und vergnügt mit Singen und Lachen zugegangen, verlief die Heimfahrt oft recht still. »Do hot ma gnua ghet«, sagen die alten »Beerbrockerinna«. Am anderen Tag vor allem »hot ma schier nemme loffa könna«, so daß sich die Redensart herausbildete, wann immer man sich zerschlagen fühlte: »Heit tuat mr all(e)s weah, wie wann e en de Schwarzbeer gwest wär.«
Zu Hause wurden die Waldfrüchte auseinandergebreitet und Blättlein und Laub herausgeklaubt. Jetzt ging es ans Verwerten. Wer es liebte, aß ein Schüsselein roher Beeren mit etwas Zucker und Milch. Zum Mittagessen gab es vielleicht »an Schwarzbeerkrapfa« (Kuchen mit Hefeteigboden). Aus einem Großteil der Früchte wurde »Streiche« (Marmelade) gekocht. Man brauchte, weil die Beeren von Natur aus sehr süß sind, wenig Zucker dazu. Der war nämlich teuer und in Kriegszeiten knapp. Etliche Gläser »weckte« die Hausfrau ein. Im Winter zu »Erbire-Striezel« (Kartoffelnudeln) gegessen, waren »Schwarzbeer« ein besonderer Leckerbissen. Selbstangesetzten Heidelbeerwein oder Schwarzbeerlikör bot die Hausfrau den Gästen an Weihnachten an, die »zom Christbomgschoba« (Betrachten des Christbaumes) kamen; dazu schnitt sie ihnen ein Stück Hutzelbrot herunter, das mit getrockneten Schwarzbeeren angereichert, besonders saftig schmeckte. Heidelbeertee, aus getrockneten Früchten zubereitet, wurde bei Durchfall verabreicht. Auch heute noch gibt es Frauen, die zum »Schwarzbeerzopfen« fahren. Mit dem Auto erreichen sie schnell und bequem die Plätze. Verloren gegangen ist aber das besondere Erleben bei diesem Tun, das die Alten sagen ließ: »Zom Schwarzbeerzopfa ben i fr mei Leba geara ganga.«

(1983)

Einstellwirtschaften

»I stell em Ochsa«

»Parkplatzsorgen« gab es für die Rieser Bauern, die am Markttag in die Stadt (Nördlingen, Oettingen) fuhren, nicht. Jeder hatte seine bestimmte Wirtschaft, wo er die Pferde in den Stall (oder Stadel) und den Wagen auf die Straße vor dem Wirtshaus oder in dessen Hof stellte. Aus manchen Dörfern (zum Beispiel Alerheim, Deiningen, Grosselfingen) fuhr jeden Samstag (in Oettingen mittwochs) ein Botenfuhrwerk nach Nördlingen, das Waren aus dem Dorf mitnahm und andere aus der Stadt heimbrachte. In anderen Orten wiederum befriedigte »dr Mühlstangareiter« bei seinen Fahrten in die Stadt die Wünsche der Dorfbewohner. Selbstverständlich fuhren auch Bauern selber mit ihrem »Marktwägele« in die Stadt. In der Regel waren samstags drei oder vier Fuhrwerke aus einem Dorf in Nördlingen. Im Herbst, wenn Getreide »en d Schrannt« gefahren wurde, waren viele Bauern samstags unterwegs dorthin.

Es galt: »Eigstellt hot ma en dr Gass, wo ma reikomma isch«. Die Deiningener und Fessenheimer beispielsweise stellten in den Wirtshäusern in der Deininger Straße ein, die Möttingener in den Wirtschaften der Reimlinger Straße, »d Holzbutza« (Ederheimer, Forheimer) machten Halt in der Bergerstraße und am Weinmarkt und die Nordrieser aus Birkhausen, Marktoffingen, Maihingen hatten ihre Plätze in der Baldinger Straße.

Bei der Wahl der Wirtschaft wurde auch darauf geschaut, ob vielleicht der Wirt oder die Wirtin zum eigenen Dorf in besonderer Beziehung stand, ob die Wirtsleute etwa gar »zor Froidschaft« gehörten. So stellte »en dr Fläsche« (Kohlenmarkt 5) selbstverständlich »dr Stolla Fritz«, der Fuhrmann des Botenfuhrwerks aus Grosselfingen bei seiner Schwester Marie Freissle, der »Fläsche«-Wirtin, ein. Auch viele andere Grosselfingener lenkten ihr Fuhrwerk zu diesem Gasthaus.

Jedes Dorf hatte ein paar Wirtshäuser, wo seine Stadt- und Marktbesucher bevorzugt einstellten. Freilich gab es auch vereinzelt Bauern, die sich nicht daran hielten und aus persönlichen Gründen in einem anderen Lokal verkehrten.

Am besten einzustellen war vor 60 bis 70 Jahren bei den Brauereien (Sixen – Anker – Dehler – Lamm) und in den ehemaligen Brauereien (Fuchs – Goldener Ochse – Roter Ochse – Rad). Solche Wirtschaften, zu denen noch eine Landwirtschaft gehörte, boten ebenfalls gute Unterstellmöglichkeiten. An den Samstagen wurde dort in den Ställen und Städeln Platz für die Marktbesucher geschaffen. Daß die Zapfenwirte bei ihren Bräuern einstellten, versteht sich.

Nachdem die Säukisten auf dem Brettermarkt, die »Hehersteiga« hinter dem Rathaus und die Getreidesäcke in der Schranne abgeladen waren, fuhren die Boten, Bauern und »Stangareiter« mit ihrem Fuhrwerk vor die Wirtschaft, wo sie einstellten. Der Wirt selber und der Hausknecht, »dr Hausl«, warteten oft unter der Türe schon auf ihre Gäste. Sie halfen beim Hereinführen und Ausspannen der Pferde und beim Schieben des Wagens an einen freien Platz. Füttern und Tränken der Gäule gehörte »zum Service«. Im Futtersack, den der Fuhrmann mitbrachte, war »a langs Hä, daß s a weng ebbes zom Naga ghet hont«, dazu noch »Bruch« (Haferschrot), vielleicht »a rechter Krätza vol«. Gerne zweigte der Hausknecht von letzterem ein wenig ab für solche Fälle, wo der Freßsack vergessen worden war, und der Stangareiter« gesagt hatte: »Sorgsch halt fr mei Füchsla o a weng«. Selbstverständlich mußte in diesem Fall das Trinkgeld reichlicher ausfallen.

Ab und zu sollte vom »Hausl« auch nach den Gäulen gesehen werden. Es konnte nämlich vorkommen, daß sich fremde Pferde nicht vertrugen und sich »zwickten«. Meistens ließen sie aber den Kopf hängen und schliefen.

An den Markt- und Meßtagen kamen aus dem bäuerlichen Umland viele Besucher mit Fuhrwerken nach Nördlingen. Ochsen und Kühe

Mühlwagen der Möttingener Mittelmühle am Weinmarkt Nördlingen (um 1925)

als Anspann waren dabei selten. Nur an den Krautmärkten waren Krautbauern aus Goldburghausen (»Krauthausa«) und Grosselfingen mit dem Kuhgespann da, die ihre Tiere in der »Sonne« unterstellen, während sie ihr Kraut hinter der Georgskirche verkauften. Bei nur kurzen Aufenthalten in der Stadt wurden die Zugtiere nicht eingestellt. Wenn Bauern aus Deiningen und Löpsingen im Frühjahr ins Kies nach Holheim fuhren, oder wenn sie im Winter ihr Brennholz aus den städtischen Wäldern holten, kehrten sie auf dem Heimweg in Nördlingen ein. Die einen stellten ihr Fuhrwerk in der Deininger Straße vor dem »Weißen Ochsen« ab, die anderen hielten beim »Hübsch« (Gasthaus »Zur Goldenen Traube«) am Löpsinger Tor. Die Fuhrleute hängten ihren Pferden den Futterbarren an die Deichsel, tränkten sie und lösten die Stränge. So blieben die Fuhrwerke auf der Straße stehen, bis es nach mehr oder weniger langer Zeit weiter ging.

Die Einstellwirtschaften der jeweiligen Dörfer waren allgemein bekannt. »Ma hot gwißt, wer wo eistellt«, heißt es. Sogar die Pferde kannten ihre Stallung. Andreas Oswald, Mühlstangenreiter aus Hürnheim erzählt, daß er einmal mit seinem Fuhrwerk vor dem Nördlinger Postamt hielt, um ein Paket aufzugeben. Er hatte nur einen Strang abgespannt. Als der Fuhrmann aus dem Postamt herauskam,

Pferde mit Futterbarren

war von seinem Fuhrwerk nichts mehr zu sehen. Die Pferde hatten sich allein zum »Fadenherren« aufgemacht, wo der Hürnheimer Müller seine Einstellwirtschaft hatte.

Eingekaufte Waren, die die Kunden nicht ohne weiteres tragen konnten, wurden von den Geschäften »of de Waga brocht«. Friedrich Moll erinnert sich, daß er als Bub mit dem Handwagen Waren (zum Beispiel Waschschäffer, Gabeln, Schlepprechen) aus dem elterlichen Geschäft in der Deininger Straße zu den jeweiligen Einstellwirtschaften fahren mußte. Auch »Säukischta« vom Saumarkt wurden gegen ein geringes Entgelt von ärmeren Leuten mit einem Karren »of de Waga brocht«. Laut Gewährsmann Oscar Braun besorgten das häufig Gerbergäßler. Es war ihr Privileg. Sie wurden von anderen darob beneidet. Der Wirts-Hausknecht nahm die Sachen in Empfang.

Hatten die Marktbesucher ihre Geschäfte erledigt, kehrten sie in ihre Einstellwirtschaft ein, vesperten (oft die mitgebrachte Brotzeit), tranken Bier und »dischkrierten«. Beim Wegfahren erhielt der Hausknecht oder die Wirtsmagd ein Trinkgeld vom Fuhrmann. Während es früher 20 oder 30 Pfennig waren, betrug es »en dr Letschtne« eine Mark.

Im folgenden eine (unvollständige) Zusammenstellung der Nördlinger Gasthäuser und der Dörfer, aus denen die Einstell-Fuhrwerke allgemein vor 60 bis 70 Jahren kamen.

»Drei Mohren«, Reimlinger Straße 18: Grosselfingen, Balgheim, Enkingen, Appetshofen, Hohenaltheim, Bollstadt, Kesseltal.

»Goldener Ochse«, Reimlinger Straße 12: Beim langjährigen Wirt Karl Steinacker gab es zwei Stallungen. »Do warat gar oft 50 Gäul dren«, heißt es. Eingestellt wurde von Appetshofen, Möttingen, Klein- und Großsorheim, Balgheim.

»Storchen«, Reimlinger Straße 22: Möttingen (Botenfuhrwerk der »Mittel-Mühl«), Balgheim, Hohenburger Mühle (Kesseltal).

Mit dem Rad unterwegs nach Nördlingen

»Roter Ochse«, Baldinger Straße 17: Pflaumloch, Goldburghausen, Unterschneidheim, »halb« Geislingen, Maihingen.

»Pflug«, Vordere Gerbergasse 8: Zipplingen, Geislingen, Munzingen, Nordhausen, Pflaumloch, Ehringen.

»Goldene Rose«, Baldinger Straße 42: Birkhausen, Marktoffingen, Maihingen, Wallerstein, Dirgenheim.

»Blaue Glocke«, Herrengasse 2: Forheim, Aufhausen, Hürnheim, Ederheim.

»Mohrenkopf«, Bergerstraße 9: Holheim, Kleinerdlingen.

»Silberne Kanne«, Polizeigasse 22: Forheim, Aufhausen, Schweindorf, Kösingen, Eglingen, Nähermemmingen.

»Fadenherren«, Bei den Kornschrannen 4: »Em Fadeherra warat d Müller drhoim«, heißt es: »Dr Hobelmüller« (Grosselfingen), »dr Betzamüller« (Ederheim), »dr Dorfmüller« (Ederheim), »dr Brenner« (Hürnheim), »dr Schleicher« (Pflaumloch).

»Fläsche«, Kohlenmarkt 5: Grosselfingen, Reimlingen, Hohenaltheim, Balgheim.

»Deutsches Haus«, Löpsinger Straße D 54: Müller aus Mönchsdeggingen .

»Weißer Ochse«, Deininger Straße 17: Deiningen (Botenfuhrwerk), Holzkirchen, Rudelstetten, Alerheim (Botenfuhrwerk).

»Schwarzes Lamm«, Deininger Straße 25: Fessenheim.

»Goldene Traube«, Nürnberger Straße 4: Schwörsheimer stellten hier ihre »Ärbiro-Wächala« unter und übernachteten im Gasthaus, um am nächsten Morgen nach Aalen weiterzufahren. Die Wirtin Frieda Hübsch stand am Samstag morgen früh auf und machte Feuer, damit sich die Schwörsheimer Kinder wärmen konnten, wenn sie im Frühjahr ihren »Rawenzel-Salot« auf den Markt brachten und in der »Goldenen Traube« Zwischenstation machten.

»Goldener Schwan«, Wemdinger Straße 5: Amerdinger Botenfuhrwerk.

»Pfau«, Löpsinger Straße 26: Löpsingen.

»Fuchs«, Bei den Kornschrannen 20: Viele Müller (war für sie praktisch, weil gleich neben der Schranne).

»Goldenes Lamm«, Schäfflesmarkt 3: Kleinerdlingen, Holheim.

»Kamel« (Sixenbräustüble): Die Zapfenwirte, die Sixenbier ausschenkten.

Eingestellt wurde selbstverständlich auch in Oettingen, Wemding, Harburg und Bopfingen.

Als etwa 1937 die ersten »Gmoidbulldog« (vereinseigene Zugmaschinen der Darlehenskassenvereine) kamen (zum Beispiel in Appetshofen, Marktoffingen, Maihingen, Holzkirchen), und nach dem Krieg die Zugmaschinen auf den Bauernhöfen ihren Einzug hielten, war es mit dem Einstellen vorbei. (1993)

Bierfuhrwerk, Nördlingen 1914

Verwendete Literatur

Ausstellungskatalog, Kinder auf dem Dorf 1900–1930, Schriftenreihe des Bezirks Schwaben, Band 3

Ausstellungskatalog, Zeugnisse der Eisengußkunst aus Wasseralfingen, zur Sonderausstellung des Rieser Bauernmuseums in Maihingen 1985

Kleidung, Bestandskatalog des Schwäbischen Bauernhofmuseums Illerbeuren, Kronburg-Illerbeuren 1994

Angelika Bischof-Luithlen, Der Schwabe und sein Häs, Konrad-Theiss-Verlag, Stuttgart 1982

Döllgast, Alte und neue Bauernstuben, Verlag F. Bruckmann, München 1962

Hermann Fischer, Schwäbisches Wörterbuch, Bd. I – VI, Tübingen 1904–1936

Torsten Gebhard, Landleben in Bayern, Süddeutscher Verlag, München 1986

Götzger/Prechter, Das Bauernhaus in Bayerisch-Schwaben, Verlag Georg D.W. Callwey, München 1960

Karl Höpfner/Karl Schlierf, Alte Kunst im Ries, Verlag F. Steinmeier, Nördlingen 1986

Gottfried Jakob, Allerloi ausm Ries, Verlag Hugo Sommer, Nördlingen 1960

Landesbauernschaft Bayern, Ratgeber für den Landbau, Reichsnährstand-Verlags-Gesellschaft m.b.H., München o.J.

Melchior Meyr, Erzählungen aus dem Ries, 4 Bände, Hesses Verlag, Leipzig o.J.

Melchior Meyr, Zur Ethnographie des Rieses, Verlag F. Steinmeier, Nördlingen 1983

Heidi Müller, Volkstümliche Möbel aus Nordschwaben und den angrenzenden Gebieten, Deutscher Kunstverlag, 1975

Walter Pötzl, Brauchtum um die Jahrhundertwende, Sonderband zum 21. Jahresbericht des Heimatvereins für den Landkreis Augsburg e.V., Augsburg 1990

Friedrich Völklein, Das Wunder der Heimat, Verlag des Heimatpflegers von Schwaben, Kempten (Allgäu) o.J.

Friedrich Völklein, Zwischen Heimat und Fremde, Verlag Peter/Gebrüder Holstein, Rothenburg ob der Tauber o.J.

Ingeborg Weber-Kellermann, Landleben im 19. Jahrhundert, Verlag C.H. Beck, München 1988

Elisabeth Wetzlar, Rustikale Räume, Verlag Ernst Wasmuth, Tübingen 1972

Vorausgehende Bände von Gerda Schupp-Schied, Ausschnitte aus dem Rieser Dorfleben I–III, Verlag F. Steinmeier, Nördlingen 1983–1988

Bildnachweis

Käthe Ackermann, Balgheim, 79, 80, 149, 150
Sofie Ackermann, Fessenheim, 140, 151
Eckhard Beck, Möttingen, 165, 168, 182
Ernst Birkert, Appetshofen, 283
Friedrich Bissinger, Möttingen, 302
Johann Bissinger, Möttingen, 97
Lena Bissinger, Lierheim, 128
Johann Doppelbauer, Lierheim, 61
Lena Doppelbauer, Appetshofen, 72
Karl Egetenmeier, Möttingen, 142
Katharina Fälschle, Appetshofen, 64
Bildband der Gemeinde Fichtenau, 120, 122
Rosa Fickel, Deiningen, 66
Archiv Foto-Fischer, Oettingen, 213, 271
Liesel Förstner, Goldburghausen, 31, 134, 228, 240, 243, 250, 253, 277
Bernhard Geiß, Ziswingen, 257
Karl Geiß, Nähermemmingen, 116
Erika Groth-Schmachtenberger, Murnau, 145, 300
Katharina Hager, Lierheim, 148
Friedrich Heider, Möttingen, 171
Marie Hiesinger, Möttingen, 172, 173, 299
Fotohaus Hirsch, Nördlingen, 13, 15, 16, 18, 19, 21, 22, 23, 27, 30, 33, 35, 37, 38, 39, 40, 41, 42, 46, 50, 94, 124, 146, 155, 160, 204, 251, 269, 279
Käser, Holzkirchen, 137, 138, 143
Werner Kunz, Donauwörth, 225
Landbauamt, Donauwörth, 29
Anna Lang, Appetshofen, 105, 110
Mina Leitner, Baldingen, 112, 117

Frieda Lüdtke, Alerheim, 178
Kurt Meier, Nördlingen, 220
Franz Meitinger, Donauwörth, 53, 54, 55, 56, 57, 58, 59, 88, 90, 222, 237, 265
Alex Müller, Nördlingen, 295
Maria Neidhart, Alerheim, 284
Andreas Oberländer, Marbach, 100
Andreas Oßwald, Hürnheim, 73
Keitha Roderus, Möttingen, 153, 234
Günther Rüdel, Grosselfingen, 181
Katharina Ruff, Balgheim, 126
Werner Schneider, Balgheim, 96
Ernst Schröppel, Aufhausen, 78, 244
Hansjörg Schupp, Appetshofen, 49
Ludwig Schwamm, Megesheim, 141
Gerhard Seiler, Uttenreuth, 176, 188
Leonhard Simon, Fürstenfeldbruck, 115, 193, 194, 199, 202, 209, 215, 218, 233, 246, 259, 288, 290
Friedrich Straßner, Pfäfflingen, 25
Johann Strauß, Appetshofen, 36, 201, 231, 273, 274, 275
Margarete Strauß, Appetshofen, 131
Friedrich Stumpf, Möttingen, 210
Hilde Voack, Appetshofen, 185, 187, 207
Sofie Wetzstein, Appetshofen, 77
Elfriede Wiedemann, Kleinsorheim, 106
Friedrich Wiedemann, Balgheim, 98, 99
Johann Friedrich Wiedemann, Mönchsdeggingen, 109, 179
Leonhard Wiedemann, Holzkirchen, 68